ここでは祈りが毒になる

嶋中潤

PRAYER AS POISON

JUN SHIMANAKA

講談社

装幀　川谷康久
装画　シマ・シンヤ

登場人物

東日本成人矯正医療センター函館分院のスタッフ

医療部　医師

金子由衣（かねこゆい）：旅行が趣味の新米医師。専門は呼吸器外科。

中村威一郎（なかむらいいちろう）：仙台の病院から転職してきた生真面目な若手医師。専門は精神科。

熊谷比呂志（くまがいひろし）：医療部長代理。釣りが生きがい。専門は皮膚科。

鈴木潤三（すずきじゅんぞう）：院長。東京の東日本成人矯正医療センターにも籍を置く。専門は消化器外科。

浅井公平（あさいこうへい）：前医療部長。三月に退職。専門は消化器内科。

医療部　看護師

岡崎芙美（おかざきふみ）：分院設立時から勤務。小学生の娘を育てる看護師。

三浦遥香（みうらはるか）：介護士資格も持つ看護師。

北条珠緒（ほうじょうたまお）：三月に退職して娘のいるイタリアへ。元看護師。

処遇部　刑務官、他

森川詩織（もりかわしおり）：社会福祉士の資格を持つ福祉専門官。由衣の飲み友だち。

富樫三樹夫（とがしみきお）：准看護師の資格を持つ書信係の刑務官。堅物。

受刑者

井上明美：ＤＶ夫と義理の息子の二人を刺殺。懲役十五年。緑内障。里奈は一人娘。
相沢桃花：ＤＶ夫と障害のある息子の二人を刺殺。懲役十六年。糖尿病網膜症。
早川桜子：覚醒剤取締法違反。三度目の逮捕で懲役二年。末期の胃癌。脇田夏海は一人娘。
坂上敏江：暴力団員の同棲相手を刺殺。デブ専風俗店勤務。境界知能。勾留中、久美子を出産。
大八木幹也：獄死した暴力団員。神田芳江は内妻。
渡辺光利：獄中結婚して腎臓移植を受けた元ホスト。
庄司巧：年末に出所する詐欺師。認知症。

その他

桜井美帆：分院近くにある喫茶店の看板娘。浪人生。荻野小春は中学の同級生。
織田泰三：井上明美、大八木幹也、渡辺光利の事件を担当した弁護士。末期癌でホスピス入所。
髙橋芳隆：熊谷の釣り友だち。日本料理店『夢咲』の店主。

＊お断り＊

受刑者という言葉は「刑を受ける者＝裁判で刑が確定した者」ですが、医療刑務所には拘置所などに収容されている未決拘禁者（被告人および被疑者）も時に入所します（本書の坂上敏江）。よって、医療刑務所に収容されている者は正確には「受刑者および未決拘禁者」とすべきですが、本書ではほぼ受刑者であるため「受刑者」に統一しています。

プロローグ

「……引き続き、証人尋問を行います。証人は証言台まで出てきてください」

目を静かに開け、足を踏み出した。

正面に座るのは三人の裁判官と六人の裁判員。中央は眼鏡をかけた女性。黒い法服に、シャーベットグリーンのスカーフを着けている。左右二人の裁判官は男性。やはり法服を着ている。

「名前、住所などは、先ほど書いていただいた証人出頭カードのとおりですね？」

女性裁判官が質問を投げかける。

「はい」

答えながらすぐ左に視線を向けた。カーディガン姿でうなだれているのは五十歳をすぎた母。制服姿の刑務官にはさまれている。しばらく会わないうちに白髪が増えた。その後ろで腕組みをしているのが弁護士。顔がいかついだけでなく、話し言葉も乱暴なので初対面の時は腰が引けたが、今日までずっと親身に相談に乗ってくれた。

「今からあなたに、今回の事件のことで話をうかがいます。その前に、嘘をいわないという宣誓をしてもらいます。手元の紙を読み上げてください」

「宣誓。良心に従って真実を述べ、何ごとも隠さず、偽りを述べないことを誓います」

手渡された、ふりがな付きの宣誓書。事前に署名した宣誓書を読み上げた。

「今、宣誓をしてもらったとおりです。もし嘘を述べたりすると偽証罪に問われることもあります。気を付けて証言をしてください」

二十ある傍聴席。誰かが咳払(せきばら)いをした。倍率は十七倍。刑事事件としては高い倍率だと弁護士は教えてくれた。

「……証人は被告人の娘さんですね？」

その弁護士が立ち上がると質問を投げかけてきた。母が裁かれる家庭内殺人事件。怒りにまかせ殺害した相手は、十年前に再婚した夫と義理の息子。私にとっては義父と義兄。

「はい。間違いありません」

大きな声で、聴きやすいスピードで答えた。裁判員六人にゆっくりと視線を巡らせながら。

「証人はまだ中学生ですが、自分の意思でこの場に立つことを決断された。それに間違いはありませんか？」

「間違いありません。自分で証人になりたいと考え、弁護士の先生に相談しました」

傍聴席が小さくざわつく。

下を向いたまま拳(こぶし)に力を込めた。お母さんはこの私のために……。お母さんは悪くない。悪いのはあの二人。私の証言が、お母さんの将来を決める。

「被告人は無罪。あなたはそう考えている。それで間違いありませんか？」

顔を上げるとスーツ姿の検察官を睨(にら)みつけ、心の中でつぶやいた。何一つ知らないくせに！

「そのとおり、無罪です」

胸を張った。恥ずかしいことじゃない。

「お母さんは……無罪です。人殺しなんかじゃありません！　お母さんが殺したのは人間じゃないから。だから人殺しじゃない！」

1

「由衣（ゆい）さん。聞きました？」

更衣室で白衣を脱いだところだった。

「九月の中旬、妊婦さんが分院へくるそうですよ」

「妊婦？」

「噂（うわさ）ですけど、室蘭（むろらん）の拘置支所に勾留（こうりゅう）されてる女性が回されてくるらしいです。何でも出産予定日が迫ってるって」

話しかけてきたのはベテラン看護師の岡崎芙美（おかざきふみ）。サッカーが好きな小学生の娘を育てている。

「鈴木（すずき）院長が熊谷（くまがい）さんと話してました」

「産婦人科の先生いないのに？」

思わず聞き返してしまった。

金子（かねこ）由衣が勤務するのは函館（はこだて）にある医療刑務所。東京の昭島（あきしま）市にある東日本成人矯正医療センターの分院で、主として北海道や東北地方にある刑務所や拘置所、それに少年院などの矯正施設の収容者を診ている。法務省管轄のこれら矯正施設は全国に多数あるが、このうち東京や京都など全国に八ヵ所ある拘置所では、未決の刑事被告人や死刑囚を収容している。ちなみに拘置支所は、拘置所、刑務所、少年刑務所の支所で現在のところ全国に約百ヵ所ある。

「妊婦というだけでなく、他にも病気を抱えてるみたいで」

「重篤な病気ならわかりますけど……まさか分院で出産するとか？」

「さすがにそれはないみたいです。先生はいらっしゃいませんし設備もありませんから。近くの産婦人科病院へ依頼するようですけどその前後、分院で面倒を見るみたいです。由衣さんの名前が出てましたから、九月になったらきっと声がかかると思いますよ」

　意味がわからなかった。妊娠や出産は疾病や障害ではないから、それを理由に医療刑務所に入所することはない。ちなみに入所している女性の多くは薬物依存症か摂食障害の患者、それ以外は糖尿病や腎臓病、および自殺を企図する精神疾患の者などだ。

「その妊婦さん、いったいどんな方なんですか？」

「罪状は殺人。ヘビースモーカーで逮捕時の体重は百キロを超えていたとか」

　喫煙の悪影響を知らないのだろうか。

「それからもう一つありました」

　呆れ顔の由衣に、着替えを終えた芙美が追い打ちをかけた。

「その方、四十歳になるそうです」

「つまり高齢出産」

　どのような経緯で逮捕・起訴にいたったかはわからなかったが一筋縄ではいかない気がした。

「金子君。ちょっといいかな」

真っ白な入道雲が広がる九月。回診を終えて執務室に戻ると熊谷比呂志（ひろし）が声をかけてきた。皮膚科が専門の熊谷は、医療部長だった浅井（あさい）が退職したあと、部長代理を務めている。

普段「ネコ」と当たり前のように呼び捨てにする熊谷が、かしこまって「金子君」などと呼びかけてくるのだからよい話であるはずがない。由衣は、別館へ向けて歩き出した熊谷を追いながら芙美の言葉を思い返していた。

「二週間後。室蘭の拘置支所から被告人が一名、分院へ送られてくる」

空室となっている医療部長室で、向かい合ってソファに座ったところだった。

「妊婦さんのようですね」

「早耳だね」

「しかも四十歳のヘビースモーカー」

「そこまで知ってるなら話は早い。君に主治医になってもらいたい」

「もらいたいって、断ってもいいってことですか?」

断れないのは火を見るより明らか。けれども「はいそうですか」と素直に引き受ける気にはなれなかった。ヘビースモーカーの妊婦なんて。

「分院にいる女性医師は、呼吸器外科が専門の君と泌尿器科の中里（なかさと）君。この二人だ。患者は臨月。四十歳のヘビースモーカーとなればリスクの塊（かたまり）ともいえる。こうした状況を冷静に分析すれば、優秀な君が主治医に指名されることに何ら不都合、いや問題があるとは思わないが」

消化器内科が専門だった浅井の穴は埋まっていない。育休から復帰したばかりの中里にも負担はかけたくない。どうせ回ってくるなら長話をしても無駄。由衣は気持ちを切り替えた。

「優秀な主治医として、いったい何を、どこまですればいいんですか？」

「ありがとう。快諾してくれると信じていたよ」

熊谷は、白い歯を見せると、うれしそうにうなずいた。

「君に赤ん坊をとりあげてほしい。そこまでを望んでるわけじゃない」

「当たり前です。それよりどうして最寄りの産婦人科病院で出産しないんですか？　執行停止にして外部の病院で出産するのが通常の形ですよね？」

「簡単にいえば引き受け手がない。室蘭拘置支所に妊婦が勾留されて出産となった場合、これまではたった今君が口にしたように、執行停止を裁判所に申し立て決定がなされると、地元の産婦人科病院に入院させてもらった。ところがその病院が去年、後継者不足で廃院。そこで別の病院に相談したが、そこの院長もかなりの高齢でね。リスクの高い患者は引き受けたくないと」

「でも分院には産婦人科の医師はいないんですよ？　一時預かりみたいな恰好（かっこう）なら、札幌（さっぽろ）刑務支所にお願いしたほうがよくありません？　札幌なら、近くに産婦人科病院もあるでしょうし」

「その主張は正しい。何を隠そう、この俺自身、院長にそう進言した」

「でもダメだった？」

熊谷が紙カルテを差し出す。開くと、ナメクジの這（は）ったような字で埋まっている。熊谷自身が書いたものだった。

「妊婦のカルテだ。名前は坂上敏江（さかがみとしえ）。年齢はちょうど四十歳。身長百五十センチで、体重は百キロ。ＢＭＩ（ボディマス指数）は四十四を超える。もともと太りやすい体質ではあったんだろうが、所員が生活に関する聞き取りをすると恐ろしいことがわかった」

「恐ろしい?」

「そうだ。逮捕されるまでずっと、本人はデブ専向け風俗店に勤務してた」

「デブセン?」

「肥満嗜好。つまり肥満体型の者に対して性的に強く惹かれる、ある種の性的フェティシズムの一種。簡単にいえばデブ、いや失礼、ポッチャリ型を好む男性をターゲットにする風俗店に長年勤務していたそうだ。子どもの父親も客の一人らしいが誰かはわからない。そんな環境で働いてきたから周囲は似たような体形、当の敏江にいわせれば、ほとんどの仲間は自分よりも太っており、そのほうが男性にもてたと。そこで自分ももっと太りたいと願い、痩せようなどとは微塵も考えず、タバコはもちろんアルコールも浴びるように飲んでいたと」

「血圧が二百。総コレステロール値と中性脂肪値がともに四百以上。脈波に血糖値、尿酸値、どれもが信じられないほどに悪いです。不摂生の塊というか、これほどすごい数値、はじめて見ました」

驚きを超え、呆れてしまった。どう見ても病気。棺桶に片足を突っ込んでいるも同じだ。裁判の結果、刑務所に収容されることになっても治療して痩せなければ無事には送れない。

「ここまでの数値は俺もはじめて見たが医学的な興味を持った。いったいどれくらい痩せることが可能で、健康体に戻れるのかって」

「それが分院で引き取る理由?」

「そうだ。無事出産できるかも不安だが、そのあとも安心できない。この数値を見る限り、やはり医学的な視点でのケアと計画的な減量は必要だろう。とはいえ、タバコもアルコールも許されない拘置所暮らしで少しは痩せたようだから、それを続けるだけでかなりの改善が見込まれるはずだ」

「たしかに」

「中学卒業以来、どうも一度として健康診断なるものを受けたことがないらしい。母親も風俗店勤務で敏江を授かり、父親の顔を知らない点も同じ。本人がどこまで自覚しているかはわからないが、ネグレクトに近い環境で育ってきたようだ。それを思えば敏江は被害者かもしれない」

単に自堕落な性格なのだろうと想像していたが、生育環境も影響しているようだ。

「到着は再来週でしたね？」

カルテを手に由衣は腰を上げた。

「金曜の午後一時に到着する。事務手続きがすみ次第面会できる」

「わかりました。受け入れの準備を進めておきます」

つい先日、本館五階５０７号室の患者が栃木刑務所へ戻った。空室となったこの５０７が敏江の新居となる。ちょっと、いや、かなり狭いが。

敏江の件で由衣は森川詩織（もりかわしおり）を総務部に訪ねた。詩織は社会福祉士の資格を持つ三十代の福祉専門官で、飲み友だち。本来の所属は処遇部だが総務部にも籍がある。

「中旬に入所する坂上敏江さんですけど」

「室蘭の拘置支所からの患者さんですね。関係書類が届くのは来週なので、手元にはまだ」

手にしたファイルを開く。

個室は本館の二階から五階までの全八十室。最上階が女性、二から四階までが男性用。

「入所の手続きはお願いします。空室は５０７しかないのでそちらになると思いますが、確認したかったのは医療部での診察開始の……」

カルテを手に由衣は、熊谷から説明された内容を確認した。

「……それにしても、部屋が空くことはありませんね」

「男女問わず、病人は多いですからね。介護が必要な患者さんも増えてるし」

刑法犯の認知件数は二〇〇二年の二百八十五万件から減り続け、最近では五十六万件とピーク時の二割程度になっている。こうしたこともあり全国にある刑事施設の収容人数も二〇〇六年の約八万人をピークに半減している。しかしながら高齢化の急激な波は刑事施設にも等しく押し寄せ、介護やリハビリが必要な者、さらには認知症患者も急増している。

「特別室、ようやく四部屋が増設されると聞きましたけど稼働はいつからですか？」

現在の特別室は別館一階にある三部屋のみ。ここには要介護認定された認知症患者が優先的に収容されている。

「来年度予算での増設なので、稼働は早くても一年後、来年の秋だと思います。でもそうなると、三浦さん一人じゃとても手が回りませんね」

部屋が増えるのはありがたいが患者を支える態勢は十分ではない。三浦は介護士資格も持つ看護師で、愚痴一つこぼさないため誰からも頼りにされているが、倍増する要介護者をさばくのは容易ではない。

だが、詩織のこの危惧は分院に限った話ではない。二〇一五年、外部の医療機関との兼務が認められ、さらにフレックスタイム制度が導入されたことで矯正医官は増えた。ところが三百人強ある定員は未だ満たされていない。理由はさまざまで、ＣＴやＭＲＩのないところで何ができるのかとの疑問や、最先端の医療ができないとの考え、さらに民間医療機関で働く医師との給与格差などが指摘されている。けれども不人気の最大の理由は「罪人をわざわざ診たくない」という偏見にあると、関係者の多くは考えている。

「ちょっとよろしいですか？」

そこに現れたのは今年の一月に着任した精神科医の中村威一郎。以前は仙台の病院に勤務していたが、働きすぎて身体を悪くしたため、規則正しい生活のできる矯正医官を選んだという。精神科医として、由衣はもちろん医療部の面々は高い信頼を寄せている。

「面会室の修理について教えてください。先日の台風で雨漏りして修理中と耳にしたんですが、いつから使えるんですか？」

「先週末、修理は終わりました。ですからどちらの面会室も問題なく使えます」

詩織が思案顔で答えた。

分院には二種類の面会室がある。一つは受刑者以外、つまり職員と一般人が話をするための部屋。もう一つは、受刑者とその家族などが面会する部屋で「家族面会室」と呼ばれている。こちらは中央に横長のテーブルが、その上に分厚く透明な強化ガラスが組み込まれ、部屋が二分されている。よって言葉は交わせるが物のやり取りはできない。

「面会室に何か問題でもあるんですか？」

質問の意図を図りかね、由衣は質問した。

「実は摂食障害が悪化して分院へ移ってきた患者さん、家族が面会にくると決まったら急に明るくなって。心を入れ替えて治療に取り組むといい出したんです」

「それはよかったですね。ちなみに分院の前はどこに？」

「栃木刑務所です」

中村が口にした栃木刑務所は、全国に十一ある女性を収容できる刑事施設の一つで、国内では最大だ。

「何でも実家が、分院のすぐ近くにあるそうなんです。これまでは栃木に収容されていたので、函館の家族が面会にくることはなかったようなんですけど、分院に転院したことで家族と会えるようになったと。だから自分も努力している姿を見せたいと」

「ご家族って、お子さんですか？」

「本人は未婚で、面会には母親と弟さんがいらっしゃると」

「でも今の話、珍しいですね。分院に移った結果、家族が面会にくることになったって。ほとんどはその逆なのに」

話を聞いていた詩織が言葉をはさんだ。

「どういうことですか？」

「転院しても、その事実を施設側が受刑者家族などに通知することはありません。ですから受刑者自身が手紙などで知らせない限り、どこに収容されているかはわかりません。つまり家族や知人が分院へくるということは、それなりに連絡を取り合ってる場合に限られます」

「なるほど。すると栃木刑務所にいると思って面会に行ったものの、分院へ移っていたため会うことができず無駄足になってしまうこともあるわけですね？」

中村も納得したようだった。

「金子さんが診てる患者さん、面会は多いんですか？」

総務部をあとにして廊下を歩き出すと中村が隣に並んだ。クーラーが効かない廊下は蒸し暑く湿っぽい。窓の外からは蟬の声も流れてくる。

「それほどでも。でも先日、唐獅子牡丹を背中一面に刺青してる受刑者が珍しくうれしそうな顔をしてたんです。たずねたら奥さんが面会にいらっしゃると。意外な答えに驚きました。普段、歯すら見せたことないのに」

「面会は誰だってうれしいものですよ。自分の患者さんにも一人、暴力団関係者がいますが、その人にもつい最近面会がありました。組関係の人は義理堅いんですかね？」

「どうでしょう。そういえば５１７号室の井上明美さん。この方の娘さんは熱心で毎月のようにきています。珍しいですよね」

「里奈さんですよね。たしかにそうでした。でも、なかなかありませんよ。精神的にも落ち着くのでできるだけきてほしいですし、それが無理でも手紙くらいはほしいですけど」

願望のこもった声だった。

母と娘。夫と妻。父と息子。兄弟姉妹。家族の形はさまざまだが、服役するほどの事件を起こした者を、その後も家族の一員とみなして見守り続けるのは容易ではない。

「親子や家族の関係はむずかしいですからね。よい関係を築けなかったため、グレて犯罪に走った。これが一般的にいわれることで、解釈としてもわかりやすく当然のように流布してますけど、こんな単純な話ですべてが説明できるはずありません。家族の数だけ関係がありますから」

ため息交じりの苦笑いを中村が浮かべた。


九月もまだ中旬。厳しい残暑は終わらない。

「坂上敏江さんですね」

カルテを手に由衣は百キロと書かれた身体を観察した。射(さ)し込(こ)む陽(ひ)に照らされる敏江はまさにダルマ。圧倒的な存在感。ただ座っているだけである種の威圧感すら覚える。

「まもなくお母さんになるんですね。おめでとうございます」

「そう？」

「はじめてですよね？」

「うん。そう」

「赤ちゃん、乳児院に預けることになります。つらいでしょうが、ここで育てるのはむずかしいので我慢してくださいね」

「いいよ。泣くと面倒だから」

隣に立つ芙美はもとより立ち会う刑務官も目をむく。

収容者の処遇を定めた『刑事収容施設及び被収容者等の処遇に関する法律』によれば、収容者から申し出があり、刑事施設の長が相当と認め許可した場合には最長一年半、刑事施設内で子どもを養育することができる。しかしながら実際は、生まれた子どもは病院から直接乳児院へ預けられている。生まれたばかりの我が子を抱きしめ、母乳を与えることもほとんどできない。こうした状況はつらすぎると思うが、敏江はまったく関心を示さなかった。

「あの……面倒って、自分の赤ちゃんですよ？　裁判の結果はわかりませんが、もしかしたら一生、抱くことはもちろん、会えない可能性もあるんですよ？」

「ウンチやオシッコするでしょ。だからいらない」

「……いらないって、ご両親は何と？」

「父ちゃんは知らないし、母ちゃんは死んじゃった」

風俗店勤務で子どもの父親も客の一人。そう聞かされていたので、あえて夫ではなく両親のことをたずねたが反応は薄かった。表面的な会話しか成り立たず、言葉の真の意味を理解して応答しているのかと疑いたくなったが引き継ぎ書類を見て納得した。

矯正施設へ入所する際には心理、学力、知能などの各種検査が行われるが、敏江の知能検査の結果はＩＱ（知能指数）70、つまり「境界知能」だった。

都道府県によって多少の違いはあるが、日本人のＩＱの平均域はおおむね85から１１５。知的障害は69以下。敏江が属する「境界知能」は70から84程度で、統計的には約十四パーセント、日本の人口に換算すれば約千七百万人に相当する。一クラスの人数が三十五人であれば五人程度が該当する計算だ。

知的障害ではないものの平均的でもない。これが境界知能だが、この層の者はコミュニケーション、それに勉強や運動などに苦手意識を持っている。また社会生活では仕事についていけない、日常生活でつまずく、精神的な症状としては落ち込みや不安が出たり、人によっては衝動的に行動してしまうなどの特徴があり、結果として周囲の誤解や偏見を生み、理解されないため孤独に陥ったり、場合によっては非行に走り犯罪に手を染めてしまう。

何より問題なのは、境界知能はグレーゾーンであるため社会的支援を受けられないことにある。知的障害と認定されれば障害認定基準に従い年金を受給できるが、この層は受けられない。つまり能力的な問題があるにもかかわらず見捨てられてしまっているのが現状なのだ。

とはいえこの分野は奥が深く、専門家でなければ容易には対処できない。必要になったら中村に相談しよう。そう割り切ると由衣は話を進めた。

「これから出産のための話をします。ですからよく聞いてください」

うなずく敏江。

「出産はここではできないので、車で十分ほどのところにある産婦人科の病院へ移動して、そこで出産することになります。今のところ病院への移動は再来週の月曜、昼食の前に」

「プリン出る?」

「プリン?」

「お昼」

「出ません」

反射的に強く答えてしまったが、この調子でだいじょうぶだろうかと不安が再燃する。出産の説明をしている最中に昼食の心配をするとは。

「産婦人科の先生はベテランですから心配はいりません。出産後はよほどのことがない限り、これから案内する部屋にすぐに戻ってもらうことになります」

「いいよ」

平然と答える。生まれてくる新しい命にはまったく関心を示さない。

「なかなかにすごい患者さんですね。あっという間に噂が広がりそうです」

奇異な患者に数多く接してきた芙美が口にするのだから、やはりすごいのだろう。診察室をあとにする敏江を二人で見送る。

「坂上さんの食事、管理栄養士さんに相談してみます」

「ぜひともお願いします。熊谷さんもおっしゃってましたけど、タバコとアルコールなしの生活でどこまで健康体に戻れるのか、ちょっと興味があります」

「たしかに。でも赤ちゃんが心配です。帝王切開できるんでしょうか?」

「どうでしょう」

「高齢出産だし。実は私も帝王切開で娘を産んだから心配なんです」

当の敏江に代わり芙美が心配を繰り返す。だが考えてみればこれこそが当たり前の感覚で、一切関心を示さない敏江は異常だ。

そもそも高齢出産は、日本産科婦人科学会や世界保健機関で「女性が三十五歳以上ではじめて子どもを出産すること、または四十歳以上の経産婦による出産」と定義づけられ、多くの危険を伴う。流産率は高まるし、加齢によって子宮口の弾力性が低下すると出産も長引く。帝王切開になる確率も高まる。さらに妊娠中は、妊娠高血圧症候群や妊娠糖尿病といった病気にかかるリスクも高まる。妊娠高血圧症候群になれば最悪の場合死産になるし、そうでなくても赤ん坊の発育は悪くなったりする。

「高齢出産はもちろんですけど、私はタバコのほうが心配」

「たしかにそうですね。タバコを吸う女性も妊娠がわかった途端、後悔してやめるのが普通ですから。生まれてくる赤ちゃん、ちょっとかわいそうですね」

　タバコの煙に含まれるニコチンや一酸化炭素、それに活性酸素などは妊娠に悪影響を及ぼす。具体的には子宮の中の胎児や胎盤は低酸素状態となり胎盤では老化が促進され機能も低下する。結果、低出生体重児や早産、それに胎児発育遅延のリスクが高まるとともに、子宮外妊娠や常位胎盤早期剝離（はくり）、前置胎盤を引き起こす可能性も指摘されている。

「由衣さんも出産には立ち会われるんですか？」

「そのつもり。何もできないけど」

「そんなことありません。やはり主治医の立ち会いは必要ですよ」

「でも本人は、これっぽっちもそうは思ってないみたいだけど」

「だからこそ立ち会わないと」

　まさか出産に立ち会うことになろうとは。だが無事に生まれても乳児院に預けられてしまう。親の愛情を実感して信頼関係を築いていくためには、乳幼児期の心の発達、いわゆる「愛着形成」が非常に重要。そう説いたのはイギリスのボウルビィという精神科医だ。

　赤ん坊が特定の人との密接な関係を求める気持ちは心理学においては「愛着」と呼ばれるが、この愛着が作られることで愛情はもとより信頼感も育（はぐく）まれ、さらには自己肯定感にもつながるという。つまり愛着が上手に形成されないと、社会で必要な能力も十分には養えないと今では考えられている。

　とはいえ敏江の下で育てられたとして本当に幸せになれるだろうかとの疑念もわく。実母ではあるが、手のかかる赤ん坊を相手に微笑（ほほえ）みかけ、目と目を合わせ、手と手でふれ合う密なコミュニケーションを取れるとは思えない。食事に窮することはなさそうだが、肉親の愛情を知ることなく成長し、おそらくは敏江同様、義務教育が終わった途端、過酷な競争社会に否応（いやおう）なく投げ捨てられてしまう気がする。努力や勤勉などという言葉からは最も遠い、つらく厳しい生活に埋没するしかない境遇。生まれてこないほうが良いとまでは考えなかったが、新しい命が必ずしも希望を与える存在でない現実に由衣の顔は晴れなかった。

何であれ敏江の生い立ちに目を向けてみよう。由衣は身分帳の閲覧を申請した。

2

医療刑務所では、入所中の患者とは別に外来患者の治療にもあたる。そうした患者は刑務所や拘置所から複数の刑務官に付き添われ、医療刑務所までやってくる。

敏江の入所から四日後。外来患者としてやってきたのは、福島刑務支所に服役している早川桜子。若い女性刑務官に支えられた桜子は、落ちくぼんだ目をして頬もこけ、皺の多い乾いた肌をして病人を絵に描いたようだった。椅子に腰かけるよう促すと、腹に左手をあて静かに座る。

福島からの報告によれば、桜子の罪状は覚醒剤取締法違反。使用の罪で服役中だという。一般的に特別法犯で有罪となって矯正施設に収容される女性のうち、覚醒剤や合成麻薬などの違法薬物に手を染めた者の割合は男性より高い。つまり女性受刑者の多くは違法薬物の経験者となる。

「名前、それに生年月日を教えてください」

質問すると、一つ二つ大きく息を吐いてからゆっくりと答える。

「早川桜子。昭和五十一年四月三日、岩手県盛岡市生まれ」

弱々しいが言葉ははっきりしている。

「おなかが痛いってことですけど、いつから、どこがどう痛むのですか？」

「調子が悪いと感じるようになったのは年明けからで、八月のはじめから鳩尾(みぞおち)の辺りに激痛が走るようになって」

「食事は？　出された物は全部食べられてますか？」

「食事を前にするとむかむかすることが多くて。最近は半分も食べられなくて」

食事は米七麦三が基本。いわゆる銀シャリが提供されるのは正月などに限られる。

はじめに聴診器を胸にあて心音と呼吸音を確認したが、ともに問題はなさそうだった。

「おなかを診せてください。ベッドに横になって、服をめくって」

声をかけると、ベッドに尻(しり)を乗せ横になる。芙美がすぐに慣れた手つきで薄紫色の作業服のボタンを外す。

「ゆっくり、息を吸ったり吐いたりしてください」

桜子が静かに呼吸する。

「痛いのはこの辺りですか？」

「もう少し上」

「この辺り？」

「そこ。そこ」

指に、かなり大きく硬いしこりがふれる。桜子は顔をしかめたまま、顔にかかる髪をかき上げるでもなく、歯を食いしばり、ただただ苦痛をこらえている。

「精密検査をしましょう。これまでに胃カメラの経験は？」

「ないけど、そこまでしなくても。痛み止めさえもらえればそれで」

「できる検査もしないで福島へ戻ったのでは意味がありません。悪い病気だったら周囲の人に迷惑をかけることにもなります。異常がなければ安心してすごせます。明日はむずかしいけど、できるだけ早く胃カメラで検査しましょう」

結果次第で入院となるが部屋に空きはない。とりあえず外来患者向け病室を使うことにした。

「ちょっといいですか？　保健助手の方ですよね？」

芙美に付き添われ桜子が出ていくと由衣は刑務官を呼び止めた。

保健助手とは、准看護師の資格を有する刑務官で、体調の悪い受刑者が最初に頼る相手だ。ちなみに准看護師の資格は、刑務官として働きながら二年間准看護師学校へ通って取得する。

「福島の先生と電話で話した際、早川さんの体調が悪いことに最初に気づいたのは保健助手の方とうかがいました。ですからここで、早川さんの普段の様子を教えてください」

話しかけた由衣は椅子を勧めた。

刑務官は腰を下ろすと、時々目を閉じ、何かを思い出そうとしながら話しはじめた。

「春頃から動きが緩慢になり、梅雨（つゆ）の時期、作業中に食事をもどすことがありました。そこで医務課の先生に診ていただいたのですが、その時は大騒ぎすることはないと」

「作業は何ですか？」

「紙折りです。まじめで手を抜くこともなく、丁寧です」

作業とは、刑務所内にある工場で行う刑務作業で懲役刑として刑法に規定されている。その主たる目的は受刑者の再犯防止、および円滑な社会復帰で一日八時間、週に五日が基本となっている。紙折りとはその作業の一つで、贈答用の紙袋などを手で折って作る。

「雑居房にいる時も静かに本を読んでいることが多く、手のかからない受刑者です。この夏から独居房へ移したのですが、娘の写真を何枚も飾り、よく見つめています」

三十代と思われる女性刑務官は落ち着いた態度で答える。

「独居房へ移した理由は？」

「お盆前から目に見えて体調が悪くなり、食事も半分を残すようになったからです。作業もここしばらくは見合わせ、あらためて医務課の先生に診ていただいたところ」

終わりまでいわなかった。

受刑者が希望しても、医師の診察を必ず受けられるわけではない。通常、まずは担当の刑務官に相談して、信じてもらえれば医務課へ連絡をする。その連絡を受けるのが准看護師資格を持つ刑務官、いわゆる保健助手と呼ばれる者たちで、最終的に医師の診察を受けられるのは保健助手が「手に負えない」と判断した時に限られる。

刑務所の医療はこのように保健助手によって成り立っている。逆にいえば大きな権限を与えられた保健助手にはそれだけの責任もある。受刑者の度重なる訴えを軽んじ、病気が悪化して亡くなるようなことになれば当然問題視される。

「医者嫌い、または病院や診察が嫌いということはありますか？」

「それはないと思います。話をするたびに本人は『これは自分に下された罰だ。だから甘んじて受ける。そうでなければ娘に顔向けできない』といいますから」

「珍しいですね。そんな言葉を口にするなんて」

普段考えていることがつい口に出てしまった。残念なことだが、自分が犯した罪と真摯に向き合い反省する。そんな受刑者は多くない。いや実際のところ、由衣がこれまで接してきた受刑者のほとんどは、自分を利するために平然と嘘をつき、運が悪かったと考え不運を嘆くだけで、自分が犯した罪を認めたがらない。

「写真を飾り、まじめに服役しないと娘に顔向けできないなんて、よほど娘さんを気にかけているんですね。三回目の逮捕ってことですが、娘さん、いくつですか？」

「はっきりとはわかりませんが高校生なのはたしかです」

思春期の娘を持つ母親。根はまじめそうに見えるのに、どうして覚醒剤に手を出してしまったのだろう。手に触れるしこりは硬く、癌が強く疑われる。痛みも相当あるはずだが、それを「罰」と考える桜子に由衣は興味を持った。

「早川さん。詐病じゃないようですね。しこりも大きいみたいで」

診察を終えたところで芙美がいった。

「あれだけ大きくて硬いってことは、かなり前から悪かったはずなんだけど」

指先に触れた、悪意の塊を思わせるしこりの感触がよみがえってきた。

矯正施設への入所の際には、前述の知能検査などに加え、全裸になっての身体検査や健康診断も実施される。またある一定以上の年齢では血液検査も義務付けられている。これは一般の病院の検査と同レベルで、男女ともに腎臓や肝機能、肝炎ウイルスや梅毒などのスクリーニングが行われる。こうした検査で見つかっていれば、と考えもするがすべてはあとの祭りだった。

「自分の身体を大切にしない人が多いですからね」

片づけ物をしながら芙美が嘆く。

これもよくいわれることだが、受刑者の多くは健康に関して無頓着だ。貧困が理由で、適切な診療を受けられなかったり、投薬を受けられないケースもあるが、むしろ健康に関して無関心であることが主たる要因ともいわれている。これはまた、他者を慮ることがほとんどないことにも通じる。つまりこうした点が、他者に被害を与える加害者になっても罪悪感を持たない遠因とも考えられている。

「由衣さんも気を付けてくださいよ。医者の不養生は多いですから」

これには苦笑いを返すことしかできない。

「そういえば先月亡くなられた近藤さん」

「３０３号室の？」

「ええ。あのカチカチ」

カチカチとは放火犯のこと。もちろん由来は昔話の『かちかち山』。

「そこそこ高齢でしたよね？」

「ちょうど八十歳でした。でもあれは天罰です」

「天罰？」

「だって、いまわの言葉が『熱い熱い』だったって話ですから」

近藤は二十年以上も前に世間を騒がせた連続放火魔で、無期懲役が確定して服役していた。自白しただけでも放火が十件。一人が焼死、十名以上が負傷。

「それって作り話じゃないですか？　ちょっとできすぎです」

「いえ、本当です。臨終に立ち会った熊谷さんだけでなく、富樫さんも口にされてましたから」

「富樫さんって、刑務官の？」

「そうです。あの堅物の富樫さんが口にされてたわけですから、これはもう本当だろうと。やっぱり悪いことはできませんね」

消毒した器具を棚にしまう。

由衣より少し年上の芙美は典型的なお喋りだ。業務終了後、片づけをしながら噂話をするのが日課で、これでストレス解消を図っている。その情報網は驚くほど広く、いったいどこからどうやって仕入れるのか、分院で起こった些細なことも三日以内にはその耳に入っている。まさに情報の宝庫ともいうべき存在で、こうしたことに疎い由衣にとっては分院の最新情報を教えてくれるありがたい存在でもある。

「失礼します」

芙美の話が途切れたちょうどその時、ノックに続きドアが開かれた。

「中村さん。何か？」

「岡崎さんもいらしたんですね。ちょうどよかった。これ、お二人で」

芙美が近づくと紙袋を差し出す。

「いただき物なんですけど食べきれなくて。よかったらどうぞ」

薄緑色の紙包みを受け取った芙美が、その場で中身をたしかめる。

「草餅とお煎餅。どうしたんですか、これ？」

「大家さんから、やはり食べきれないからと。遠慮したんですが、半分押し付けられる形で受け取ることになってしまって。無駄にしてはいけないと思い、お持ちしました」

「親切な大家さんですね。羨ましいです。私なんか、今のアパートに住んで七、八年経ちますけど、こんな心づかい一度だってありません」

芙美が二人を笑わせる。

「由衣さん。私、草餅一ついただいていいですか？　娘の大好物なんです」

「もしよかったら、全部どうぞ」

「え？　よろしいんですか？　由衣さん、もしかしたら甘いもの嫌い？」

「嫌いではありませんが、娘さんと一緒に食べていただいたほうがいいかなと」

「ありがとうございます。それでは遠慮なく」

礼を口にすると、紙袋を手に芙美は部屋を出ていった。

「いつも気持ちいいほど明るいですね」

「とても助かってます。話をしていると気が晴れるし」

とかく沈みがちになる職場だが、芙美の持ち前の明るさに助けられることも多い。

「妊婦の」

「坂上敏江さんが何か？」

「今朝、リハビリ室へ行った際にはじめて会ったんですが、噂どおりで驚きました」

中村が手近な椅子に腰を下ろす。

「境界知能の患者さんのようですが、金子さんの見立ては？」

「これから身分帳などに目をとおすところですが、生育環境にも問題があったのか普通のコミュニケーションが取れなくて。中村さんにも診ていただきたい。そう考えていたところでした」

「それでは出産を終えて一段落したら、直接話をしてみます」

「ぜひともお願いします。ところでお耳に入った噂って、いったい誰から、どんな話が？」

「５０６号室の相沢桃花さんから。ご存じですか？」

「顔だけは。六十代半ばの？」

「そうです。糖尿病が悪化して、札幌刑務支所から転院してきたんですが、どこでどう聞きつけたのか『妊婦が入所するらしいが、実の子を犬畜生みたいに産み棄てるとは何事か。しかもヘビースモーカーとは』と、えらい剣幕で。関西弁で怒鳴りつけられてしまいました。ご自身、殺人で入所された方なのに」

　てっきり芙美からと思ったが患者からだったとは。まだ数日しか経っていないのに、まさに「悪事千里を走る」だ。しかも「乳児院に預ける」が、いつのまにか「産み棄てる」に変わっている。それにしても殺人犯に犬畜生とさげすまれるとは。

「やはり子どものこととなると女性の目は厳しいですね。まあ、そうでなければ逆に困りますが」

　子殺しの女性は刑務所の中でも最も軽蔑され、足蹴にされる。以前そんな話を聞かされ、その時は「大袈裟にいっているのだろう」と思ったが、どうも嘘ではないらしい。

「あの身体なので出産も心配ですが、主治医としては産後の健康管理に注力しようと考えています。熊谷さんも、タバコとアルコールがなければ健康体になるだろうと期待されてましたし」

「たしかにその二つは大きいですからね」

「でも。助かります。アドバイスいただけると」

「少しでもお役に立てるなら光栄です。それではこれで」

立ち去る背中を見つめながらふと思った。もしかしたら草餅と煎餅もいただき物ではなく……。いや、考えすぎ……。


芙美と中村が帰宅する。一人残った由衣は熱いコーヒーを淹れ、パソコンで検索をはじめた。敏江の身分帳を閲覧したが、拘置所からやってきたため記載はほとんどなかった。そこでネット上の新聞や週刊誌の記事などを閲覧し、敏江の生い立ち、犯罪の経緯を知ろうと努めた。

坂上敏江は今年四十歳。昭和五十八年五月、秋田県秋田市に生まれていた。兄弟姉妹はなく、母親は地元の風俗店勤務だったが、敏江が二十歳の時に死亡。父親はやはり客の一人であったことしかわからない。中学を卒業するとすぐに仙台へ移り住み、そこで若い身体を資本に昼はスーパーのレジ打ち、夜は年齢を偽りキャバクラでキャストとして働いていた。夜の仕事は性に合っていたのかそれから逮捕されるまで、ある意味まじめに勤務していた。

ずっと一人で暮らしていた敏江だったが三十五歳の時、客の一人と恋仲となり同棲を開始。三年後にその相手と一緒に札幌へ引っ越してきたものの、水商売から足を洗うことはなかった。

好きになった女性に風俗の仕事をさせる相手。いったいどんな男だろうと興味を惹かれたが、滝川翔を名乗るその男は指定暴力団の構成員だった。茶髪にイヤリングをした狡賢そうな顔からはいかがわしさしか感じられず、どこまで本気で敏江を愛し、幸せにしようと考えていたかは疑わしい。本心を聞いてみたい。そう思ったが、それはできない相談だった。なぜなら旅行先で敏江が殺害した相手こそ、この滝川だったからだ。

何とか生い立ちを探り出した由衣は冷めたコーヒーで一息入れると次いで、敏江を凶行に駆り立てた理由を探った。

ネットの記事が伝えるところでは、敏江が洞爺湖畔（とうやこはん）のコンドミニアムで滝川を刺し殺したのはこのたびの妊娠がきっかけだった。警察の取り調べに対して敏江は「自分は働かず人の金を勝手に使うのが嫌だった。妊娠したと話すと大声で罵り（ののし）殴りつけてきたので腹が立ち、近くにあった包丁を手に抵抗したら胸を刺してしまった」と淡々と答えたという。

立ち会ったわけではないため、その時の状況など知る由（よし）もなく、加えて二人のそれまでの生活もわからない。けれども刺殺という重大な結果を招いたにしては、事の成り行きはいささか単純すぎるように感じられた。けれども「殺すつもりはなかった」という敏江の言葉は本心に思えた。どうみても物事を計画的に進めたり、考えをもって何かをする人物でない。嘘ではなくカッとなって揉め（も）、衝動的に刺したのだろう。

来週はこの敏江の出産に立ち会うことになっている。リスクだらけで生まれてくる命が何よりも心配だが、自分がすべきことは母親となる敏江の健康管理。食事はすべて管理しているので効果は期待できるが、急な制限は命にもかかわる。各種検査の数値はどれも「間違いではないか」と思うほどひどいのだから。

帰宅のため着替えをすませ外へ出ると、いつしか雨になっていた。

「まだやってたのか?」

傘を手に歩き出すと背後から声をかけられた。

「熊谷さん。こんな時間まで何かありました？」

「センターから面倒な相談が舞い込んできたんだが、そいつを院長から丸投げされた」

「中間管理職もつらいですね」

「まあな。浅井さんの後任、なかなか決まらないからな」

浅井の名前が由衣の気持ちを揺さぶる。

「釣りの予定、ないんですか？」

あえて釣りの話題を持ち出した。

「珍しいな。ネコが自分から釣りのことを口にするなんて。久しぶりに行くか？　俺もここ半年、ご無沙汰だからな。いつならいい？　俺は日曜なら空いてるけど？」

釣りの話題になるとまるで別人。声音も違う。

「日曜なら空いてますけど、どこ行くんですか？」

二人は通用口へ向かった。

「砂崎灯台。行ったことあるか？」

「内浦湾に面して立つ灯台ですよね。大沼を抜けて洞爺湖までドライブした時、車の中から見ました。でも釣りではまだ。何を狙うんですか？」

「ヒラメだ。去年、四キロの大物を釣りあげた。体長は約七十センチ。刺身、唐揚げ。どれもうまかったぞ」

濡れるのもかまわず、得意げに両手を広げてみせる。

「とても食べきれないでしょ」

「そりゃそうだ。でも毎回釣れるわけじゃない。実際去年はクサフグばかりだった」

「フグって北海道でも釣れるんですか？」

「温暖化の影響って誰かがいってたが、最近驚くほど多い」

ここで熊谷は二度三度とうなずき、先を続けた。

「この海にはクサフグしかいないんじゃないか、クサフグの群れに糸を垂らしてるんじゃないか。そう思うほどだった。しかも引きが強くて、そこそこの早巻きじゃ太刀打ちできない」

「クサフグって食べられるんですか？」

「弱毒の筋肉部分は食える。しかも淡白でうまい。でも刺身にするには小さいから、食べるとしたら味噌汁か鍋、それか唐揚げだな」

「そういえば東京にいる時、透き通ったフグのお刺身を食べました」

「刺身ならやっぱりトラフグだな。透明で身が締まってる。話をしてたら食いたくなってきた。早く釣って、捌きたいな」

「捌くって……熊谷さん。もしかしたらフグも自分で料理するんですか？　たしかフグ毒のテトロドトキシン（ＴＴＸ）って猛毒でしたよね？」

「青酸カリの八百だか千倍だったかな。神経毒でマウスへの経口投与のＬＤ50はたしか０・０１」

「０・０１？　それってつまり体重百キロの熊谷さんも、わずか一ミリグラムを口にしただけで半分が死んじゃう。それくらい強い毒ってことですよね？」

「半分が死ぬって何だそりゃ。第一俺はそこまで大きくない。まだ九十だ。でもまあ、いろいろなデータがあるが、ヒトの経口摂取による致死量は一から二ミリグラム。恐ろしく強い毒ってことはたしかだな」

雑学をひけらかし、うれしそうに髭（ひげ）を撫（な）でる。

ＬＤ50とは半数致死量の意で、投与した動物の半数が死亡する用量を表す数値だ。単位は通常、動物の体重一キログラム当たりの投与重量をミリグラムで表す。すなわち数値が小さければ小さいほど、強い毒ということになる。

「私、遠慮しときます」

「何勘違いしてんだ？　俺はたしかに自分でも捌く。だがな、自分で食べる分だけだ。家族はもちろん、他人のために捌くことは絶対にしない」

「そうでしたか。それを聞いて安心しました」

「第一、お前に毒盛ってどうする？　お前が死んだら俺に巨額の遺産が舞い込んでくる、そういうことか？　それなら別だが」

「遺産残せるほどお金持ってません」

「……ネコ……お前って奴（やつ）は本当に」

「？」

「冗談の通じねえ奴だな」

3

午後出勤の金曜。テレビを見ながら昼食をとっていると秋のイベントが紹介された。どれもが実りの秋に関連した食のイベントだ。

去年は一人、函館の西部地区で開催される「バル街」に繰り出した。スペインの立ち飲み居酒屋であるバルをはしごするイベントでピンチョスを食べ歩いた。サングリア片手に、串に刺された揚げ物や生ハム、それに焼き物など料理人が腕を奮ったピンチョスを頬張ったが、どれも個性的でおいしかった。今年は詩織と行く予定だが、テレビを見ていると蚤の市も訪ねたくなった。北海道内外からアンティーク品や中古の物、それにジャンク品などが集まる市で、クリエイティブなアーティスト作品も見られるという。

晴れていたので自転車で登院。白衣に着替え、執務室へ入ると中村が声をかけてきた。

「早々ですけど二時予定のカウンセリング、四時に変更できませんか?」

「かまいません。それでは四時から」

由衣は患者を診て回ると、最後に507号室の敏江を訪ねた。

「坂上さん。体調はどうですか?」

敏江はベッドに横になっていた。することもなく、手持ち無沙汰といった様子で、声をかけても顔を向けるだけ。

「食事、残したみたいですけど」

「まずい。味がない。タバコ、ない？」

「タバコは厳禁です。アルコールも」

「ここから出たい」

「週明けには産婦人科の病院へ移動です。もう出産ですよ」

「そこならタバコ吸える？」

いったい何を考えているのだろう。

「それは違うでしょ。これから母親になるんだから、子どものことを少しは考えなさいよ」

呆(あき)れ果(は)て、どう答えようか迷ったところで、気持ちを代弁する言葉が投げつけられた。背中から響いたのは苛立ちの交じる女性の声。向かいの517号室からだった。ここに収容されているのは、やはり由衣が主治医を務める井上明美。本来なら懲罰対象だが、注意しようとする刑務官をあえてとどめた。四時から中村の手を借りる患者がこの明美。そこで注意することにした。

診察室のドアがノックされたのはカルテの整理が終わった時だった。

「思ったより早くすみました。予定より少し早いようですが、よろしければ今からでも」

入ってきたのは中村。

「わかりました。よろしくお願いします」

四時十五分前。由衣は腰を上げた。

春以来、中村に助けてもらっているのは今年六十二歳になる井上明美。夫と義理の息子の二人を刺殺。懲役十五年の実刑判決を受け札幌刑務支所に服役していたが三年前、転院してきた。理由は脳梗塞を発症して右半身が不随となったため。転院後に緑内障も見つかり、それを苦に自殺を企図。失明へのおびえで精神的に不安定になり日々「死にたい」と口にするようになっていた。

「緑内障、どうですか?」

エレベーターに乗り込むと、中村が明美の体調を質す。

「ぼちぼちというか。治る病気ではありませんから」

「やはり失明は免れませんか?」

心配そうに聞いてくる。

「専門の先生に診ていただければ一番いいのですが、それもできないので電話などで意見をうかがっているところです。でも、どの先生もむずかしいと」

「発見が遅すぎたわけですね」

「それに尽きると。早期に発見して、症状が軽いうちに治療を開始すれば何とかなる病気だが、遅れてしまうと重度の視力障害や失明はなかなか防げないと。眼圧が上昇して視神経が一度障害されてしまうと回復は困難という説明です。初期段階では自覚症状がほとんどないため、気づいた時には重症化して失明寸前という例が非常に多いと。特にリスクが高まる四十代以降、二十人に一人が有病者だと教えていただきました」

「定期的な眼科検診があればいいんですけどね。治療は何を?」

「眼圧を下げることを目的に点眼薬を与えています。レーザー治療や手術はむずかしいので」
明美の場合、すでに両目で緑内障が進行し「霧の中にいるようにぼんやりする」状態になっている。下方視野障害であるため、食事や歩行にも支障をきたす。読書も遠からず、できなくなってしまうだろう。

「そういえば最近、入所中に緑内障が悪化して、適切な治療を受けられなかったために失明したと、国に損害賠償を求める裁判が起こされてましたけど」

「本当ですか?」

「判決はまだ先ですけど、ちょっと気になりますね」
気が重くなった。この手の病気は重症化してからでは、できることも限られている。制約の多い中での治療を責められては、矯正医官はますます敬遠され、なり手が減ってしまう。

「ケセラセラ。なるようにしかなりません」
励(はげ)ますよう口にすると、二人は明美の待つ、空室となっている医療部長室のドアを開いた。

「井上さん。体調どうですか?」
気を取り直すと由衣は、ソファに腰かける明美に話しかけた。
目立ちはじめた白髪をきれいに撫でつけた明美は、おちょぼ口でぼそぼそと話す。

「悪くはないです」

「お元気そうですね」
続いて中村が声をかける。

「何とか。死にたい気持ちは変わりませんけど」

顔を向けるが、眼球はきょときょとと相手を探すように動く。よく見えていないようだ。

自殺を図った明美が、緑内障の進行とともに自暴自棄となり、再度自殺を企図するかもしれない。由衣はそれを何よりも心配していた。とはいえ根本治療はない。遠からず完全に失明してしまうことを考えれば身体ではなく心のケア、精神の安定を図ることに注力するしかない。そう考えたものの、これも容易ではない。気晴らしに外出したり、おいしい物を食べて歓談できればいいが、もちろん許されるはずはない。

手足を縛って川に投げ込まれ、さあ泳げといわれているに等しい状況で、それでは何ができるのか？　相談を持ちかけた相手が精神科医の中村だった。

「今日は先日の続き、小樽(おたる)の会社で働く娘の里奈さんのことを話してもらえませんか？」

「里奈のことですか？　でも……」

「毎週のように手紙を送ってくれたり面会にもきてくれる。そんなによくできた娘さん、なかなかいませんよ。いったいどんなことを話してくれるんですか？」

「友人と海水浴に行ったとか、ＢＢＱを楽しんだとか。そういえば今度、京都へ紅葉を見に行くといってました」

「それは羨ましいですね。里奈さんと一緒に紅葉を見に行ったこと、きっとありますよね？　いつ頃、どこへ行ったんですか？」

「……あの娘(こ)が幼い頃、近くの公園に行きました。お弁当を持って。ちょっと甘い卵焼きが好きなんです」

「おいしそうですね」

「でも」

嫌なことを思い出したのか、明美は急に口をつぐんでしまった。

「気持ちがふさぐようなことは忘れるに限ります。気持ちの切り替えが何よりも大切です。嫌なことは忘れ、楽しかったことを思い出してください」

ソファの隣に腰かける中村は繰り返しうなずきかける。その様子を眺めながら、カウンセリングを依頼した際、中村が由衣に示した言葉を密かに反芻した。

「残念ですが、特別なことはできません。でも、患者さんの話を聞いてあげることは意味があると考えています。心の中に溜まった澱を取り除く。言葉にするとむずかしく聞こえますが、自分たちにできることは唯一、話を聞いてあげることなのだと。そうすることで、患者さんの気持ちがわずかでも安らぐのであればそれでいいのです。普段、他人とのコミュニケーションを禁止されている制約だらけの環境に身を置いているわけですから、話をするだけでもストレスの発散になり、心が休まります。さらにいえば、話すことで頭や体力を使うので、ぐっすり眠れるようにもなりますから」

こうして由衣は、明美を中村にまかせ、そのやり方を勉強させてもらうことにしていた。

中村は由衣に、明美を狭い部屋から連れ出し、可能な限りゆったりとできる空間で話すことを提案。院長の許可を得て、空いている医療部長室を利用することにした。規則上、手錠をかけるとともに刑務官の立ち会いも必要だが、普段より離れて見守るよう依頼した。

「……それではここで終わりにしましょう。次回も里奈さんのことを教えてください」

一時間ほど話をしたところだった。中村が終了を宣言する。

「ありがとうございます。少し気持ちが楽になった気がします」

「それはよかったです。普段から自然にふるまうのがこつです。焦る必要は何一つありません。気が向いたら手紙でも書いてみたらどうでしょう」

「できれば。でも最近、小さい字を読んだり書いたりするのが億劫（おっくう）になってしまって。本も読めないです。やっぱり生きてる意味ないですね、これでは。死にたいです」

よい方向へ流れていたが最後に反転してしまった。

成り行きを見守っていた刑務官が、終了とともに明美に近づくと、手を添えゆっくりと立たせる。目が悪いため、歩こうとすると腰が引け、よちよち歩きになる。明美は温厚で、大きな声を出すことは滅多（めった）にない。けれども正しいと思うことについては決して譲らず、自己主張を頑固に繰り返す。そんな融通の利かない面もあった。

敏江を聞きとがめた件を注意しよう。そう考えていたが、老婆そのものの背中を見てやめにした。少しずつ、でも確実に失明へと追い込まれていく明美。その明美に些細な点を注意することは鞭打（むちう）つことにしか思えず、意味を見出（みいだ）すことはできなかった。

「中村さんって、いつも朗（ほが）らかで羨ましいです。だから患者さんも安心するんでしょうね。自分にはとても真似（まね）できません」

刑務官に手を引かれ、幼児のようにおぼつかぬ足取りで部屋を出ていく明美。その後ろ姿を見つめながら由衣はいった。

精神的病を持つ患者に対すると、由衣は医師としての力の無さを見せつけられた気持ちになる。投薬で症状が和らぐことはあるだろうが、根本的に治癒し、元どおりにすることは無理と考えてしまうからだ。由衣にとっては、肉体的疾病に立ち向かうほうが何倍も楽だった。

「それは誤解です。金子さんはせっかちに思えますが、自分は逆にのんびり屋というだけです。だから金子さんからはそう見えるだけです。でも、どちらが正しいというわけでもありません。せっかちはせっかちの、のんびり屋にはのんびり屋のよいところがあります。それぞれに合った仕事を選び、それをすればいいだけです」

決して焦らず驕ることもない。誰とも真正面から向き合い、根気よく話しかけ、ゆっくりとやり取りを繰り返し、うなずきかける。これが中村であり、敬服する点でもある。

「明美さんの『死にたい』、何とか止めたいですね」

「そうですね。本当にむずかしいです。あの相沢桃花さんも同じで、やはり止められません」

どこまでも謙虚に、しかも自身を律することを忘れない。

精神科医は中村の天職だ。口には出さないが、由衣はそう思うようになっていた。

「ところで中村さんも行かれるんですよね？　日曜のヒラメ釣り」

カウンセリングを終え、廊下を歩き出すと由衣は話しかけた。

「申し訳ありません。楽しみにしていたんですけど、急に行けなくなってしまって。ですから二人で楽しんできてください。でも夕食会には参加させていただきます」

「夕食会？」

「熊谷さんからは、ヒラメの刺身とカルパッチョ、ムニエルに唐揚げ。何でも好きな物を食べさせてやるから夕食会にだけは顔を出せって。店の案内までいただきました」

早くも大物を釣り上げた気分でいるらしい。少々不安になった。

4

夜明け前、函館を出発。五時すぎに砂埼灯台に到着し、熊谷と並んで釣り糸を垂らす。先着した釣り人が数人、砂浜から海に向かって竿を振っている。

五時半をすぎたところだった。早々に、熊谷の竿が大きく「く」の字にしなる。

「よっしゃ！」

熊が吠えるがごとく、あたりかまわず大声を上げると熊谷は太い腕で竿を握りしめた。だが上がってきたのはひょうきんなクサフグ。

「熊谷さん。きました！」

白みはじめた空の下、今度は由衣の竿がしなる。だが同じだった。

それから四度。熊谷と由衣は落胆を二度ずつ味わった。

「……またか」

初心者の由衣としては何が釣れても実はうれしい。でもヒラメしか眼中にない熊谷を前にしてはやはり申し訳ない気持ちになる。頭の上では嘲笑うかのようにウミネコが鳴いている。

「すみません。クサフグばかりで。ウミネコにもバカにされちゃって」

「謝る場面じゃないだろ。俺だってクサフグしか釣れてねえんだから」

「でも、中村さんに約束したって。私もヒラメの刺身とムニエル、どうしても食べたいし」

「食いたいのは俺も同じだ。まだ時間もある。何とかなるだろ」

豪快にいい放つ。だが天は無情だった。

「まあ、こんな日もある。くよくよするな」

帰り支度を整え、黒のSUVに乗り込むと運転席の熊谷が慰めてくれる。だがそれは、自分への言い訳に違いなかった。

「夕食。どうします？　クサフグしか釣れませんでしたけど」

「問題ない。まかせとけ」

まったく釣れなくても腐ることがない。中村同様、ある意味マイペースだが憎めない。

車は一路、函館を目指して国道278号を西へ進む。左手には渡島富士(おしまふじ)とも呼ばれる北海道駒ケ岳(こまがたけ)。標高は千百メートルほどしかないが、独立峰なのでその姿は雄大の一言に尽きる。

「湾の向こう、反対側が室蘭ですよね？」

「そうだ。ここからだと車で二時間半くらいだ。室蘭に何かあったか？」

「坂上敏江さん。まもなく出産する」

「室蘭からきた彼女か。明日、移送だったな。どうだ調子は？」

答えに窮した。思い出すだけでため息が出る。

「……正直、不安しかありません。どうも自分の置かれた立場を正しく理解してないみたいで。プリンはないか、タバコを吸いたいって。出産となれば、自分のことよりまずは生まれてくる赤ちゃんのことを心配するのが普通なのに」

「ネコ。普通って何だ？」

答えないでいると熊谷が続けた。

「彼女、境界知能なんだろ？　それなら能力的な問題であって、本人のやる気や努力の問題じゃねえだろ。違うか？」

「そうでした」

「俺やお前が考える普通って人間ばかりだったら、おそらく俺たちは必要ない。全国に数多くある矯正施設はどこもきっと閑古鳥が鳴く。それがいいに決まってる。けれどもそんなことは決してねえ。それどころか満員御礼。列をなしての順番待ちだ」

これは否定できない事実だった。

法務省が毎年発表する「矯正統計年報」。二〇二一年のデータによれば、新受刑者一万六千百五十二人のうち、測定不能を含めた二割強が知的障害者、正常とみなされる者は三割強、敏江と同じ境界知能が半数弱。さらに女性では知的障害者の割合は男性より多く、正常とみなされる者の割合は少ない。つまり新たに矯正施設に収容された者のうち三人に二人程度は境界知能か知的障害者とみなされる者たちなのだ。

しかしながら、知的障害者が罪を犯しやすいかといえばそうではない。むしろほとんどの者は習慣や規則には従順で争いを好まない。ただ善悪の判断が定かではないため、社会規範を守れず逸脱してしまうことはある。ＩＱが70の敏江の場合、その精神年齢は十一から十二歳程度。それを考えれば大人同士の会話が成り立たないのはむしろ当然ともいえる。

「調べてみたら敏江さん自身、ある種ネグレクトのような環境で育ったようでした。父親を知らず、母親は今の敏江さんと同じ風俗店勤務。こうした状況を知ったら、生まれてくる赤ちゃんは乳児院に引き取られるほうがいいんじゃないか、そう考えてしまったほどです」

「負の連鎖だな」

的を射た指摘だった。

「この敏江さんとは別に、緑内障で遠からず失明してしまう患者が『死にたい』って口にするんです。考えたくありませんけど、自分の身に置き換えたら怖くなってしまって。中村さんにカウンセリングをお願いしてるんですが、話を聞く以外できることはなくて。狭苦しい部屋。そこに閉じ込められるだけでもおかしくなりそうなのに、目も見えなくなってしまうなんて。気晴らしの読書まで奪われたら、死にたくなってもしかたないかって」

「じゃあ、手助けして死なせてやるってのはどうだ?」

「死なせるって……そんなことできるわけないじゃないですか」

運転を誤らせてしまうほどの勢いで声を荒らげてしまった。

「あ、危ねえな。落ち着け、ネコ」

「だって熊谷さんが」

「わかった。わかった。お前の主張は正しい。俺だって、できるなんて思っちゃいねえ」

熊谷が必死になだめる。

できるはずなどない。そんなことは百も承知。だからこそ力不足を嘆き、その都度苦悩する。

繰り返し、繰り返し。

「あの娘の家庭教師してるんだって?」

何回か橋を渡り、小沼に差し掛かったところだった。

「美帆ちゃんのことですか?」

「そう。美帆ちゃん。あれ以来、お店では顔を見ないけど」

「受験生が店の手伝いなんてするもんじゃない。そんなに甘くないって、お母さんが」

「なるほど。それでどうなんだ?」

「数学と化学、生物の成績はいいんですけど、英語が苦手で。いばれるほどじゃありませんけど私、受験英語は得意だったので。でも家庭教師っていうより気晴らしの相談相手って感じです。いろいろと悩みがあるみたいで」

「最も多感で傷つきやすい年頃だからな。勉強に集中するためにも、余計な心配事はできるだけなくしたほうがいい」

美帆は、行きつけの喫茶店の看板娘。一度は断念した医師の道を、由衣や熊谷などのあと押しもあり再び目指している。そんな美帆のたっての願いで月に二度、苦手な英語を助けている。

「実は、ちょっと面倒なことが起こりそうで」

「面倒?」

「先週、その美帆ちゃんに会ったんです。その時、中学校の同級生と再会した話をしてくれたんですけど、その同級生、一回三万円のバイトをしてるって」

「一回三万? 何かヤバそうだな」

「ですよね。でも再会したことがうれしかったのか、それを気にしてる様子はまったくなくて。藪蛇になってはいけないと考え、その時は聞き流したんですけど」

無邪気に再会を喜んでいた美帆。その笑顔が曇ることを恐れ自分は何もいわなかったが……。

「でも、家族に応援してもらえる美帆ちゃんは幸せです。忙しい中、お母さんは毎日おいしい食事を作って応援してくれてるわけですから。それだけできっと頑張ろうって思うはずです」

由衣は自分を納得させるよう口にした。気にしすぎるのもよくない。

「親子関係はむずかしいからな。誰もがそんな、いい関係を築けるわけじゃねえし」

敏江も被害者。そう考えたことが思い出された。


自宅まで送り届けてもらった由衣は、録りためた映画を観て午後をすごした。映画はたまる一方で、まだ百以上のタイトルが手つかずのままだ。

陽が陰り空腹を覚えはじめたのは六時すぎだった。シャワーを浴び、着替えてから駅を目指す。行き先は大門横丁のすぐ裏にある熊谷行きつけの日本料理店『夢咲』。今日の釣果、といってもクサフグしかないが、を唐揚げや味噌汁にしてふるまってくれるという。

坂道を歩き出すと蟋蟀の声が枯草の陰から漏れてくる。重なり合う声に寂しさを感じた由衣は足をはやめた。

「待ってました、クサフグ娘」

紺地に海老と鮭が描かれた暖簾をくぐると声がかかった。赤ら顔の熊谷が猪口を手にしている。奥には中村。苦笑いをしている。

「金子さんですね。お待ちしてました。熊ちゃん、クサフグしか釣れなかったからいじけちゃって。すぐに用意しますから、どうぞお座りください」

店主は年の頃は四十代半ば。笑顔を絶やさず、丁寧な言葉づかいで挨拶してくれる。

「自分は髙橋といいます。熊ちゃんとは釣り仲間で、もうかれこれ十年」

「違うぞ。十三年だ」

熊谷が割り込んでくる。

「ってくらい長い付き合いです」

熊ちゃんと呼ぶほど親しい間柄であることはすぐにわかった。

「金子さん。残念でしたね。クサフグだけなんて。でも、こちらの髙橋さんが、おいしい唐揚げと味噌汁に仕立ててくれるそうです」

「楽しみ。それじゃ、お勧めのお酒と一緒におまかせでお願いします。私、何でもいけるんで」

中村に笑顔を返すと由衣は熊谷の隣に席を取った。すぐ脇に置かれているのはホッケ、シャコ、スルメイカに秋刀魚が泳ぐ大きな生け簀。

「それではじめにフグ刺しをお出しします。お酒は地元の『五稜』の純米大吟醸を冷やで。一息ついたところで、唐揚げと味噌汁をお出ししますから、ゆっくり味わってください」

七分袖の板前服が似合う髙橋は、他の客もさばきながら手際よく準備してくれる。待たずして、真っさらな白木のカウンターには見事な薄造りが並べられる。

「いただきます」

由衣はゆっくり箸を伸ばした。

「コリコリしてますね。それに透けて見えるほど薄い。これはトラフグですか？」

「クサフグは小さいですからね。それに刺身は熟成させる必要があるので。うちでは〆てから二日、寝かせてます」

「手間がかかりますね。おいしい物を食べるには」

それからはひとしきり、海の幸に舌鼓を打ちながら、クサフグに呪われた一日を振り返った。

「もちろん高橋さんは、熊谷さんとは何度も釣りに行かれてるんですよね？」

刺身を味わいながら中村が聞いた。

「春と秋、年に二回くらいですかね。こっちは土日が書き入れ時なので休みが合わなくて。でも大漁の時は釣果を持参してくれるからとても助かってます。だから熊ちゃんの紹介ならお代はいただきません」

「だいじょうぶなんですか？」

「持ちつ持たれつ。お金のことばかり考えてたら楽しくないし。それより鰭酒どうですか？」

「ぜひともお願いします」

中村と由衣は、一緒に声を上げた。

「でも、フグってこんなにおいしいのに毒があるって不思議ですね。きっとこれまでにも多くの人が命を落としたんでしょうけど」

「貪欲だからな、日本人は。食に対して」

答えたのは、それまで黙っていた熊谷。

「フグは縄文時代から食べられてたらしい。今は高級食材だが、江戸時代は庶民に愛される食材の一つだった。猛毒だから、禁止令は何度も出された。でもうまいから、そんな禁止令なんてどこ吹く風で禁を破る奴もたくさんいた。当時は醬油や味噌で味を付けた汁物にして、茄子や大蒜を入れて食べてたらしい。小林一茶や松尾芭蕉もフグを季語にした俳句を残してる」

「唐揚げ、衣はサクサクッとして身はふっくらと柔らかで。味噌汁にしてもおいしいし。止まりませんね。でも旬はやっぱり冬なんですか？」

「それは食べ方による。冬が旬っていわれてる理由は二つ。一つは、フグチリやフグ雑炊が冬の食べ物であること。そして二つ目は白子を食べられるのが冬ってことだ。トラフグの産卵時期は三月から六月。冬の間は産卵に備えて、白子や真子、つまり精巣や卵巣に栄養がまわる。卵巣は毒があって食べられないが、白子はうまい。だから冬の味覚みたいにいわれるようになった。けれども江戸時代は夏に食べてた。なぜだかわかるか？」

「冬の逆ってことですから、産卵期ではないですよね。つまり夏には、白子などを成熟させる必要がないから、その栄養が身に回る」

「ご名答」

答えると同時に、熊谷が猪口を空にする。と、代わって鰭酒がふるまわれた。

「極楽だな」

「次は大きなヒラメ、必ず釣り上げて持ち込みましょう」

由衣が返すと、熊谷は相好を崩した。

鰭酒を口にすると気持ちがおおらかになった。気がかりなこともどこかへ吹き飛び、何でも許せる気分になるから不思議だった。

「はじめて会った時、釣り上げたソイを熊ちゃんがその場で見事に捌いたんです」

由衣のそうした気持ちが伝わったのか、髙橋が懐かしそうに思い出話を口にする。

「ソイって背鰭や鰓の近くに棘があるから注意が必要で、そんなに簡単じゃないんです。でも熊ちゃん、尾鰭の裏から包丁を斜めにすーと入れて、頭をちょんと落として、さーと腹を開いて。それが実にスムーズで。きっと名のある日本料理店の花板さんに違いない。そう思ってたずねたら皮膚科のお医者さんだと。びっくりしました。あの手捌きを見るたび、医者なんか辞めてうちで働いてもらえたらって思っちゃうんです。だから本業の手術もきっと上手なんだろうと」

この指摘は正しいと、贔屓目なしに由衣も思った。

褒められた熊谷は、と横を向くと、早くも一人気持ちよさそうに大きなあくびをしていた。

5

ドライブと釣り、それに美食。充実した週末はあっという間にすぎた。

週の明けた月曜の朝も好天。気持ちも軽く登院したが由衣を待っていたのは慌ただしい敏江の移送だった。朝、十時。警察の車が到着すると、敏江は関係者に両脇を挟まれ乗車。そこから一路、産婦人科病院へ向かった。

「通常は、陣痛がはじまったタイミングで外部の病院へ移送される。そう聞きましたけど」

車が正門を抜けて姿を消すと、中村が時計を見ながら歩き出す。

「そうなんです。私もはじめての経験でよくわからなかったので聞いてみたのですが、通常はそのような運用がなされていると。けれども今回に限っては、予定日の前日に移送してもらうよう院長にお願いしました。受刑者ではなく被告人でもありますので」

「要望を受け、院長が検察にかけ合ったそうですね」

「妊婦自身、多くのリスクを抱えていますし、移送が決まってもあの身体ではスムーズにできない可能性もあります。ですから院長から、手遅れになって何かあったら、責められるのは検察です、とほのめかしてもらったところ、すんなり受け入れられたと」

「金子さんは、陣痛がはじまったタイミングで病院へ？」

「そのつもりだったんですけど、初産婦だと陣痛から出産まで十から十二時間かかる。だからきてもらってもすることがない。そろそろというタイミングで連絡をするからといわれ、それに従うことにしました」

全国の矯正施設での出産は年に二十名弱。施設別では毎年二、三名。とはいえ由衣にとってははじめての経験だった。

「赤ちゃん、乳児院へ送られるんですよね?」

「本人は育てられませんし引き取りを申し出る家族もなくて。でも赤ちゃんにとっては」

最後までいうことは控えた。事情を知る中村にはそれで十分だった。

列島に近づく台風に刺激され、秋雨前線が活発化。その影響で夕方から雨が降り出し、翌日も終日、鬱陶しい雨が降り続いた。病院からは、朝夕の定時連絡があるだけ。いつ呼び出されるのかと、どっちつかずの宙ぶらりんの気持ちのまま、由衣は桜子の胃カメラによる検診など入所患者の回診、および外来診療に時間を割いた。胃カメラの映像は、消化器外科が専門の院長にも念のため渡した。

当直の水曜。終業のチャイムが鳴ると、由衣はコーヒーを手に診察室にこもった。閲覧申請をしておいた早川桜子の身分帳、および警察から引き継いだ調書を読んでおきたかった。

身分帳は、正式には被収容者身分帳簿と呼ばれるもので、収容者一人ひとりについて作成される。そこには本籍や生年月日はもちろん家族構成や生活歴、それに犯罪歴や入所にいたった経緯、さらには入所後の手紙のやり取りや面会などがこと細かに記録されている。

桜子は三回逮捕されたものの刑務所生活ははじめて。それもあってか身分帳は薄かった。

岩手県盛岡市に生を受けた早川桜子は、昭和五十一年生まれの四十七歳。両親はともに高校の教諭。兄が一人いたものの二十歳になる前に病死。高校卒業まで地元盛岡で暮らしていたが、短期大学入学と同時に上京。短大の近くでアパートを借りて暮らしながら陸上部で青春を謳歌(おうか)。勉学では、卒業までに簿記検定一級を取得するなど真摯に取り組んでいた。卒業後は盛岡市へ戻り信用金庫に就職。そこで三年の間、まじめに働いていた。

堅実に見えたその人生に転機が訪れたのは、取引先でもあるスーパー経営会社の御曹司・藤堂(とうどう)省吾(しょうご)と交際をはじめたことだった。五歳年上の藤堂は当時、父親が経営するこの会社の経理部長。表向きまじめに働いていたが、人の目のないところでは薬物に手を出していた。

将来は会社を継ぐことが決まっており、加えて経理部長という立場にあったから金に不自由はしていなかった。とはいえ藤堂は、恵まれた境遇を放棄することは浅はかだと考え、むやみやたらと会社の金を使い込むような馬鹿(ばか)な真似はしなかった。しかしながら女性に関してはルーズで、結婚して子どもをもうけてからも多くの女性と浮き名を流していた。記録によれば桜子と知り合ったのは融資がらみで、藤堂が信用金庫を訪れた時が最初。その後、藤堂が食事に誘い、一ヵ月もせず男女の仲になっていた。

桜子が覚醒剤に手を出したのは、口のうまいこの藤堂に誘われたことがきっかけだった。多くの女性同様、桜子もパートナーからの誘いを断り切れず落ちた口だった。交際をはじめてから一年後、内偵していた関東信越厚生局麻薬取締部、いわゆるマトリの麻薬Gメンが、二人が宿泊していたホテルを急襲。覚醒剤取締法違反で逮捕していた。

それでも初犯だったため懲役一年六ヵ月、執行猶予三年というありふれた判決をいい渡された。とはいえ仕事は懲戒免職。地元に居づらくなったため心機一転、同じ岩手県の一関市へ転居し、保護観察所に入所。そこでコンビニなどに弁当を卸す食品加工会社を紹介され、働くことになる。その会社は協力雇用主が経営しており、多くの元受刑者が働いていた。そうした環境も幸いしてか、その後二年にわたり桜子はまじめに働き続けた。

そんな桜子に幸せが訪れたのは逮捕後、丸三年が経ってからだった。趣味の映画を観に行った際、後の夫となる脇田道夫と出会い、一年の交際を経て結婚。さらに一年後には長女・夏海を出産。何とか人並みの幸せをつかんだように見えた。けれども結婚当初から続く姑との険悪な関係が徐々にその幸福を蝕んでいった。桜子の告白によれば、事あるごとに「前科者」となじられたことで心は荒廃していったからだった。

もちろんこの言葉が真実か否か由衣にはわからない。けれども結果として姑とのいさかいが桜子を再び覚醒剤の泥沼へ落としたのは間違いないようだった。

口うるさい姑がいるとはいえ、まじめな夫に加え、かわいい盛りの娘もいたが、パート先での女性Ａとの出会いが桜子を再び転落させた。

二度目に逮捕された時、桜子が語ったのは相手に対する依存を感じさせる典型的な内容だった。パート先でいじめに遭い、Ａだけが自分をかばってくれた。こうしたことからＡに気に入られるようふるまうようになり、最終的にはＡに嫌われることを恐れ、悪いことと知りながらも勧められるまま覚醒剤に手を伸ばした。常用者のＡが身近にいたことは不運ではあったが、流されたことは間違いない。それでもこの時は、一度の使用だけで自ら警察に出頭するだけの判断力を持ち合わせていた。

裁判では、自首したことに加え、十年を経ての再犯であったこと、さらに情状証人として出廷した夫やパート先上司などの好意的証言により、何とか保護観察処分付きの執行猶予を勝ち取っていた。しかし執行猶予もさすがにここまでだった。

三度目の逮捕で、懲役二年の実刑判決を受けた今回の事件では一回目と同じように、藤堂も同時に逮捕されていた。度重なる刑事事件を起こした藤堂は、父親からも勘当され、当時は一ノ関駅前のパチンコ店でホール・マネージャーとして働いていた。この藤堂と二十年近くの時を経て、しかも盛岡から離れた地で再会を果たした二人だったが、これはまったくの偶然だったと二人は供述していた。

思いがけない出会いはパチンコ店近くのファミレス。ともに昼食をとりに入ったところで顔を合わせた。すでに長い年月を経ていたこともあり、懐かしさが勝り昼食をともにした。そして会計をしようと、伝票に手を伸ばした藤堂の指が桜子の指に重なった瞬間、当時の体験が覚醒剤の快感とともにフラッシュバックした。

クスリのことを忘れることができた。そう考えていたのに、あの時のただ一回のフラッシュバックで身体が決して覚醒剤を忘れていないこと、一度思い出してしまったらそれを抑えつけることは絶対にできないのだとその時悟った。桜子は泣きながらそう供述した、と記録には残されていた。翌週。桜子は自ら藤堂へ電話をすると、身体を預け覚醒剤をねだった。こうして自ら転落していったのだった。

藤堂との再会と不倫。薬物依存による幻覚と幻聴。すでに感覚が麻痺（まひ）していたのか、逮捕される頃には日に数度、覚醒剤を打つようになっていた。

このあと身分帳には入所後の様子が記されていたが、目を引く記述はなかった。

どこにでもいる女性のありふれた転落劇。意志の弱い部分はあったかもしれないが、薬物に溺れたきっかけは特別なことではなく、誰にでも起きることだと改めて認識させられた。

けれども桜子の調書を読んで最も心が乱れたのは、二回目の逮捕のきっかけとなったAという女性との関係だった。桜子はAに嫌われることを恐れ、悪いことと知りながらも覚醒剤に手を伸ばしたとある。実は由衣自身、幼い頃に似たような危機に遭った。

小学六年生になった時、思春期真っただ中の由衣はなぜかクラスの友人から疎まれるようになった。仲の良かった友だちにも無視され、声をかけても相手にされない。次第に学校へ通うのがつらくなってきたがそんな中、千鶴という名の同級生だけは相手をしてくれた。

夏休み前の七月。理由は忘れてしまったがその日、由衣はこの千鶴と帰宅した。暑い日で途中、駅前の小さなスーパーに寄り道した。アイスが食べたかったからだ。だがそこで、思わぬことが起きた。千鶴がアイスを万引きしたのだ。レジが込み合う時間。四方に防犯カメラが付いていなかったこともあり裏口から容易に抜け出すことができた。

悪いことだ。そう声をかけたが、千鶴が向けたのは侮蔑と嘲笑に満ちた視線だった。

嫌われたくなかった。相手をしてもらえず、クラスで孤立するのは恐ろしかった。命綱にも思える千鶴との関係は何としてでも死守し、つなぎとめておきたかった。そこで由衣は、何ごともなかったように出ていく千鶴に恐る恐る続いた。

だが結局はできなかった。千鶴の手前、裏口から出てアイスを口にするまではできた。けれども後ろ姿が消えた途端、一目散にレジへ駆け戻った。小銭を握りしめて列に並び、順番が回ってきた時にはアイスは溶け切っていたが、レジの女性は黙って小銭を受け取ってくれた。

幸運だったのは翌週から夏休みがはじまったことだった。クラスの友人と会う機会は減り、二学期がはじまると一学期に起きていたことが嘘のように以前と同じ時間が戻ってきた。だが千鶴と話をすることはなくなり、中学生になってからその千鶴が補導されたと聞いた。

時が経ち、あれは人生の分かれ道だったのだろうかと考えることがある。引き返していなかったらどうなっていただろうかと。あんな些細なことで未来が変わるはずはない。そう考える一方、もしかしたらまったく別の立場でここにいたのでは、と思い返すこともある。これが人生の綾（あや）なのかと。すると受刑者と自分との間に距離はほとんどないのではないかとも感じてしまう。

「陣痛、はじまりました」

看護師から連絡があったのは移送から四日後。午後登院の金曜早朝、起きがけの頃だった。時刻を確認すると朝の七時半。それでも看護師からは「お昼を食べてからいらしてください」といわれ、ゆっくり支度した。

午後一時。長雨は去ったが、町を覆（おお）う空気はひんやりとしていた。由衣は湯の川沿いに建つ産婦人科病院へ直接自転車を走らせた。

すぐさま分娩（ぶんべん）室へ案内される。そう考えていたが、意に反して病院長に引き合わされた。

「赤ちゃん、むずかしいかもしれません」

開口一番、顎（あご）のとがった五十代と思（おぼ）しき女性病院長からは懸念が伝えられた。

「患者さんがこちらに入院されたのが月曜。そこから血液検査やエコーなどをしてみましたが、赤ちゃんは水頭症の可能性があります。それから、小さめです。二千グラムないかもしれません。全力を尽くしますが、覚悟をなさっていただいたほうがよろしいかと」

元気な赤ん坊が生まれてくる。実をいえば、それはむずかしいのではないかと考えていた。残念ながら、とても小さかったり先天性異常を持って生まれてくるのではないかと。けれども、この場にくるまでそうした話は一切耳に入ってこなかったので、忘れたいと願う気持ちが勝り、灰色のそうした不安は薄れ、消えていた。

「……もしそうでしたら、もう少し早くお伝えしたほうが」

「本当によろしかったですか？　お伝えしたほうが」

顔をあげると目が合った。その瞳には、ある種同情の色がにじんでいた。

「傷つけないよう、妊婦さんにはそれとなくお伝えしました。けれどもまったく関心を示されませんでした。まったく」

病院長が言葉を切った。

「赤ちゃん、元気に生まれてもすぐに乳児院に預けられ、おそらく一生母親に抱かれることはない。そのような境遇にあるともうかがいました。ですから、分院の主治医の先生にお伝えしても、余計なご心配をかけるだけかと」

病院長のいうとおりだった。事前に知らされたとして、いったい何ができただろう。何をしただろう。できることはありはしない、何一つ。それに何より、新しい命が必ずしも希望を与える存在ではないとまで自分は考えた。それを考えれば一人悶々と悩み、鬱々とした時間をすごすことしかできなかっただろう。聞きたくなかった、聞くんじゃなかった、きっとそう心の中で叫びながら。

「……申し訳ありませんでした」

由衣は深々と頭を垂れた。

「謝っていただく必要はありません。ご理解いただければそれでよいことですから。それからご存じだと思いますが、赤ちゃんを自分で育てられないので母乳もホルモン剤で止めることになります。それでは分娩室へご案内します」

背を向け、病院長が歩き出す。

「今さらですが、どうぞよろしくお願いいたします」

毅然としたその背に向けていま一度、気持ちを込めて頭を下げた。それ以外、できることはなかった。

元気な泣き声は届かなかった。

難産の末、産み落とされた女児は体重二千六十グラムの低出生体重児。エコー診断で懸念された水頭症で、脳脊髄液を外に出すシャント手術をするとすぐに新生児集中治療室（ＮＩＣＵ）へ移された。

保育器の中の赤ん坊は、生まれたばかりだというのにチューブを付けられ、目を閉じたままわずかに息をしていた。

「赤ちゃん、お母さんに抱いてもらえました。ありがとうございます」

「ほんのわずかですが」

病院長が神妙な表情を見せる。

「名前は？」

「久しい美しい子と書いて、久美子、だそうです。自分の母親と同じ名前がいいと」

もしかしたら名前すら付けないのではないか。そう危惧していたがそれは杞憂だった。けれどもこの久美子の人生には幾多の困難が待ち受けている。同じ名前の敏江の母親は、娘の敏江を産んだ時、いったいその娘がどんな人生を歩んでいくと考えたのだろう。どんな大人になり、どうやって生きていくことを望んだのだろう。それとも敏江同様何も考えず、男に抱かれ何となく妊娠し、食べて寝ている間に産み月を迎えてしまったのだろうか。新しい命の将来など何一つ気に留めることなく。

子どもは親を選べない。けれども生まれてきた以上、どの子も等しく愛され健やかに育ってほしい。そう願わずにはいられなかった。たとえ殺人犯の子として生を受け、乳児院へ送られるとしても。

「乳児院にはいつ？」

「水頭症でもあるので、すぐには無理かと。患者さん、連れて帰られますか？」

「体調に問題がなければ今日にでも」

「わかりました。それではもう一度、担当の者と確認をしてきますのでお待ちください」

病院長が立ち去る。

執行停止の申し立ては、延長して今日の二十四時までとなっている。

それから二時間後。敏江は分院へと移送された。

出産に立ち会い、自宅へ戻った時には八時を回っていた。

敏江と、産み落とされた女児の状態については熊谷に電話で説明し、院長への報告も依頼した。熊谷はただ一言「ご苦労」と返しただけだった。説明を受け、背景も察したようだった。

空腹をおぼえ夕食を取ろうと考えたが、明日は土曜と思い出し、先に風呂(ふろ)に入ることにした。何も考えず、温かな湯に全身を預けているとそれだけで、気持ちがおおらかになっていく。そんな時間がほしかった。

心地よく湯船につかり、全身の力を抜いていくと羊水に浮く赤ん坊になった気がしてきた。じっと目を閉じまどろんでいると夢心地となり、夢と現(うつつ)が交差し、自分がどこにいるのかわからなくなってくる。

いつしか由衣は、母のおなかの中で誕生を待つ胎児になっていた。母とは臍(へそ)の緒(お)でつながり、寄せては返す波の音のように、どこか遠くから母の声が振動となって伝わってくる。何をいっているのかはわからない。でもそれは間違いなく母の声で、その声に導かれるように身体がゆるやかにどこかへ引かれていく。

母の産道を通って誕生する。自分は今、生まれ出ようとしている。生まれた。

この世に生まれ落ちた瞬間、目に飛び込んできたのは手錠だった。授乳しようと自分を抱く母の両手には手錠がかけられていた。息苦しさに心臓が大きく脈打つ。そこで目が覚めた。

なめらかで温かな羊水に身を預け、安らぎの中にいたはずなのに、それは思いもよらない光景だった。夢だとわかってからも動悸は治まらない。歯の根が合わないほど身体が震えた。

わずか数時間前。あらたな生命の誕生に臨む敏江は分娩台に上っていた。その時手錠はしていなかった。けれども受刑者が執行停止をせず刑務所内で出産する場合、十年ほど前までは当たり前のこととして、刑務官に囲まれ手錠と腰縄をつけたまま分娩をした。

赤ん坊が、こうした過酷な生い立ちを記憶しているとは思わない。けれども母親となる女性たちには、罪を犯した結果引き起こされる、知られざる現実にも目を向けてほしかった。

6

先週に続き土曜は秋晴れだった。ゆっくり朝食をすませた由衣は、気持ちよい陽射しに誘われるように町へ繰り出した。行き先は、市の西部で開催されている「バル街」。去年は一人だったが、今年は詩織と待ち合わせている。

「由衣さん。遅(おそ)〜い」

「まだ五分前ですよ」

「おなかすいて、待ちきれなくてはじめちゃいました」

サングラスをかけた詩織は早くもサングリアを手にしていた。

「お店決まりました?」

「私、朝抜いてきたんです。だからはじめはボリュームのある生ハムとソーセージのピンチョスと、モッツァレラとチェダーチーズをトッピングしたミニハンバーガー。次にアヒージョ三点盛りとメークインの冷製ポタージュがいいんじゃないかって。どうですか?」

同意すると、詩織は参加店を紹介する地図を手に先頭を切って歩き出す。

毎年春と秋、町を挙げて盛大に開催される食のイベント。寿司(すし)にピザ、ローストビーフにアヒージョ。ジャンルを問わず参加店が腕を奮うこのイベントには観光客も多数訪れる。アルコールを片手に歩きながら気軽に楽しめるのも魅力の一つだ。

「おいしい物を、好きなだけ食べられるって幸せなことですね」

木陰のベンチでフルーツを使ったカクテルを飲みながら、詩織が満足げにいう。

「詩織さん。ちょっと食べすぎです」

「いいんです、今日は。明日、ジムなんで」

「通ってるんですか？」

「先月の終わりから。夏休みに友人とヨーロッパに行ったんですけど、そこで食べすぎて。戻ってきて体重量ったら史上最高。さすがにまずいと思って」

「どこへ行かれたんですか？」

「イタリアとフランス。でもローマでコロッセオ見た以外、観光はほとんどしてないです。食べ歩きが目的だったから」

イタリアに反応して浮かんだのは三月に辞めた北条(ほうじょう)。浅井とともに忘れようと努めているが突然、脈絡もなく思い出してしまう。

「でも由衣さん、羨ましい。いくら食べても太らないなんて」

「そんなことありません。それなりには」

「それなり、でしょ。私なんか、食べた分がそのまま」

ありがたいことに、体質なのか食べてもそこまで太ることはない。

「ジム、つらくありません？」

「身体を動かすのは嫌いじゃないんです。中学から大学までの十年間、バドミントン部で汗かきまくってましたから。でも仕事をはじめたら忙しくてなかなか」

詩織はカクテルを飲み干した。

「ですから明日は、気合入れて運動します。それに不安になったから」

「不安?」

「高いお金払って入会したんだから、ジムのプログラムに沿って運動したら痩せられる。そう思って気楽にかまえてたんですけど、この前入所された妊婦さんを見てびっくりしちゃって。自分に甘いとあそこまで太っちゃうのかって。だからやる以上、しっかり自分を追い込もうと」

敏江のことに違いなかった。

「赤ちゃんも産み棄てたって噂が流れてて」

「詩織さんもそう信じてるんですか?」

「まさか。職員は全員、分院では育てられないので乳児院へ預けるしかないってことはわかってます。でも噂になって流布すると、大概正しく伝わらないんですよね。実は医療部長室の前を通ったら、腹に据えかねたって感じの声がして」

「何を怒ってたんですか?」

「漏れ聞こえただけですけど関西弁で、子どもを産み棄てるなんて人間じゃない、みたいな」

中村が桃花のカウンセリングをしていたに違いない。それにしても噂は早い。

「どうします、由衣さん。そろそろ帰りますか?」

人心地ついたのか詩織がベンチから腰をあげる。

「甘い物を食べたら」

「賛成！　それじゃ行きましょう」

　心なし風が強くなっている。

「由衣さん。濃厚バニラアイスと山盛りフルーツ、どっちにします？」

「私はバニラを」

「よかった、同じで」

　空容器をゴミ箱に捨てると歩きはじめる。バドミントン部で鍛えられた詩織は健脚だった。函館山を見上げる八幡坂の石畳を一人、黙々と進む。

「……この先、右に曲がったところに青い屋根の店があるはずなんですけど」

　立ち止まると地図を裏返す。

　由衣は五軒目となるバルでバニラアイスを堪能すると市電に乗って帰宅した。それでもまだ、秋の陽は暮れていなかった。

《先生。おはようございます。起きてました？》
　翌朝、由衣は美帆の声で目覚めた。壁の時計は八時を指している。
「おはよう。どうしたの？」
　スマホを手にベッドから起き出すとカーテンを開けた。昨日に続き、今日もまた抜けるような青空が広がっている。
《起こしちゃったみたいで、すみません》
「いいわよ。もう八時だし。どうしたの？」

《今日の勉強、開始を二時間遅らせてもらえないかと思って。いいですか？》

「かまわないけど」

《ありがとうございます。それじゃ六時に》

理由をたずねる間もなく電話は切れた。

月に二日、美帆の相手をしているが、勉強以外の相談をされることもある。先月は突然「先生のファースト・キスっていつ？」と質問された。思春期も終盤だが、最も多感で傷つきやすい年頃でもある。目いっぱい楽しみ数多く経験を積んでほしい。そう願い、姉になったつもりで見守っている。ともに一人っ子なので、姉妹の関係は憧れた形でもある。

夕方六時に訪ねると美帆は机に向かっていた。壁には大きな日本史年表が貼られ、カレンダーには模試の日が赤くマークされている。

母親と二人暮らしの美帆は、自宅兼店舗の二階で暮らしている。ほとんどの時間、母親は一階の喫茶店で店を切り盛りしているので「一人暮らしも同然」と、美帆は説明していた。

「Ｄ判定」

部屋に入ると、模試の結果を差し出す。

「すごいじゃない。この時期にＤなんて。私がＤ取れたの、年末の最後の模試よ」

「それでも受かったんだ」

よほどうれしかったのか、万歳をして見せる。

「でもやっぱり英語がダメ。ケアレスミスもあったけど、英語であと十点取れたらＣだった」

「これからこれから。まだ五ヵ月あるから焦らず進みましょ。それで今日は何を復習したいの？」

隣に腰かけ、それから二時間。完了形と助動詞の訳し方について由衣は質問に答えた。

「……助動詞の過去形、こんな訳し方するなんて習わなかった気がする」

「でも必須よ。could を単に『できた』って訳しちゃダメ」

「わかった」

ノートに要点をまとめていく。そんな美帆を見ると、勉強を続けることに賛同し背中を押してくれる母親の存在は「普通」ではなく「とてもありがたい」存在なのだと、あらためて思い知らされる。しかも三食、健康に配慮した食事も用意してくれる。

「……今日はここまでにしましょう」

アラームが鳴る。由衣は帰り支度をはじめた。

「そういえば美帆ちゃん。二時間遅らせたけど、何してたの？」

「この前、中学校の同級生と再会した話はしたでしょ。その友だちに誘われてケーキを食べに行ったの。図書館からの帰り、久しぶりに気分転換しようと思って。一時間で帰るつもりで、実際戻ってこられたけど、待たせちゃいけないと考えて先生には二時間って連絡したの」

「気をつかってくれたのね。ありがとう。ところでそのお友だち、今は何してるの？」

何気ない顔をして話をふった。ヤバい話にならないことを祈りながら。

「バイトだって。でも、高校を中退したって聞かされてビックリしちゃった。だって小春ちゃん、すっごく勉強できて一番の進学校に行ったんだよ」

「ご両親は？」

「たしかお父さんは上場企業の役員で、お母さんは高校の先生」

「そうなの。それで元気だったの？」

「元気って笑ってたけど顔色は悪かった。話をしてもアレって感じ。病気かなって心配になっちゃった。中学の時は話をするととっても楽しくて、だから大好きで密かに憧れてたのに」

由衣は急に不安に襲われた。二十歳にもならない女性に三万円が支払われるバイト……。そんなものは多くないし、自ずと決まってくる。

「連絡先は交換したの？」

「したよ」

「ねえ、聞いて」

いきなり由衣は腰をかがめると、美帆と視線の高さを合わせた。

「その小春ちゃんから連絡があったら、私に必ず教えて」

「どうして？」

「お願いだから」

すると美帆は、それまでの笑顔が嘘のように、唇を噛むと目を怒らせた。

「先生、小春ちゃんのこと何一つ知らないのに疑ってる」

「……疑ってない」

「小春ちゃんが援交して、私にも声かけようとしてるって疑ったでしょ？」

「違うの。お願いだからよく聞いて。わかってると思うけど、今が一番大切な時期なの。これからの一日一日、どれだけ勉強に集中できるかが結果を左右するの。だから勉強以外の煩わしいことは忘れて。お願いだから。その小春ちゃんがしてる一回三万円のバイトも普通じゃない。わかるでしょ?」

「疑ってないっていったけど、先生、小春ちゃんのこと疑ってるじゃない。何も知らないくせに。私の親友なんだよ」

声音が違っていた。まなじりをあげた美帆は由衣を拒絶した。

「帰って! もうこないで!」

開いていた辞書をつかむといきなり投げつけてくる。

「大っ嫌い!」

取りつく島もなかった。

7

抜けるような青空が気持ちいい。自転車に乗ると、函館山を眺めながら分院に向かった。雪の季節や雨の日は徒歩だが、晴れた日は自転車と決めている。

登院後、由衣は白衣を着るのももどかしく、いの一番に敏江の部屋へ直行した。

「坂上さん。おはようございます。体調、どうですか?」

話しかけるとアザラシが寝返りを打つごとく、巨体をゆっくりベッドの上で転がす。

「何?」

「体調です。赤ちゃん産んだでしょ、三日前の金曜に。だから心配で」

「おなか減った。何か食べたい」

期待はしなかったが、赤ん坊については何一つ、興味も関心も示さない。だが主治医として、いうべきことはいっておかなければならない。どこまで理解できるか不安ではあるが。

「よく聞いてください。坂上さんはまず、規則正しい生活をして身体を健康体に戻す必要があります。裁判でどのような判決が下されるかはわかりませんが、何よりもまずしっかりした身体をつくらなければ先へは進めません。すべてはこれからの自分のため。そう思って食事も残さずとってください。管理栄養士さんが身体のことを考えて用意しているものですから。それから精密検査をするので、看護師さんの指示に従ってください」

聞いているのかいないのか視線を合わさない。

由衣はそれから患者たちの回診に向かった。桜子にも声をかけたが、眠っていて話はできなかった。季節は徐々に、夏から秋へと移り、すごしやすい気候となっている。厳しい冬までにはまだ間があるが、この時期に体調を崩すと不安なまま年末年始を迎えることになる。

執務室へ戻りパソコンを開くと『久美子ちゃん日報』というメールが届いていた。産婦人科の病院長から、院長と由衣に宛てたものだった。体温、脈拍などのバイタル・サインはもちろんのこと、表情や顔色、チアノーゼの有無や声かけへの反応などがこと細かに記されている。丁寧な報告に「まかせておけば安心」と感じたものの他方、赤ん坊の体調は思わしくないと報告されていた。「声かけへの反応は乏しく、ミルクを飲む量も少ない」との説明には不安を覚えた。

「早川さんの結果、机の上に置いておきました」

診察室へ移ると、器具の消毒をしていた芙美が教えてくれた。胃カメラで検診した時の病理組織検査の結果だ。検診では噴門部に腫瘍が見つかったが、正確を期するため病理片を検査に回していた。

「早川さん、眠っていて話せなかったんですけど、何か変わった様子ありました?」

「検温の時、浮かない顔をしてました。話しかけても、こんなことをしても意味がないって愚痴をこぼすばかりで。食事も半分近く残してました」

芙美の言葉に、由衣の心も重くなる。

振り切るように一つため息をつくと、覚悟を決めて封を開いた。

「……ひどい」

思いがけず声がもれた。印字された数値はどれも、予期していたものより数段悪い。胃癌であることは呼吸器が専門の由衣にもわかったが、ここまでとは思わなかった。

こんなことをしても意味がない。桜子は繰り返しそう口にしたという。それはつまり桜子自身、内臓が悪性の腫瘍にむしばまれている状態を自覚し、ある意味受け入れているように思われた。自分の身体だから痛みは当然のこと、繰り返しの嘔吐(おうと)や長く続く倦怠(けんたい)感に、あと戻りできない異状を察知しているに違いなかった。しかしたとえそうであっても、死が間近に迫っていると感じ、口にしているとまでは思えなかった。

由衣は院長に宛て、検査結果を伝えるとともに治療方針について相談したいとメールした。

「由衣さん。手が空いたら院長室へきてほしいと電話がありました」

午後の回診を終え、診察室へ戻ると芙美に教えられた。

「その電話で院長が、早川さんの検査結果とカルテをご覧になりたいと希望されたので、机の上にあった書類一式、お渡ししました」

「ありがとうございます。それでは行ってきます」

別館にある院長室へ急いだ。別館と本館をつなぐのは約十メートルのトンネル廊下。天井に蛍光灯があるだけの穴倉を思わせる造りのためこう呼ばれている。

「厳しい結果だね」

飛び込むように入室した由衣に向けられたのは、口をへの字に曲げた顔。

「手術はむずかしいですか？」

ソファに向かい合って腰かけると由衣はすぐさま問いかけた。

「無理だろうね」

眉間に皺を寄せ、断言する。手術となれば、まもなく定年を迎える院長が執刀するか、外部に依頼するしかない。

「四十七歳か。家族は？」

「離婚してますが、高校生になる娘さんが盛岡に一人。何とかなりませんか？」

「何とか？　助けろと？」

「いえ、そこまでは」

ふーと、院長が大きく息を吐き出す。

「近々退院する患者がいるから、その部屋に正式に入院させるように。緩和ケアで見守る」

「緩和ですか」

不満そうに口にしてしまったが実のところ、他に打つ手があるとは思えない。

「本人にはまだ伝えてない？」

「はい」

「それでは丁寧に説明し、本人の意向を聞き取るのが道だろう。思いもよらぬ希望を口にするかもしれない」

一呼吸間を置いてから、これが方針だと顔で示す。

「承知しました」

あきらめ半分に小声で答えた。しばらく考えを巡らせたが妙案は浮かばない。退室しようと腰を浮かせたところだった。腕組みした院長が座るよう目で促す。

「先週、女児を出産した境界知能の」

由衣は腰を戻した。

「坂上敏江さんですね。読んでいただけたと思いますが、お世話になった病院長から今朝、メールが届いていました」

「お礼の電話をしておいたよ」

「ありがとうございます」

「赤ん坊は乳児院へ行くことも決まっている。まかせるしかないだろう。それより母親のほうだが、育児放棄というかネグレクトというか芳しくないようだね。まあ、希望しても自分では育てられないのだから何をいっても同じだが。でも憤慨(ふんがい)し、悪(あ)しざまに非難する女性受刑者が何人かいると耳にしてね。もちろん君に責任があるわけではないのだが」

「院長のお耳にも」

「噂だが、何となくね」

いったい誰が、どうやって。噂話を耳にするといつでも不思議に思ってしまう。だが噂とは、まさしくこうしたものなのだろう。

「身体のほうは？」

「熊谷さんと話をしましたが、タバコとアルコールなしの生活を続ければ健康体に戻るのではないかと。楽観的すぎるでしょうか？」

院長が首をかしげ、何かをさぐるような目をした。

「かれこれ三十年近く前、まだ医師になり立ての頃だが実は似たような患者を診た。一目見てリスクの塊と感じたんだが二十代だったので楽観してしまった。ところが信じられないことに一ヵ月も経たず亡くなってしまった。文字どおりの突然死で、原因不明の急性心不全として処理された。本当にこんなことがあるんだ。そう思って驚いたものだ」

「人間の身体は複雑ですから」

「頭ではわかってるつもりだった。でもあの時、思い知らされた」

ほんのわずか、言葉が途切れた。

「彼女の姿を見たら思い出してしまってね」

由衣には、院長が身構えたように見えた。

「重症指定……しておいたほうがよい。そういうことでしょうか?」

医療刑務所に収容されている受刑者は病人であるから死亡は珍しくない。分院でも平均すれば毎月一人は亡くなっている。受刑者に死が近づくと、医療刑務所は検察庁に対して重症指定報告と呼ばれる連絡を入れる。これは受刑者が近く病死する可能性があると事前通告するもので、こうしておけば死亡した場合、病死と判断しやすい。とはいえ人の生き死には、人間が左右できるものでもない。理由もわからず突然に死を迎えることもある。

「誤解を与えてしまったようだね。決してそういう意味でいったわけじゃない」

「では指定はしなくてもよいと?」

「指定はやめよう。それで本当に亡くなったら夢見が悪い」

「承知しました」

「それから別件だが」

由衣は、浮かせかけた腰をもう一度戻した。

「弁護士の織田さん、覚えてるか？」

「もちろん忘れられません。べらんめえ調の」

「先月、ホスピスに入所されたそうだ。センターの知り合いが教えてくれてね。何でも富士山を望む山中湖畔にあるらしい。すばらしい眺望だと感嘆していたよ」

思いがけない説明に返す言葉が見つからない。

織田とはじめて顔を合わせたのは一年ほど前。患者親族から依頼されたと称し、治療方針の相談をしたいとやってきた時だった。その後、今年になって、大八木という暴力団組員の獄死、さらに渡辺という透析患者の腎臓移植などを巡り何度か激しくやり合った。

「……冬にここでお会いしましたが、その時にはもう黄疸が」

院長もちらりと由衣を見ただけで話は続かなかった。


カルテと検査結果を手に院長室をあとにする。トンネル廊下を抜け本館まで戻った由衣は、階段を下りてくる中村と遭遇した。

「どうされたんですか？　怖い顔してますよ」

「そう見えました？」

「何かこう、憤懣やるかたないというか、納得がいかないというか」

「顔に出てしまったようですね」

足を止め、ゆっくりとかぶりを振ると、薄い笑みを浮かべる。

普段見せたことがない表情に、由衣の顔も曇った。

「無理はなさらないでくださいね」

「お気づかいありがとうございます。実は同じことの繰り返しに、ちょっと滅入ってしまって」

「どんなことですか?」

「子どものことは根が深いな、と」

「もしかしたら坂上敏江さんの出産?」

顔を寄せ、由衣は声をひそめた。

「どうしてそれを?」

「今さっき、院長が同じようなことを口にされたので。ですからその件ではないかと」

「……こうした経験ははじめてなので、ちょっと驚いてるんですが」

一呼吸おいてから顔を近づけてくる。

「こんなことを口にすると眉を顰める方もいそうですが……人を殺すという重罪を犯した女性でさえ、子どもを大切にしない女性には驚くほど冷淡、いえ見下すというか。ちょっとあの心理は理解できなくて。自分が男だからなのか? そう考え、困惑してたところなんです」

バル街で詩織が口にした医療部長室でのやり取り。あれはやはり中村による桃花のカウンセリングだったようだ。

「男とか女とかは関係ないと思いますよ」

「そうでしょうか？」

「子殺しや育児放棄をする女性もそれなりにいます。子どもを産むことと育てることは別です。産むことで愛情が生まれるかもしれませんが、育てる能力が高まるとは思えません。育てる能力は後天的に学習して身に付けるもの、つまり親から手取り足取り、それがむずかしければ社会が手助けすべきものだと思います。昭和の女性は長年、当然のように育児をまかされてきたので、それを上手にこなせない女性を見ると単にけなしたくなるだけなんですよ」

「なるほど。むしろ蔑視（べっし）だと。そう説明されるとわかった気になります」

お世辞ではないだろうが、中村の表情は、肩から荷を下ろしたように和らいで見えた。

「いかがでした？」

診察室へ戻ると芙美が心配そうに声をかけてきた。

「早川さんには明後日（あさって）、検査結果を説明することにしました」

「告知ですね」

敏江のことをいったん脇に置き、頭を桜子に切り替えると由衣はうなずいた。

末期癌患者への告知にはこれまでも数回立ち会った。もちろん反応はさまざま。嘆息する者。仏頂面で聞き流す者。舌打ちをする者。そんな中、告知を受ける患者が特別な存在、塀の中で時を送る受刑者なのだと実感させられたことが過去にあった。

「どれくらいもつ？」

「おそらく半年」

「つまり生きてはここを出られないわけだな。それは獄死っていうのか？」

進行性の食道癌。そう説明した時のことだった。懲役二十年の実刑を下された、まもなく八十歳になる受刑者はため息交じりにこう口にした。何を考えているのかわからない、虚ろな目をした受刑者だった。

「……天罰って奴だな」

答えずにいると、さらにこう続けた。

塀の外へ出る形は四つ。「仮釈放」か「満期出所」、もしくは「執行停止」か「死亡」。年齢を考えれば死亡、つまり獄死の可能性が一番高い。けれども面と向かって「獄死か」と問われると答えようもなかった。意識しすぎかもしれないが、矯正医官としては獄死という言葉は触れてはならぬ禁忌と考えていた。

この男は半年後、ベッドの中で冷たくなっているところを発見された。葬儀に出席した者はなく、男が殺めた相手はのちに妻と知れた。

獄につながれたまま死ぬことが天罰であるのかはわからない。けれども、治療をすることで回復し、外へ出られるのならそれに越したことはない。わずかでも外の空気を吸ってから死んだほうが成仏できる。そう思った。半面、納得した死というものを考えること自体、不遜であり傲慢なことなのかもしれないとも感じた。ここに収容されている者の多くは、塀の外では周囲に迷惑をかけ、身勝手にも他者の命を平然と奪った者なのだから。

「午後四時、告知します」

芙美に向けて宣言すると自ら退路を断った。

翌日は外来患者に忙殺された。午後からは土砂降りの雨が音を立てて窓を叩いた。

翌々日。四時までに回診を終えた由衣は桜子の部屋へ足を向けた。窓から覗き込むと桜子はベッドで横になり本を読んでいるようだった。

解錠してもらい中へ入る。ベッド脇まで進んで様子をうかがうと桜子は目を閉じて休んでいた。五十前だが頬の皮は年齢以上に乾き、たるんでいる。

「体調はどうですか?」

小声で話しかける。と、瞼を開く。答えを待っていると、ゆっくりと身体の向きを変える。

「娘は私と違って頭がよくてね。小学生の頃の夢は、アナウンサーになることだった」

緩慢な動きで視線を合わせる。

「そんな夢を壊したのが私。バカな女」

目を閉じる。

「結果を説明にきたんだろ。それならさっさと仕事をすませて帰りなよ。こんなおばさんに付き合う必要ないから」

力なくいう。

由衣はベッド脇に腰かけると、桜子を見つめながら丁寧に検査結果を伝えた。余命は半年。手術はできないので化学療法を提案した。懲役は二年。残る刑期は八ヵ月だから、それを乗り切れば生きて出所できる。

「……先が見えてるなら何もしなくていいよ」

「頑張って治療して、残りの刑期を乗り切れば、外で娘さんに会うこともできます」

「会ってどうする？　金もないのに」

「会いたくないんですか？」

「あんた、どうして医者になったんだい？」

答える代わりに桜子は質問を投げかけてきた。

「ある人に救ってもらったんです」

「なるほどね。それで今度は、自分がって思ったわけだ」

由衣が答えずにいると先を続けた。

「ケチをつけるわけじゃないが、どうせだったらもっと、価値のある人間を助けたほうがいい」

「価値のない人間なんていません」

「ここにいるよ」

答えると目を大きく見開き、ゆっくり身体を起こそうとする。

「ありがとう」

背中へ手を添えると礼をいう。ここでは珍しい。

「その写真、取ってくれるかい」

棚の上を指差す。飾られているのは、娘と手をつなぐ桜子の写真。

「……どうしてだろうねえ、どうして」

この問いが、獄につながれる身になった自分への問いかけなのか、それとも他者への問いかけなのかはわからなかった。けれども桜子は写真を見つめたまま口を固く閉じてしまった。何があってもこのまま。治療はしない。食い入るように見つめるその視線は、あらゆるものを拒絶するかのようだった。

桜子への説明を終えた由衣はその足で、熊谷の診察室へすべりこんだ。

「すみません。お時間よろしいですか？」

終業十五分前。熊谷はカルテに向かっていた。

「何かあったか？」

「ご相談が。アドバイスをいただきたくて」

「また訪問か？」

隠してもはじまらない。由衣は包み隠さず、桜子に告知したこと、本人は化学療法を拒絶していることを説明した。

「……本当は娘に会って話をしたい。けれども治療で死期を延ばし、末期癌のまま何とか出所しても迷惑をかけるだけ。そうであれば治療せずここで死にたい。そういうことか？」

「そこまではっきり口にしたわけではありませんが」

「それで……ゴールは何だ？　化学療法を受けるよう娘から説得させる。そういうことか？」

「他に説得できる者はいません。早川桜子は娘のことを心の底から心配し、また会いたいと願っています」

「どうしてわかる？　そう見えるだけじゃないのか？」

「実際今も部屋に娘の写真を飾っていますし、日々接してきた福島の刑務官にも確認しました。

完治は無理ですが化学療法をまじめに受ければ生きて出所できるかもしれません。短いとは思いますが、娘とすごすことも」

「出所は？」

「八ヵ月後です」

「もう一度聞く。本人は娘との再会を望んでるのか？」

「口には出しませんが」

「つまりわからないってことだな。娘にはどうやって会う？　高校生じゃないのか？」

「裁判を担当した弁護士へ連絡し、まずは父親へ連絡してみます」

「どうしてこの患者なんだ？　診ている患者は他にもいるだろ？」

問われて由衣は自問した。どうしてだろう？　と。だが、説得できるだけの理由はどうしても見つけられなかった。

「……ないわけだ」

「……はい」

残念だが正直に答えるしかない。屁理屈をこねたら逆に不審を抱かせ結果、反発を招いてしまう。だが、可能性を否定して何もしないのは敵前逃亡にも思える。

「脳腫瘍が見つかった認知症の患者……たしか三月、双子の弟を訪問して手術の提案をしたはずだが、結局同意は得られなかった。そんな報告を受けたが、あれはどうなった？」

「庄司巧さんですね。たしかに手術の同意は得られませんでした。そこで現在は化学療法をしています。出所は年末なので処遇部が行き先を探してます」

「つまり説得はできなかった。そういうことだな？」

「はい」

「今回もまた同じかもしれない。父親へ連絡するというが、断られたらどうする？」

「その時は、残念ですが引き下がります」

「今の言葉に嘘はないな？」

「はい」

熊谷が何事かを考える仕草をする。

「わかった。院長には俺から説明しておく。ただしそこまでだ」

「ありがとうございます」

この一言で気持ちが和らいだ。

「わかってると思うが、やりすぎるな」

診察屋を出ようとした時だった。熊谷が言葉を継ぐ。

「誰もが皆、同じ方向を見てるわけじゃない。ここは特殊な職場だ」

緩みかけた心を見抜くような指摘。辞めた浅井にも同じ言葉で戒められた。

8

祝日はうれしいものだが、受刑者もこの点では変わらない。塀の中でも祝日は「免業日」で、刑務作業から解放される。加えてこの日は特別に、祝日菜として甘シャリが配給される。

「金子さん。お菓子のこと、どうして甘シャリって呼ぶんですか？」

祝日明け、執務室で昼食をとっていると中村に質問された。「知らない」と答えると、隣で弁当を広げていた芙美が教えてくれた。

「春に辞めた北条さんの話だと、元々はゆであずきのことだったようです」

「ゆであずき？」

「はい。色は違いますけど、甘く茹でたあずきが一見するとシャリ、つまりご飯のように見えることからそう呼ばれるようになったと」

「なるほど。以前はゆであずきだったわけですね」

うなずくと中村がおいしそうにコーヒーを飲む。

「でも実際、ゆであずきが出されたという話は聞きません。たいてい和菓子やチョコレートです。ちなみに昨日は大福とスイートポテトでした」

「やっぱり甘い物はうれしいでしょうね。普段なかなか食べられませんし」

「食べたい物を食べたい時に、自由に食べられるわけではありませんからね。たとえお金があっても、一度に購入できる菓子は三百円程度だし」

制約だらけの環境なので、女性に限らず、甘シャリを期待する男性も多い。

穏やかで呑気な話題に気持ちも軽くなる。窓から見える函館山も澄み渡り、午後の診察も気持ちよくすませることができた。気候もいいのでそのまま帰るのがもったいなく思え、白衣を脱いだ由衣は自転車を分院に残したまま自宅とは反対側、海に向けて歩き出した。

のんびり歩いても十分ほど。すぐに津軽海峡が目前に広がる。見晴らしという点では立待岬や函館山に劣るが、観光客のいない身近でのんびりとした光景は気持ちを安らかにしてくれる。

真っ赤に熟したハマナスの実が、堤防の周囲の砂地を我が物顔に覆っていた。長く続く堤防に腰かけぼんやりしていると、小さな船が薄暮の中に現れ下北半島に向かって進んでいく。半島の突端は大間。大きな鮪を釣ってきたのかもしれない。そんなことを思うと、熊谷と釣りに行ったことが思い出された。

脳味噌を空っぽにして何もかも忘れる。空にしないとあふれてしまい、平穏に日々を送ることはできない。毎日のように起こる嫌なことをやりすごすには何よりも忘れることが大切。熊谷はそう話してくれた。その熊谷は、美帆が自分たち医官に向かって「治療するだけ無駄」と声を上げた時、「誰かがしなけりゃならない仕事」と返した。由衣も、熊谷のその言葉は正しいと考えている。間違いなく中村も。だが何か、別の何かがあるようにも思う。あってほしいと願っている。未熟な自分はまだ知らないだけなのだと。

気が付くと周囲は暗くなっていた。釣瓶落としとはよくいったものだ。由衣は堤防の上に立ち上がると、寄せては返す波音に応(こた)えるよう「お母さ〜ん」と声を上げ、叫んだ。叫んだあと、どうして自分は唐突にこんな子どもじみた真似をしてしまったんだろうと困惑した。

母の顔が、次いで日々対峙(たいじ)する受刑者の姿が浮かぶ。低出生体重児を産みながら、赤ん坊より昼食の方が気になる者。末期癌で治療を拒否する者。緑内障を患い失明に絶望する者。周囲にいる訳ありの受刑者たち。

夕食は海岸沿いの食堂で、自分では釣れなかったヒラメを食べた。旨(うま)みたっぷりの柔らかな白身はそれだけで幸せを運んでくれる。一杯飲み、ほろ酔い加減で自転車を引いて帰宅すると、そのままベッドへ横になった。だが、明け方の電話が由衣を現実に引き戻した。

「本当ですか？」

ようやく陽の昇る頃、自転車を飛ばし、分院へ駆けつけた由衣は執務室に飛び込んだ。

「坂上さん。亡くなりました」

腕を組み、天井を凝視していた白衣の中村が顔を向ける。その目は充血していた。

「……まさか自殺？」

敏江がリスク満載の身体であることはわかっている。しかしながらまだ四十歳。自殺以外、考えられなかった。

「もちろん違います。刑務官が寝息を立てていないことに気づき非常ベルを押しました。驚いて駆けつけましたがその時にはもう、ほとんど呼吸をしていない状態で。嘔吐の跡が残っていたものの原因はわからず、虚血性心疾患で急性の心不全を起こしたと考え酸素吸入や点滴を指示したのですが間に合いませんでした」

「坂上さん。重症指定報告、してません」

「院長へ連絡して状況を報告した結果、司法検視をすることになりました」

検視には、行政検視と司法検視がある。行政検視は、犯罪の疑いがないことが明らかな場合に行われるもの。対する司法検視は、明らかに変死の疑いがないとは断定できない死体について五官の作用、すなわち目、耳、鼻、舌、皮膚という五つの器官を働かせて見分する外表検査を指す。とはいえその目的は「犯罪の有無を発見するため」のもの、つまり犯罪捜査の端緒の一つとなるもので、捜査そのものではないため令状などは必要としない。

拘束していた者の死が明らかに病死と断定できない場合、検察庁は自身の責任で司法検視を行い死因を解明する。もっとも検察官だけが足を運ぶことはない。検視の専門的知識もないし、何より多忙であるから実務的には司法警察員、いわゆる検視官が同行、または代行する。

なお単に検視という観点からは、矯正医官が行政検視をすることはできる。しかしながら、過去に刑務官の暴行による受刑者の死亡などの不祥事が発生したこともあるため、その死に少しでも疑いがある場合は、刑務所側の人間である矯正医官の手による検視は行われない。

「もうまもなく、検視の一団が到着します」

院長が現れたのは、中村の言葉が終わるか終わらないかのうちだった。

「あの時、指定していればよかったんだがね」

由衣の姿を認めると無念そうにつぶやく。

「まあ、リスクの塊ともいえる身体だったからね。高血圧に肥満、それに喫煙などで動脈硬化が進んでいたんだろう。虚血性心疾患の急性増悪が起きても不思議ではない」

　言い訳に聞こえなくもなかったが、自分も同じ判断を下しただろうと由衣は考え直した。

「司法検視の経験は？」

「ありません」

　院長からの問いに同時に答えた二人は思わず顔を見合わせた。

「何も心配することはない。だが二人ともはじめてということだから簡単に説明しておこう。つい先ほど次席検事と話をしたが、この場へやってくるのは検察官、嘱託の医師、それから司法警察員、いわゆる検視官とその補助者の四名とのことだ。検視官は警察大学校で法医学を修了しているが医師ではない。犯罪捜査にかかわる警察官、たしか警部より上のはずだが、刑事訴訟法の規則に従い犯罪性の有無を調べる。頭の先から足の爪先まで、それこそ全身を調べる。とはいえ三十分もあれば終わる」

「たった？」

「これまでの経験値、それくらいで終わっていたということだ」

　自殺や刑務官による暴行でもない限り、閉鎖された空間である医療刑務所内での死亡に疑義を抱くことはあり得ない。自信あふれる言葉は院長としては当然かもしれなかった。

「院長。司法検視を拒否していると誤解していただきたくないのですが、質問があります」

　中村が疑念を呈したことに院長は驚いたようだった。

「重症指定をしていなかったため、検察による司法検視を受け入れる。これが現状のルールのようですが、検視を指揮するのは検事で、現実的には経験豊富な検視官による代行検視が多いとも聞いています。加えて検視には医師の立ち会いが求められており、だからこそ嘱託医も同行してくると理解しています」

「そのとおりだ」

「司法検視ですが、これは外表検査にすぎません。解剖をしない以上、嘱託医が助言するにしても表面的なものに限られます。何においてもそうですが、経験豊富な者であれば『鼻が利く』ため、普通は見逃してしまうことも発見できるかもしれません。ですが、今日のこの遺体に関していえば、原因不明の突然死ではあるもののリスクの塊のような患者で、刑務官による暴行などもありません。そうした点を考慮すれば、重症指定をしていなかったからといって、わざわざ司法検視を受け入れるという杓子定規の判断をしなくてもよかった。そのように思えますがいかがでしょう？　司法検視か行政検視かの判断は施設長である院長にかかっており、実際二月の死亡では行政検視ですませたはずです」

　理路整然とした質問だった。

　医師である自分たちの判断。それがすべてと由衣も主張する気はない。とはいえ今回に限れば中村が主張するように、わざわざ検察の手を煩わせる必要はないように思える。

「中村君。よい機会だから答えよう。はじめに君が、司法検視を拒否するために発言したとは露ほども考えていない。むしろ当たり前と見なされている運用に疑念を呈し、それを確認しようとする態度は立派だよ。誰もが見習うべきものだ」

　ここで院長はちらりと時計を見た。

「そもそも重症指定をしていなかった患者が亡くなった場合、必ず司法検視をしなければならないなどという規定はない。この二つは本来、切り離して考えるべきことだ。これは単に、矯正施設と検察双方の信頼を前提に、実際の運用を簡便にしようとした結果生まれた一つの約束事にすぎない。法が求めているのは、受刑者が死亡した際には検察官へ通報するようにというものだ。そこで実務的には死亡の前段階として、受刑者の症状が重いと判断された時点で検察官へ連絡するようにしており、これを重症指定と呼んでいる。

またこれとは別に、矯正施設で受刑者が亡くなった場合には検視が求められるが、これは我々矯正医官が行う行政検視と検察官が行う司法検視がある。仮に亡くなった受刑者が重症指定をしていた場合、つまり先が短く、いつ亡くなっても不思議ではなかった場合は、我々が行政検視をすればすむ。だがそうでなかった場合はやっかいで、まさに今回の患者がそれに該当する」

ゆっくりと中村がうなずく。

「ここからの話は院長である自分の個人的考えで、それをもとにした判断となるわけだが、今回司法検視を選択した理由は検察との信頼関係を強固にするためだ」

「強固にする？」

由衣は思わず聞き返した。

「たしかに今年の二月、重症指定していなかった患者が亡くなった。あの時は、この春に退職した医療部長の浅井君から電話があり、彼の説明を信用し、司法検視は不要と判断して検察に説明、行政検視ですませた。その後今日までに数名が亡くなったが、それら患者はすべて重症指定をしていた。誰もが高齢で先が見えていたからね。

そして今日、残念だが若い女性が亡くなった。この患者について重症指定をしなかったのは、主治医の金子君の判断ではない。問われた自分がそう判断した。ここで検察への説明が必要となるわけだが、もちろん行政検視として処理することはできた。なぜなら自分はこうした事態も起こりうると、わずかではあったがたしかに疑ったからだ。つまりその時点で、万一の死亡に強く焦点を当てていれば重症指定をしたわけで、実際その可能性はゼロではなかった。

しかしながら結果を見れば、自分はそのようにはせずこの事態を迎えてしまった。つまり負けたわけだ。勝ち負けなど勝負事のように口にすると非難するかもしれないが、人の生き死には最終的には神の領分だ。少なくとも自分はそう信じている。医師の治療は万能ではなく、最後はやはり人知を超えたところにある。この患者に関していえば、自分の判断は覆された、つまり敗れたわけだ。そう考えれば、自分の負けを糊塗する形は潔くない。

さらに検察との関係を考えれば、重症指定していなかった二月の患者を行政検視ですませた経緯がある。それ自体、正しい判断であったと今でも信じているが、司法検視としなかった点は事実だ。しかも今回の患者は法的には被告人。つまり推定無罪の身で受刑者ではない。こうした点を勘案すれば今回は積極的に司法検視を提案するほうが価値がある。約束事がある以上、拡大解釈した説明を連続してするのは分院のためにもよくない。そう考えた」

「踏み込んだ説明、ありがとうございます。よくわかりました。つまり機械的に、重症指定をしていなかったから司法検視をする、と判断したわけではない。そういうことですね」

「そういうことだ。なお後半は個人的な考えだから、忘れてもらってかまわない」

浅井は辞める前「鈴木院長に従え」と繰り返していたが、その頃はまだこの言葉の真意を由衣は十分に理解できずにいた。けれども半年が経ち、今の説明を含め、分院に向き合う院長の姿勢を少しずつではあるが由衣も理解できるようになっていた。

「院長。自分も納得しました。ありがとうございます」

「それはよかった。なお検視には私も立ち会う。心配はない」


司法検視は滞りなく、拍子抜けするほど呆気なく終わった。

七時前にやってきたのは検事の五反田を筆頭に四名。五反田は長身で年の頃は三十代半ば。きっちりとスーツを身に着けていた。検視官はベテラン然とした五十すぎの男性とカメラを手にした若手。所属は北海道警察函館方面本部の捜査一課。同行する嘱託医は白髪で、その中では最も年かさに見えた。院長は全員と面識があるようだった。

「ご遺体は？」

「五階の５０７号室に。もちろん発見当時のままです」

院長の説明に五反田がうなずく。

「まずは検視をしてから、発見当時の状況などをうかがいます。刑務官の方は？」

「五階で待機しています」

この言葉を合図に全員が移動する。

「どこか空いてる部屋はありませんか？」

部屋に足を踏み入れた検視官が振り向く。敏江の巨体に圧倒されたようだった。

「霊安室でよろしければ」

「それではそちらへ」

指示に従い、遺体はストレッチャーで霊安室まで運ばれた。

「七時十五分。それでは開始します。黙禱（もくとう）」

五反田が開始を宣言する。

ベッドに横たわる敏江。その姿を前に検視官がマスクと手袋をはめる。由衣は固唾（かたず）を呑んで見守った。

一礼すると、はじめに髪をかきわけ傷の有無を確認。記録を残すとともに写真を撮るよう指示。次いで顔を確認し、瞼の裏側を見てから左右の瞳孔（どうこう）の大きさを測定。さらに鼻、唇の裏、口内、舌と念入りに、だが手際よく確認、記録を指示する。写真撮影を含め、何もかも手慣れていると感じさせるものだった。

「全身の確認をします。服を脱がせるので手を貸してください」

由衣は嘱託医、中村とともに服を脱がせた。全裸の敏江を見るのははじめてだったが、その体軀（たいく）には目にするだけで息が苦しくなるほどの威圧感があり、見る者すべてに迫ってきた。それでも壁際に立つ五反田は沈着冷静。無駄口一つ叩かず検視官の動きを注視し、遺体にも目を配る。

検視官は五反田に見つめられる中、胸、腹、足、それから二人の力を借りて遺体をうつ伏せにすると、首筋から背中、腰と全身をじっくりと見て、外傷や痣（あざ）、傷痕（きずあと）の有無を検（あらた）めていく。同行する嘱託医は別に、硬膜下穿刺（せんし）をしてから全身を確認する。

もれなく写真を撮り、直腸温を測り終えると検視官が五反田に終了を告げた。

「第一発見者の方は？」

五反田が質問を投げかける。

「自分です」

あどけなさの残る女性刑務官が敬礼し、名乗り出た。

「……午前一時に巡回した際、腹痛を訴えたのですが、朝まで様子を見るよう命じました。朝起きても続いているようであれば先生に相談すると説明して。その後、普段より注意して様子を観察していましたが、五時すぎの巡回で饐(す)えたような臭(にお)いに気が付いて。よく見ると嘔吐した跡が見られたので非常ベルを鳴らしました」

「医官の中村です。ベルが鳴ったので駆けつけました。真っ先に容体を確認しましたが、その時にはほとんど呼吸をしていない状態で……」

発見時の刑務官、および中村の説明はきっちりとしていた。

「……主治医の方は？」

「自分です」

「既往症は？」

進み出た由衣は、緊張しながらも意見を述べた。

「当分院には四週間ほど前、室蘭の拘置支所から転院してきました。患者はご覧のように極度の肥満体ですがこれは、逮捕されるまで長年ヘビースモーカーで、アルコールも多量に摂取する生活を続けてきたためです。室蘭での身体検査では血圧が二百、その他中性脂肪値、血糖値、尿酸値など、どれもが驚くほど悪い数値で、分院でも精密検査をはじめたところでした。そろそろ結果が出るという矢先、こんなことになってしまったので結果はまだ見ていませんが、正直なところ血管はかなり重症化が進んでいると考え、急性の心不全などを起こすのではないかと心配していたところでした」

　右心不全では、心臓の右心室の働きが低下するため血液を肺に送る力が低下する。このため静脈内の血液の流れが悪くなってとどまると腸管浮腫や肝腫大などが生じ、結果として臓器が機能低下を起こして消化器系の症状が現れる。嘔吐などはその一例だ。

「お耳に入っているかもしれませんが、この患者は妊娠しており先々週の金曜、つまり十日ほど前、外部の産婦人科病院で女児を出産して分院へ戻ってきました」

　由衣は続けた。

「執行停止を申し出た被告ですね。ちなみに赤ん坊は？」

「低出生体重児で水頭症でもあったため、現在もその病院で診ていただいています」

「なるほど。わかりました。ところで話は戻りますが、急性の心不全などを起こすのではないかと心配していた、との説明がありましたが、それでも重症指定まではしなかった？」

「そこまでの必要はない。そう進言したのは自分です」

　後ろに控えていた院長が声を上げた。

「危険因子の塊のような患者でしたが、まだ四十歳ということもあり必要なしと判断しました」

　院長の堂々とした発言が効いたのか、それ以上質問してくることはなかった。

「こちらで話をしますので、しばらく外でお待ちください」

　五反田が声をかける。院長以下、分院の関係者は霊安室を出た。

「どうぞ」

　再び声がかかったのは、数分後だった。

「ご協力ありがとうございました。問題となる点はありませんでした。脳での出血も見られず、虚血性心疾患の急性増悪と判定しました。終了時間は七時四十七分」

時計を目に、五反田が終了を宣言する。これを聞き、はじめて由衣の気持ちは落ち着きを取り戻した。何もあるはずがない。そう考えていたのに。

「ご遺体や部屋のほうはよろしいですか？」

「お任せします。どうぞ、ご自由に。自分は庁舎へ戻りますが、検視官はこちらで調書を作成させていただくことになります。ご苦労様でした」

「それではご案内しましょう。あとは頼んだよ」

院長の言葉に、全員が頭を下げた。

「何を聞かれるかと思い緊張しましたが、院長がおっしゃったように呆気なく終わりましたね」

一団を見送る中村の顔に珍しく、普段は見せないホッとした表情が浮かぶ。

「警察の方が検視すると聞いて、いったいどんな質問をされるのかとドキドキでした」

「そうですね。それにしても、何度も経験したいものではありませんね」

安堵（あんど）の思いが伝わってくる。

「当直明けですよね。片づけは私がしておきますから、中村さんはこのまま帰宅してください。お疲れでしょうから」

「ありがとうございます。それではお言葉に甘えて」

ここでも丁寧に頭を下げると中村が立ち去る。残った由衣は、霊安室の遺体をいま一度確認してから五階へ移動した。

主のいなくなった507号室はそれだけで寒々としていた。部屋の大きさは変わるはずもないが、敏江がいた時には息苦しささえ感じた窮屈な空間は、どこか妙に落ち着きのない間延びした空間に変わっていた。由衣は、部屋全体に目を配った。

それは小さな紙切れだった。

ベッド脇に置かれたゴミ箱。その周囲に目を向けると小指の先ほどの赤茶けた紙が落ちていた。拾い上げ、手のひらに置いて眺めると、紙ではなく薄っぺらな植物の皮に思われた。五ミリ角ほどで乾燥して硬い。摘まみ上げたところへ足音が近づいてきた。

「由衣さん。たった今、電話がありました。赤ちゃん、亡くなったと」

それは息を切らした芙美だった。

「久美子ちゃんが？」

「はい。病院長から」

敏江に呼ばれたのだろうか。真っ先に頭をよぎったのはそんな非現実的なことだった。

「……あの二人、天国でしか一緒になれなかったんですね」

芙美の目は悲しげで、同じことを考えているとわかった。

由衣は、手にした植物片をポケットに入れると執務室へ急いだ。思いは一つ。葬儀は母と娘一緒に挙げ、同じ棺（ひつぎ）に納め、送り出してあげたいということだった。わき上がってくるのは、現世では人並みの幸福を得られなかった二人への哀惜。同棲相手を殺害した敏江に対しては、侮蔑ではなく寂寞（せきばく）の念だった。

9

葬儀は翌々日の午前。由衣の他、熊谷、中村、芙美が出席して行われた。棺の中には季節の花とともに、敏江が久美子を抱くような形で納められた。

「久美子ちゃん、短い一生でしたね」

あいにくの曇り空の下、出棺を見送りながら芙美がつぶやく。隣に立つ由衣は何も答えられなかった。霊柩車（れいきゅうしゃ）がクラクションを鳴らして出発する。全員が熊谷にならい、直立不動で頭を下げる。見えなくなるまで霊柩車を見送り、冥福（めいふく）を祈った。

「司法検視、ご苦労様。はじめてだったらしいな」

熊谷が声をかけてきたのは、中村と本館の廊下を歩きはじめたところだった。

「検視官に質問されることを考えて不安になったんですけど、案ずるより、でした」

「何でもはじめては緊張するからな。中村君もはじめて?」

間に割り込んできた熊谷は、首を左右に振りながら二人に話をふる。

「はい。前に勤務していた仙台の病院でも経験はなくて。でも思ったより少人数で驚きました」

「今回は何人?」

「検事の五反田さんを筆頭に検視官が二名、それに嘱託医を含め、全部で四名でした」

「五反田君か。若いけど優秀だよね。几帳面(きちょうめん)だし」

面識はあるようだった。

「二年くらい前、俺が立ち会った時もたしか四名だった。でも東京は違うらしい。警視庁や検察庁には専任の部隊があって、三百六十五日二十四時間、現場がどこにあっても十名くらいがすぐに駆け付けるって話だ」

「さすがですね。ところでその話、誰に聞いたんですか？」

「兄貴」

熊谷の兄は警視庁勤務。以前、誰かに教えられた。

次いで中村が言葉をかけようとした時だった、熊谷の電話が鳴った。立ち止まり、何ごとか話しているが表情が硬くなるのがわかる。

「すまん。ちょっと急用ができた。今日はここで失礼する」

慌ただしく立ち去ってしまった。


「由衣さん。院長がお呼びです」

声がかかったのはその日の午後。外来診療を終えた夕刻だった。呼び出しを受けてよい話をされた記憶はない。予防線を張ると院長室へ向かった。

「当直明けの休みだったのにわざわざ葬儀に出席してくれたようだね。ご苦労様。ところで急な話になるが来週、札幌刑務所へ行ってくれ」

足を踏み入れた途端、書類に向かっていた院長に命じられた。

「来週のいつです？」

「火曜の正午だ。家庭の事情でどうしても対応できないと、ついさっき熊谷君から申し出があってね。代わって施設交流会へ出席してほしい」

施設交流会は年に一度、分院と札幌刑務所および支所の医務部診療所との間で行われる。情報交換を目的に施設の問題点を共有。改善に役立てようと定期的に開催されている。だが何よりも、家庭の事情と説明した熊谷が気になった。最近元気がない。

「薬物の講義もですか？」

「もちろんだ。だが心配ない。使いまわしの発表原稿がある。統計資料の部分を最新データに差し替えれば、あとはそのまま使える」

「その原稿なら読んだことがあります」

「それなら安心だ」

満足したのか珍しく恵比須顔でうなずく。

札幌刑務所および支所では年に一度、薬物依存の受刑者に対して医師の立場から覚醒剤や大麻の恐ろしさを説明している。

「ちなみに今回は女性が対象ということだ。まあ誰であれ、素人だから緊張することはないだろう。よろしく頼むよ」

「ある意味、こちらよりよく知っていると思いますけど。実践者の集まりですから」

由衣は素知らぬ顔で受けた。

「それは間違いではないが視点が違う。薬物の恐ろしさを理解していれば今のような境遇には陥らなかったはずだ。それを思えば正しい知識を授けることは何よりも大切だ。そうだろ?」

　了承を伝え、踵を返したところだった。背中に声がかかる。

「そういえば福島刑務支所からきた女性。たしか高校生になる娘がいるという説明だったが、化学療法を拒んでるようだね」

「早川桜子さんですね。よくご存じで」

　振り向くと書類を片付けながら続ける。

「家族に連絡を取るそうだが、くれぐれもセンターに通報が行かないよう慎重に対処してくれ。忘れていないと思うが去年、面倒が起きた。誤解だったとはいえ、火消しは面倒だったからね」

「院長にご迷惑をおかけしないよう、熊谷さんに都度相談し、進めてます」

「そうしてくれ。センターへ妙な形で通知がいってしまったら熊谷君の立場も危うくなる。浅井君の後任として、部をまとめてもらう話が反故になっては困るからね」

「交流会の件、熊谷さんに代わって出席することは私から札幌へ連絡しておきます」

　そう告げると由衣は退出した。

　院長が危惧する桜子の件はすでに走り出している。裁判記録から事件を扱った弁護士を割り出し電話で事情を説明すると、桜子の別れた夫に説明するための説明文を送ってほしいと依頼された。光明を見出した。そう思い、気合を入れて作成、速達で送った。早ければ週明けにも回答があるはずだった。

「金子さん。カウンセリングをしている井上明美さんですが」

　午後の回診から戻った時だった。中村が声をかけてくる。

「先ほど詩織さんと話をしたのですが、再来週、娘さんが面会にいらっしゃると」

「井上さんの娘……里奈さんですね。小樽の会社で働いている」

桜子から明美へ頭を切り替える。

「お会いになったことは？」

「ありません」

「それではよい機会なので会っておきませんか？　井上さんが、里奈さんを大切に思っていることはカウンセリングからもよくわかりました。苦しい刑務所生活も家族の支えがあれば何とか乗り切れるものです。母娘関係はよいようですから、他にはいえない悩みも娘さんにだけは打ち明けているかもしれません」

「そうですね。同席させてください。ぜひともお願いします」

「期待していただくのはうれしいですが、実際どこまで井上さんの心の内を知ることができるかはわかりません。でも、娘さんに会っておくのは意味があるはずです」

よく気が付く。一も二もなく、提案に同意した。


残念なメールが届いたのは週明け、月曜の午後だった。差出人は桜子の弁護士。

朝から雨模様のこの日、由衣は濡れ鼠となって登院した。今年一番の大型台風。高知県室戸岬に上陸した台風の最大瞬間風速は秒速五十メートル。室戸からは直線距離で一千百キロメートルほど離れている函館だが自然の猛威は想像を超えている。

「風邪ひいちゃいますよ、由衣さん。すぐに着替えてください」

傘もコートも役に立たない。シャワーを浴びたも同じだ。由衣は仮眠室で着替えた。

「芙美さんはどうやって？」

「お隣さん、実は自衛隊の食堂にお勤めなんです。とても親切な方で、危険だからと車で送ってくださいました」

「それは助かりましたね」

「本当は休めるといいんですけど」

同感だったが、なかなかそうもいかない。

「それでも今日はこの嵐（あらし）なので、昼食はまとめて運んでもらうことになったそうです」

「どういうことですか？」

「何でも院長が、知り合いの蕎麦（そば）屋さんに頼んでくださったそうなんです。昼食は支給されるので外出はしないようにと職員宛てメールが届いてました」

「もしかしたらポケットマネー？」

「らしいです。カツ丼（どん）と天丼、それから天麩羅（てんぷら）蕎麦が届くそうです。早い者勝ちってことなので早めに取りに行こうかと」

院長の大盤ぶるまいに、雨にもかかわらず分院全体が浮かれたようになった。けれども弁護士からのメールで気持ちは暗転した。

『……ご依頼いただきました早川桜子さんに関する件、同封されていた手紙を前夫の脇田道夫氏へお渡しするとともに意向を確認したところ、遠慮したい旨、連絡をいただきました。つきましては誠に申し訳ありませんが……』

娘との面会を認めるとともに、治療について説得してもらいたい。他に頼る宛てもなく、わずかな可能性にかけての行動だったが叶（かな）うことはなかった。

「離婚もしてるし娘さんは高校生。むずかしい年頃ですからね。会わせたくないのでしょう」

芙美が大きなため息をつく。

「本人に確認したと思います？」

「本人って、娘さんに？」

「小学生ならしかたありませんけど高校生ですから。それなら自分の意思で、会う会わないを決められると思うんです。というより、そうすべきじゃないかと」

「気持ちはわかりますけどデリケートな問題ですからね。断られた以上、直接娘さんに連絡するしかありませんけど、連絡先が仮にわかっても、由衣さんから連絡するのはちょっと」

「まずい？」

「控えたほうがよいと思いますよ」

院長に釘（くぎ）を刺されただけでなく、熊谷にも「引き下がります」と断言した。裏切ることはできない。

「……他によい方法がないか考えてみます」

そう口にしたが妙案は浮かばない。長引かせることでよい結果が得られるならまだしも、そうでなければ結論を持ち越すのはよくない。明日は札幌出張。時間も限られている。

タクシーの車窓に広がるのは真っ赤なナナカマドとヤマモミジ。銀杏（いちょう）も黄色く見事に色づいている。予報では最高気温は十度を下回るという。

札幌刑務所は市内を流れる豊平川（とよひら）のすぐ近く、札幌駅からわずか三キロメートルほど東に位置している。町中にある札幌刑務所だが、その歴史は北海道の開拓史そのものだ。開拓使本府内の牢屋（ろうや）として造られたのが一八七〇（明治三）年。その十年後の一八八〇（明治十三）年に現在の苗穂（なえぼ）の地に移転、「札幌監獄本署」として新設された。これは一八八一（明治十四）年、「樺戸（かばと）集治監」として誕生した網走（あばしり）刑務所より古い。

以前この地を訪れた際、こうした歴史を説明されたが、百年以上も昔の町並みを想像するのは容易ではなかった。とはいえ牢屋が造られた当時、この地が無人の官有地だったとの説明は無理なく納得できた。つまり町中に刑務所を作ったのではなく、札幌という町が拡大を続けた結果、人里離れた場所にあった刑務所までをも呑み込み、発展してきたということだった。

「函館分院の金子です」

クリーム色の高さ三メートルほどの塀。その塀の中にある診療所には昼過ぎに着いた。出迎えてくれたのは診療所長。白髪交じりで口髭（くちひげ）をたくわえている。以前は道内の医科大で教授をしていたが二年前、所長として迎えられたという。所長からは講義をすませたあと、交流会があると説明された。

札幌刑務所の収容定員は二千五百名強だが、敷地内には女性受刑者用矯正施設の札幌刑務支所も併設されている。ここに収容されている女性の多くは覚醒剤などの違法薬物に手を染めた者たち。案内された由衣は、薄ピンクの長袖とスラックスに身を包む二十名に講義をはじめた。

「……覚醒剤は戦前、ヒロポンの名で販売されました。大戦中は政府主導で軍需工場の作業員や夜間監視員などにも配っていました。しかも戦後しばらくの間は一般にも販売されていました。効果に関しては皆さんが一番よくご存じかと思います」

ここで区切ると、経験者の集まりなので全員が強くうなずく。

「……覚醒剤をやめられない理由は人それぞれです。一般的には快感を得られるため依存性が高く、海外に比べて刑罰が軽い点が挙げられますが一番の問題はやはり『他人には迷惑をかけていない』との思いではないでしょうか？『殺人や窃盗が悪いのはわかるけれど、覚醒剤は自業自得。迷惑をかけているわけでもないのにどうして法律違反なの？』というものです。皆さんはどうでしょう？」

問いかけるが誰一人答えない。けれども想定内なので、由衣は逆に順繰りに問いかけた。

「あなたはどうですか？　他人に迷惑をかけていると思いますか？」

「……わかりません」

「それでは、あなたは？」

最前列の面々が顔を見合わせる。

「……クスリを買うため多額の借金をして、その返済で家族に迷惑をかけました。私が払ったお金が、暴力団の資金源になっているとも聞きました。そういうことですか？」

四人目がようやく口を開いた。ゆっくりではあったが、自分の考えを言葉にしたものだった。

「そうです。覚醒剤は原価が非常に安いので、暴力団やテロ組織の資金源となっています。またクスリの影響で幻覚や幻聴などの精神障害を発症して殺人を犯したり、クスリを買うためのお金ほしさに強盗に走ることもあります。つまりこの社会を脅かしているわけです。また意識することはないと思いますが、皆さんのような受刑者のため、一人当たり年間約三百万円もの税金が投入されています」

「そんなに?!」

由衣の説明に数人が反応した。

「覚醒剤を使い続けると、脳が萎縮(いしゅく)したり唾液(だえき)が出ないため虫歯が増えたり、不整脈や肺水腫(すいしゅ)などになって内臓に悪影響が出ます。こうしたことはもしかしたら自業自得といえるかもしれません。ですがたった今説明したように、身近な家族、恋人や友人を悲しませるだけでなく、社会を脅かす暴力団の資金源になったり、殺人や強盗につながることを考えれば、他人に迷惑をかけていることは明らかです。ですからこの点をしっかり胸に刻み忘れないでください。そして何より自分を大切にしてください。ここを出たら、自分のためにも薬物とは縁を切ってください」

数人が深くうなずく。お願いだから二度と戻ってこないで。そう願いながら講義を終えた。

引き続いての施設交流会は一時間を要したが、特段大きな問題もなく終わった。所長への挨拶をすませると、由衣はその足で駅へ急いだ。

函館へ戻る特急は込(こ)んでいた。多くが弁当を開く中、由衣は窓際の席に陣取るとシートを倒した。動き出すと車窓には見事な紅葉が流れていく。鮮やかに彩(いろど)られた平原が夕日に映え、赤く染まりはじめる。しばらく原野を眺めていたが、シートを戻すと鞄(かばん)から紙の束(たば)を取り出した。受刑者に書かせたアンケートだ。

出席者の平均年齢は三十二歳。下は二十一から上は四十五歳。無記名のアンケートにはさまざまな感想が綴られていた。

『一時の快楽のため、大切な脳や身体を粗末にし、時間とお金を無駄にしていた。二度と手は出さないと誓った‥二十七歳』

『自分たち受刑者に、毎月二十五万円近い税金が使われていると知り、申し訳ない気持ちになった‥三十三歳』

『覚醒剤の写真を見て、またやった感覚に襲われた。これがフラッシュバックかもしれないと思ったが、身体はまだ覚醒剤をほしがっていると感じた‥四十歳』

『講義の中で使われた「覚醒剤で快感は得られても、幸福は得られない」という言葉が一番響いた。身近な人だけでなく、多くの人に迷惑をかけていることもはじめて知った‥三十一歳』

アンケートの多くに「他人に多くの迷惑をかけていることを知った」という記述が見られ、講義がそれなりの役割を果たしているとの手応えを得ることができた。とはいえ「身体はまだ覚醒剤をほしがっている」という記述からは薬物依存の根深さ、蟻地獄からの脱出が容易でないことが実感された。

桜子の裁判記録が脳裏によみがえる。「クスリのことを忘れることができた。そう考えていたのに、あの時のただ一回のフラッシュバックで、身体が決して覚醒剤を忘れてはいないこと、一度思い出してしまったらそれを抑えつけることは絶対にできないのだとその時悟った」と。

この桜子を助けるため自分は娘に助力を求めようとした。それが間違いとは思わなかったが、その先に本当の幸福があるのかと問われると自信はなく、素直にうなずくことはできなかった。

10

「代理出張、ありがとう。札幌、どうだった?」

登院すると、コーヒーを手に熊谷が真っ先に近づいてきた。先週、急に早退したので心配したが、表情を見る限り悩みは読み取れない。立ち入った質問は控えることにした。

「紅葉が見事でした。ところで講義ですが出席者は二十名。アンケートはこれです」

由衣は出張報告書とともに差し出した。

「次回は、規模を倍にしたいそうです。若い入所者が増えているので二十名では不足だと」

「それはかまわないが、人数が増えると薄まっちまうのが心配だな」

立ったままアンケートに目をとおす。

「次回は自分にまかせてもらえませんか?」

名乗りを上げたのは隣にいた中村。

「立候補、大歓迎。ぜひ頼む」

熊谷は報告書を中村に押し付けると飄々(ひょうひょう)と出ていく。代わって近づいてきたのは詩織だった。

「お二人に報告です。井上里奈さんから連絡がありました。来週の水曜、午後二時に母親の明美さんとの面会にいらっしゃるそうです」

由衣と中村は顔を見合わせた。

「面会のあと、話をすることはできますか？」

「本人には伝えました。主治医が直接会って話したい。そう希望していると」

「それで？」

「メールのやりとりなので回答はまだ受け取ってません。もしかしたら当日、明美さんとの面会で決まるのかもしれません」

話を聞いていた中村がふっと口元を緩めた。

「それでは会えることを前提に予定を組んでおきます。面会は遅くても二時半には終わるでしょうから、終わり次第連絡をください。話ができるなら最優先で時間をとります」

「わかりました。由衣さんもそれでいいですか？」

「もちろんです」

何としても突破口を見出したい。それが願いであり目標でもある。

カウンセリングのたび「死にたい」を口にする明美。その刑期はまだ七年近く残っている。緑内障の進行で両目を失明してしまうのも時間の問題。今でさえ不自由しているのに完全に光を失ったら生きる希望すら持てなくなってしまう。

面会までに明美の身分帳を読み直しておこう。転院してきた際に目をとおしたが、細かな点は忘れている。由衣はカレンダーに大きな赤丸を付けた。

《金子先生？》

突然の電話が鳴ったのは翌日、当直明けの木曜。まもなく昼という時刻だった。
「失礼ですが？」
《脇田夏海》
不躾な相手に顔を曇らせた由衣だったが、手にしたペンを落としそうになってしまった。
《早川桜子っているでしょ。その娘》
「いったいどうして？」
《お父さんが弁護士さんと話してるのを立ち聞きした》
「この番号は？」
《お父さんの机の中にあった先生からの手紙を読んだ。そこに名刺もあって。いつも隠すところは決まってるから》
高校生のはずだが、ところどころに幼さが残っている。半面、声は妙に大人びていた。
《あの人に会える？》
「会いたいの？」
はい、と即答すると思ったが返事はない。
しばらく沈黙が続いたあとの言葉だった。
《会える？》
「もちろんよ」
《あの人、病気？》
今度は由衣が口ごもった。娘の力を借りて化学療法を受けさせよう。そう考え弁護士に手紙まで送ったが、病状をぼかしている現状を考えると途端に躊躇してしまった。とはいえ半ばあきらめかけていたことと思い返し、鞭打って続けた。

「お父さんには相談したの？」

《してない。祖母ちゃん、お母さんのこと嫌いだから》

「函館までこられる？」

《それは無理》

お金も時間もないのだろう。会うためには……。

「あなたさえよければそちらへ行くけど、どうかしら？」

《きてくれるの？》

「聞きたいこともあるし。直接会って話をしない？　いつならいいかしら？」

畳み込むようにいった。切れてしまったら二度と話せない。そんな気がした。

《月曜の夕方、学校が終わってから。もし近くにきてくれるなら会う》

「月曜ね。それなら待ち合わせ場所を教えて」

予定を取りつけた。場所はＪＲ盛岡駅の南口改札。

由衣はすぐさま熊谷の診察室へ向かった。

「ご報告とご相談が」

「急ぎか？」

「はい。先日ご相談した早川桜子の件です。弁護士へ連絡して……」

由衣は、元夫には断られたものの、娘の夏海から電話があった旨を説明した。

「……娘は会いたい。そういってるわけだな？」

「会いたいとまではいってません。気持ちの整理がまだついていないようです。父親にも黙って電話をしてきたようですし」

「それで月曜、盛岡まで会いに行くのか？」

問われて由衣は、自問した。何のための相談なのかと。

「……会って話をしたい。そう考えています」

「したい？　俺に許可を求めてるのか？」

答えられなかった。

「話をすることが目的じゃないだろ？　それに父親に断られたら引き下がる。そう約束したはずだが、違うか？」

「約束はしました。けれども約束の趣旨は父親からの許可を得るものではなく、娘に会うことを目的とした話です。父親の同意は取れていませんが、娘から直接電話がきました。娘は十八歳、つまり成人ですから、自分で自分のことを決めることができるし、そうしてよいはずです」

「減らず口を叩く奴だな」

熊谷は視線を逸らすと大きく息を吐いた。遠からず医療部長となる話が進んでいるためか、自分に対する態度が厳しくなったように感じられる。それとも自分が甘いだけなのだろうか。

「出向いて会うことは許さない。そういったらどうする？」

考えてもいない問いかけだった。

「俺なら必ず味方になり、許可してくれる。そう考えたのか？」

「……はい」

「なるほど。この俺を信じてくれたってことか。ありがとう。先日、札幌出張も代わってくれたからな。しかたない、許可しよう」

「ありが」

「バカ！　許可するわけないだろ」

いい終わらぬうちの雷。これほどの叱責（しっせき）ははじめてだった。

「札幌の件と、この話は別だ。そもそも俺にそこまでの権限はない。医官が外部で受刑者家族に会う。それが何を意味するかわかってるのか？」

「は、はい」

「ならいってみろ」

「……この仕事をする上で、受刑者および受刑者家族と職員との接触は癒着につながりかねず何よりも注意しなければならないことです。実際籠絡（ろうらく）された職員もいました。本当に会うことが必要なら出向くのではなく、時間内に施設まで出向いてもらう。これが正しい形です」

「テストなら満点だな」

熊谷がじっと見つめる。

「……相手は高校生です。籠絡などという手を」

「十八は成人。そういったのはお前だ」

「成人ですが、まだ世間を知らない女子高生です」

「世間を知らないのはネコ、お前のほうだ。冷静になって世の中をよく見ろ」

勢いよく立ち上がった熊谷が説き伏せる。

「身体を売って稼いでるのは誰だ？　金のためなら股も開く。それが今の高校生だ。薬物に手を出す者もいる。快楽や金のためなら、あと先考えず何だってする。それがまぎれもない現実だ。もちろんそれは一部の、特殊な例かもしれない。だが、盛岡で会うその娘がそうでないとどうしていえる？　第一、別人だったらどうする？　何の情報も持ち合わせずのこのこと会いに行き、揚げ足を取られたり言質を取られる会話を録音され、週刊誌にでも売られ騒ぎになったら、いったい誰が、どう責任をとる？」

両手をポケットに入れると熊谷は舌打ちした。

「頭を冷やして、よく考えろ。はっきりいう。お前にできるのは次の二つだ。一つ。許可がほしければ院長のところへ行け。俺には権限がない。二つ。許可はあきらめろ。それは責任逃れに他ならないからな。組織には期待せず、最初から最後まで自分で判断して自分の責任で動け。だが、もちろん覚悟の上でだ」

熊谷が診察室のドアを開き、顎をしゃくる。

返せる言葉はなかった。廊下を歩きながら時計を見た。一時前。

「院長。急ぎ、ご相談したいことが」

「相変わらず慌ただしいね」

院長は検食を口にしていた。検食は、準備された食事が献立計画に従っているかを確認するとともに、衛生・栄養・嗜好の面を検査するため試食するもので、分院では主として役職者が行うことになっている。

「一時にはここを出なければならない。だから食べながら聞こう。何だ?」

「お食事中申し訳ありません。たった今熊谷さんに相談したのですが、早川桜子という……」

由衣は一部始終を説明した。

「……つまりは許可がほしい。そういうことか?」

「はい」

答えた由衣は院長から、熊谷同様冷たい視線を浴びせられた。

「君の仕事は受刑者の治療をすることだ。内臓に疾患があればその原因を特定し、適切な治療を施す。それ以上でもそれ以下でもない。わざわざ外に出て家族を混乱させる必要はない」

「お言葉ですが、治療をすることで肉体を正常な状態に戻すことはできます。けれどもそれを維持し、健康な生活を継続して送れるようにしなければ、ここでの治療も無駄になります。受刑者の場合、出所後の生活は不安定になりがちです。可能な範囲で、周囲にいる者が見守り、支えるような形が必要ではないでしょうか」

「それこそが余計なこと、そこまでする必要はない。私はそういっている」

「分院の患者は多くの場合、肉体的な問題以上に心の問題を抱えています。肉体的治療だけをする。そう割り切ることは簡単ですが結果的に再犯に通じるなど、社会的不利益を生じさせることにもなると思いますが」

「それなら心の部分は精神科の中村君にまかせればいい。何をしても再犯する者はある割合で存在する。根絶などあり得ない。それを根拠に君が家族の下へ出向く必要はない」

これは一人の医師としての言葉なのか、それとも院長という立場からの言葉なのか。戸惑っていると、院長が思いもよらぬ言葉を口にした。

「約束があってね。議論をしている時間はない。どうしても許可がほしければ次のすべてをするように。一、一人ではなく必ず処遇部の者と一緒に行動する。加えてもう一人、信用のおける外部の者を必ず同席させ、三名で応対すること。二、会話はすべて録音しておくこと。しかも二台の録音機で。三、話をする場所は、喫茶店など一般の客が出入りできる場所は避け、関係者のみの隔離された場所ですること。四、万一に備え、辞表を準備しておくこと」

詩織と、処遇部長を説得できるなら一と二は対応できる。辞表は、覚悟して行動せよとの意。もちろん万一の時には辞めざるを得ない。瞬時に由衣は頭を巡らせた。

「……盛岡駅の近くに社会福祉協議会の事務所がある。森川君ならよく知っているはずだ」

由衣は下げていた視線を戻した。

箸を置き、立ち上がった院長は白衣を脱ぎはじめる。

「知ってのとおり、矯正医官の新規採用は容易ではない」

院長が腕時計に視線を落とす。

「……ありがとうございます」

ここでも頭を下げることしかできなかった。

11

日曜の午後、由衣は迷いながらも美帆の下へ足を運んだ。

「先生。ごめんなさい。私、時々爆発しちゃう。これじゃ医者になんてとてもなれない」

三週間前。怒りにまかせ辞書を投げつけてきた美帆。その美帆が、今は身体を丸め小声で詫びを口にしている。本来は二週間おきの約束も、一週間長く空けた。美帆の心は硝子だ。

「だいじょうぶ。気にしてないから。誰だって怒りたい時はある、人間だもの。もちろん私だって怒ることはある」

由衣は美帆の様子をうかがい、気持ちを乱さないよう配慮してうなずきかけた。

「自分が悪かった。美帆ちゃんはそう考え、自分からこうやって謝ってくれた。間違いだったと反省している。それはつまり、自分の行動を振り返って客観視できるってこと。一時の感情に流されて怒ってしまうことはしかたがない。でも何より大切なことは、冷静に振り返って感情をコントロールできるかってこと。美帆ちゃんはそれができる」

視線を逸らさず美帆が見つめる。

「怒りたくなった時、今度からゆっくりと五つ数えて。そうしたらきっと、声を上げるのはやめられるはず。でもそれは、怒るのをやめるってことじゃない。怒り方をコントロールするってこと。わかるでしょ?」

「……ゆっくりと五つ」

「そう。怒る前に五つ数えて」

感情の起伏が激しい。時々そう感じる。けれどもそれは決してマイナスではない。自分の感情を素直に表現できることでもあるのだから。

「この前……小春ちゃんと再会した話をしたでしょ」

美帆は眉根(まゆね)を寄せ何事か考えていたが、やがて決心したように話しはじめた。

「聞いたわ。進学校へ行った同級生ね」

「そう。その小春ちゃん……先生のこと非難したけど、本当に援交してた」

由衣の顔に戸惑いの色が浮かんだ。

「聞いた話だから、どこまで本当のことかわからないけど。お父さんが会社のお金を使い込んで馘(くび)になって、そのお金を返すのに家を売ったって」

下を向く美帆の声に震えが交じる。

「ほんの少し……三年くらい会わなかっただけで、坂道を転げ落ちるみたいに不幸になっちゃったの。お父さんは刑務所に行くことになって、お母さんは精神的におかしくなって病院に入院したって」

途切れ途切れの言葉は美帆の気持ちの表れだった。

「小春ちゃん……本当にまじめで、私、ずっと憧れてた。夏休み、家族旅行でハワイへ行ったって話してくれた時、お土産くれたの。羨ましかった。いつも笑顔で勉強もできて。それがたった三年で全部壊れちゃった。だからその話を聞いた時、怖いと感じてすくんじゃった。きっと私が持ってるものなんて、何かあったら一ヵ月で全部なくなっちゃう。そう思ったから。私の持ってるものなんて」

慰めの言葉は一つも浮かんでこなかった。

「先生、小春ちゃんが何で援交してるかわかる?」

「自暴自棄になっちゃったとか?」

「だよね。私もはじめはそう思った。でもね、全然違った。お金が必要なんだって。両親が突然いなくなっちゃったから小学生の弟、小春ちゃんが面倒みる必要があるって。だからお金がたくさん要るって」

美帆を打ちのめしているのは貧困という、恐ろしく、また厳しい現実に違いなかった。

「私。幸せなんだって、本当にはじめてそう思った」

顔を上げ視線を窓の外に向ける。そこには暮れゆく町並みが、灰色の空の下に広がっていた。

「先生。生きるのって大変だね。私、甘えてるのかな?」

「むずかしいわね」

美帆を前にそう答えながらも思い出したのは、熊谷に突きつけられた辛辣(しんらつ)な言葉だった。

好むと好まざるとにかかわらず、子どもであればその人生は親に左右される。仮に裕福な家庭に生まれ育っても、それは永遠の幸福を約束するものではない。むしろそうした境遇で育った者がそこから落ちてしまえば、大きな変化に戸惑い嘆く。結果、もがき苦しむ過程で想像もしなかった過酷な選択、仮に違法であったとしても、その道を選んでしまうこともある。小春が置かれた状況はまさにこうしたものだ。クスリに溺れた桜子を母に持つ夏海も、二人を刺殺した明美を母に持つ里奈もまた同じだった。

「この話、お母さんとしたの？」

「してない。先生とだけ。だって話したら、余計なことはするな、勉強だけしなさいっていわれるに決まってるから」

美帆は今、自身の境遇を見つめ直しているがそれが正しいかはわからない。けれども由衣自身、心の中で同じ問いを投げかけていた。自分は甘いのではないか、と。過酷で冷徹な社会を生き抜く中で、人を信用しすぎ、時にそれが思わぬ落とし穴に落ちるきっかけになってしまうのではないか、と。

「美帆ちゃん。私の話も聞いてくれる？」

「私が？　先生の？」

「そう。教えてほしいことがあるの」

「まさか微積？　それなら得意だけど」

無邪気な答えに由衣は思わず笑ってしまった。

「……そうだよね。私が先生に教えられることなんて、あるわけないよね」

「あるわ」

だが、同時に気持ちが軽くなったのも事実だった。

「患者さんのこと。もちろん個人名は出せないし、美帆ちゃんが受刑者を嫌ってることもわかってる。でもね、話を聞いて教えてほしいの」

「私で……できる？　私でいい？」

「美帆ちゃんでないとダメなの」

「本当？」

「嘘なんてつかない。聞いてくれる？」

「……わかった。話して」

美帆が姿勢を正した。

「……覚醒剤の使用で刑務所に入ることになった母親と、高校三年生になる娘さんの話」

「私より一つ下だけど、お母さんが刑務所に入ってるの？　クスリで？」

由衣は、早川桜子と娘の夏海が置かれた状況を、誤解を与えぬよう丁寧に説明した。

「……かわいそう。その娘。いじめに遭ってるんじゃないかな。それで何を聞きたいの？」

「……お母さんは悪い病気で、治療しないと先がないにもかかわらず治療を拒否してるの。その場合、娘の立場でお母さんを説得してほしいって頼まれたら、喜んでする？」

「そのお母さん、刑務所に入るの何回目？」

「はじめてだけど、クスリでの逮捕は三回目」

「つまりはじめの二回は逮捕されたけど執行猶予ですんだ。そういうこと？」

事態を正しく理解している。それがうれしくて、由衣はゆっくりうなずいた。

「……お父さん次第かも」

どう答えるだろう。興味を持って待っていたが、美帆の答えは意外なものだった。

「お父さんが、お母さんを受け入れようとしてるなら、一緒になって励ますと思う。でもそうじやなかったら……きっとしない」

「どうしてここで、お父さんが出てくるの？」

「だって三回目なんでしょ、逮捕されたの。それならきっとそのお母さんは、お父さんや娘に一回目と二回目の時に誓ってると思う。もう二度としませんって。でも、守れなかった」

「……そうね」

「つまり二人は、お母さんに裏切られたってことでしょ。しかも二回」

　ここで美帆は何かを考えるように上を向いていった。

「私なら……怖くなっちゃう。また裏切られるかもしれないって。治療を受けるよう説得してほしいってお医者さんに頼まれて、引き受けて説得した結果、治療を受けるって約束してくれたとして……。仮にお母さんが、約束したその治療をしっかり受けなかったら……今度は裏切られるだけじゃなくて死んじゃうってことでしょ。だから」

「お願いされても困っちゃうわね。たしかに」

「誤解しないで。本当はしたいんだよ。説得。でもそれ以上に裏切られるのが怖いって怖気づいちゃう気がする。だからお父さんの顔色をうかがうと思う。お父さんが説得するなら一緒にするけど、一人だったらダメ。私にはできない。今度は私が、お父さんを裏切っちゃうことになるから。それは絶対に嫌」

　説明が足りず誤解させてしまったが、桜子への化学療法は命を救うものではない。すでに先の見えている終焉を、薬の力で先延ばしするだけだ。だから美帆が心配するような生死の踏み絵を迫るものではない。けれども美帆が真剣に悩み必死に言葉にした考えを、再度嚙み砕いて見つめ直すと、自分が明日、しようとしていることの意味が急にわからなくなってしまった。何より美帆に意見を求めたこと自体、無責任な行動に思えてきた。これもまた、熊谷に指摘された独りよがりに思え、霧の深い迷い道に踏み込んだ気がした。

望む答えを美帆が口にする。そう期待して問うたのだろうか？　望む答えを美帆が口にすれば安堵し納得したのだろうか。いや、そもそも自分は答えと呼べる確固たる何かを持っていただろうか？

「……先生、こんな答えでよかった？」

「とても参考になったわ」

ありがとう美帆ちゃん。私、何一つわかってなかった。あなたがそれを知らしめてくれた。

「でも先生……」

美帆が真正面から向き合う。

「期待しないほうがいいと思う。何となくそんな気がする」

「そうね。ありがとう」

自分は先生ではない。美帆を前に、恥ずかしながらそう思った。


旭川から初雪の便りが届いた。平年より数日遅いという。

自転車で登院している由衣だが、気温が一桁になるとさすがにつらくなる。来週には十一月。雪が降るまでは。そう考えているがそろそろ厳しいかもしれなかった。

午後三時前、診療をすませた由衣は詩織と函館駅へ向かった。深堀町からは市電を利用する。函館山には厚い雲がかかり今にも雪が舞ってきそうなほどに冷え、コートなしでは歩けない。

「詩織さん。今日は同行ありがとうございます」

「気晴らしに外出したいな。そう思ってたところなので気にしないでください。お礼をいいたいのはこちらです」

二人は並んでシートにかけた。

「待ち合わせ場所、盛岡駅の改札でしたよね？」

詩織が話しかけてきたのは、新函館北斗駅で北海道新幹線に乗り換えた時だった。

「駅の二階にある南改札口の前です」

「落ち合ったら、駅の西口にある社会福祉協議会へ移動することになります」

詩織が手帳を広げた。

「面会場所ですが、協議会へ依頼して会議室を借りました。それに加え、協議会からもお一人、同席いただけることになってます」

「いろいろとありがとうございます。それなら気兼ねなく話せます」

「ケーキと飲み物もお願いしておきました。相手は高校生ですから」

「そこまでは気が付きませんでした。それは私が出します」

「そうおっしゃると思って、多めにお願いしておきました」

ちゃっかりしている。だが、頼もしくもあった。

「晴れませんね」

コーヒーを手に詩織が車窓に視線を向ける。雲は切れない。まもなく、新幹線は長いトンネルへと吸い込まれていった。

静かな車内。瞼を閉じ、心地よい振動に身をまかせていると、美帆との会話が思い出されてくる。すると急に、盛岡へ向かう自分が愚かしく思え、心中穏やかではなくなってしまった。今からでも引き返したほうがよいのではないか。夏海と会うことは間違いではないか。前に進みながらも、後ろ髪を引かれる思いが少しずつ大きくなってくる。

今日のこの出張は、強引に了承を取りつけたもの。それを考えれば迷惑はかけられない。由衣は気を引き締め、自分にいい聞かせた。

「脇田さん?」

改札で、セーラー服姿の少女に声をかけると小さくうなずく。

「会議室を予約してあります。一緒に行きましょう」

詩織が先導する。会議室は駅前ビルの二階。入室すると、すぐに温かな飲み物とケーキが出された。

「夏海さんね。大勢でごめんなさい。楽にして。私は社会福祉士の森川。受刑者の出所後のケアを専門にしています。こちらが、あなたのお母さんの主治医をしている金子。もう一人は、こちらの事務所の方」

「よろしくお願いします」

詩織の紹介に、夏海はうつむき加減に挨拶を返すが目は合わせない。

「ケーキ食べながら話しましょ」

詩織の呼びかけに驚いて夏海が顔を上げる。一重瞼に、引きしまった顎。左頬の顎に近いところに切り傷がある。痩せたその顔は母親にそっくりだった。

「私たち全員、甘い物が大好きなの。だから遠慮しないで。一緒に食べながら話しましょう」

緊張をほぐそうと、今度は由衣が話しかける。

「残っても困っちゃうでしょ。だから好きな物を選んで」

「……どれでもいいです」

その目はおびえているようだった。

「あの人、どうなっちゃうんですか?」

寡黙な夏海がようやく口を開いたのは、おずおずとコーヒーに手を伸ばし、そっと口にしたあとだった。

「胃の調子がよくないの。だから化学療法を勧めてるけどなかなか首を縦に振ってくれなくて」

自分の背中を押すように、あえて由衣はそこで大きく息を吐いた。

「お母さん、治療は必要ないっておっしゃるばかりで」

「……お父さんが弁護士さんと話してるのを聞きました。治療しないと……あの人……」

「……知ってると思うけど、出所までまだ七ヵ月と少しある。治療したからといってそれまで頑張れるかはわからないけど、何もしなければ遠からず」

嘘ではない。

「お母さん、あなたの子どもの頃の写真をいくつも部屋に飾ってるの。会いたくないはずがない。私はそう思ってる。治療すれば出所して、家族で暮らせるかもしれない」

「それは無理です」

「どうして？」

「祖母ちゃんが許しません。離婚もしてるし」

それはこれまでとはまったく違う、断固とした口ぶりだった。

「……ごめんなさい。そうだったわね」

由衣は自分の迂闊(うかつ)さを呪った。

「夏海さん。あなたの気持ちを聞かせてもらえないかしら？ 今日ここへきてくれたのは、お母さんのことが心配だからでしょ？」

代わって話しかけたのは詩織。

「……あの人、約束を破ったんです」

夏海の眉間に皺が寄った。

「私はまだ小さくてその場にはいなかったけど、裁判が終わったあと、お父さんと祖母ちゃんを前に土下座して約束したって聞かされました。二度とクスリはしない。もし約束を破ったら離婚するって」

最も多感な高校生。その高校生を相手に話をするのは残酷な気がしてきた。自分は自己満足のために夏海を説得しようとしているのではないか。美帆との会話が思い出される。

「……今回の逮捕、男の人と一緒だったから離婚もしかたないかなって。うちの祖母ちゃん、何よりも世間体を気にする人だから。前科者とは口も利(き)きたくない。脇田の家の人間じゃないって、子どもの頃から耳にたこができるくらい聞かされて育ちました。だから祖母ちゃん、私のことも嫌いなんです。あの人の血が流れてるから」

まるで重い荷物を肩から下ろしたかのように、夏海は深いため息を吐き出すと顔を上げた。

「先生は医者だから、悪い人でも助けるんですか？」

「悪い人？」

「だってあの人、クスリやって刑務所に入ってるんですよ。つまり悪い人ですよね？」

「私が向かい合うのは悪い人でも善い人でも、男でも女でも、若くても歳を取っていても関係ない。誰であっても分け隔てなく全力で助けるわ」

「それって意味あります？　治療してあの人を助けて、それで誰が喜ぶんですか？」

「あなたはうれしくないの？　実のお母さんでしょ？」

「死ねばいい。もちろんそんなことは考えてません。治ってほしいに決まってます。でも約束して、また裏切られるかもしれないって考えると複雑な気持ちになります。もしそうなら期待しないほうがいいかなって」

他の誰かが悪いのではない。すべては母親である早川桜子本人の問題。

高校生の少女が進学や恋に悩む代わりに、親の犯した罪や、普通の家庭ではあり得ない問題を抱え込み、悩む。当の本人は慣れてしまったのか、そうしたことも平然と口にする。その違和感に由衣は悲しくなった。と同時に、美帆が予言したとおりの展開に素直に驚きを覚えた。

「お父さんはどうなのかしら？」

話の方向を変えようと詩織が問いかける。

「どうって？」

「このまま治療を拒んで亡くなってしまったら、やっぱり後悔すると思うんだけど」

「もちろん後悔すると思います。でも」

「何？」

「肩の荷を下ろすことができた。そう思うかもしれません。しばらくは悲しいと感じると思いますけど、二度と裏切られることはないし、祖母ちゃんといい争うこともなくなるから。世の中には、交通事故なんかで若くして死んじゃう人もいるし」

予想外の展開に由衣の質問も湿りがちだった。

「出所したあと、一緒に暮らすのはやっぱりむずかしいのかしら？」

「少なくとも祖母ちゃんが生きてる間は無理です」

気持ちいいほどきっぱりした答えに、あとを継ぐ言葉は見つけられなかった。

身体的治療だけでは不十分。精神的ケアも欠かせない。出所した受刑者を温かく迎える家族がないと生活は不規則不摂生なものとなり、結局は元へ戻ってしまう。いや、むしろ後退し、死期を早めてしまう可能性もある。

「私たちが聞きたいのはあなたの気持ち。私たちには、あなた方家族がどんな暮らしを送ってきたのか、どんな苦労をしてきたのかはわからない。だからそれを教えてほしいの。私は医者だから、治療することで少しでも長くお母さんが生きられるならその手助けをしたい。だから聞かせて。あなたの考えや気持ちを」

十八歳の少女に、母親の生き死にを決定づける踏み絵を迫る。こんなことをするために自分はここへきたのだろうか？　これは正しい行動なのだろうか？　問いかけながらも疑念が広がる。

由衣は歯ぎしりした。

「……時間をください」

ぽつりとつぶやくような声だった。

「そうね。ごめんなさい。はじめて会ったのに、むずかしい話を押し付けてしまって」

何よりもまず心の整理が必要なのかもしれない。由衣はコーヒーに手を伸ばした。だがそれはすっかり冷えていた。

誠心誠意話をすればわかってもらえる。治療を受け入れるよう説得してくれる。そう考え、それがよいことだと決め付けていた。けれどもそれは、浅はかで身勝手なことに思えた。

見つめる先で、夏海はケーキに手を付けることもなく、じっと一点を見つめ、スマホケースに付けたぬいぐるみを撫でまわしている。

「そのぬいぐるみ、ゴマフアザラシ？」

夏海が顔を上げる。

「見せてもらえる？」

答える代わりにスマホごと差し出す。

「どこで買ったの？」

「浅虫（あさむし）の水族館。六年生の時、家族三人で温泉に行って」

二度目の逮捕のあと、保護観察処分となっていた頃の話だ。

「ベンチに腰かけてサンドイッチ食べたんです。旅行の朝、早起きして三人で作って。今まで食べた中で一番おいしい卵サンドだった。オレンジジュースと一緒に、笑いながら」

手垢のついたアザラシは黄ばんでいた。肌身離さず持ち歩いている証拠だ。

由衣は確信した。桜子が娘との再会を願っているだけでなく、娘の夏海も母親を必要としていることを。それだけは間違いない、と。

「今日中に函館へ戻らなければならないの。函館までの切符はこちらで準備するからゆっくり考えて。気持ちの整理ができたら連絡して」

由衣は腰をあげた。悠長には待てないが、かといって急き立てては追い詰めてしまう。

「お母さんとの面会、平日の午後ならできるから、会いたくなったら連絡をちょうだい。我慢なんかしなくていい。会いたい。そう思ったら」

12

「井上さん。明日の午後は、里奈さんとの面会ですね」

医療部長室へ移動し、明美をソファに座らせると中村がカウンセリングをはじめる。

受刑者にとって、家族と会って話をできる場は貴重だ。平然としているが時間ばかり気にする者、朝からそわそわして食事も手につかない者、うれしさを隠さない者とさまざまだが、誰にとっても待ち望む時間であることは間違いない。

「前回は、三浦半島をドライブで一周した時のことを話してくれたんですよね。浜辺をのんびり散歩したとか、魚を獲ったとか」

向かいに座った中村がメモを取りながら水を向ける。面会での会話は通常、目を光らせて立ち会う刑務官によって概要が記録される。もちろん面会で相手を脅迫したり犯罪に関わるような話をすれば制止させられるし、場合によっては面会自体が打ち切られる。

ちなみに面会や手紙の受発信には優遇制度が存在する。これは受刑者の改善更生意欲を喚起するための制度で、受刑態度の評価によって決められる。区分は最上位の第一類から第五類まで。上位になるほど面会や受発信の回数、それに自弁物品の使用範囲などが優遇される。明美は現在第一類。そこで終了後、話の内容を伝える必要はあるが刑務官の立ち会いは免除される。

「……里奈からは、久しぶりにのんびりできた。そんな話を聞いて安心したんです」

中村に促され、明美がゆっくりと話しはじめる。

「浜辺に押し寄せる魚を手づかみでたくさん獲ったとか、寒かったけど泳いだらきれいな魚がいたとか。里奈は水泳が得意だったんです。子どもの頃、スイミングスクールに入れるとすぐにクロールと背泳ぎをマスターして。市の大会で優勝して県大会にまで進んだこともあって」

「すごいですね。ちなみに井上さんは?」

「私はダメです。泳ぐのはもちろん、走るのも体操も下手で。特に飛び箱は苦手で、いつも箱の上にお尻が乗っかっちゃうんです。だから子どもの頃は体育の授業が大嫌いでした」

「なかなか上手に飛べませんよね。自分も飛び箱、苦手でした」

「あの娘、飛び箱から落ちたことがあって。四年生の時でした。怪我(けが)をして病院に運ばれたと学校から連絡があったので駆け付けたんです。包帯で頭をぐるぐる巻きにされて、額に傷ができたと。頭のことだったから心配で心配で。脳波の検査とかいろいろしたんです。神様には何度もお願いしました。この娘が助かるなら代わりに死んでもいいって」

隣に座る由衣は、二人の会話を黙って聞きながらメモを取るよう心がけている。毎回の出席はむずかしいが、中村によるカウンセリングは勉強になるからだ。

「明日の面会ではきっと、京都旅行の話をしてくれますよ。手紙に書いてあったんですよね、お友だちと紅葉狩りに行くと。真っ赤に色づいた紅葉や黄色い銀杏を眺めながらお弁当を広げたら、何を食べてもおいしいでしょうね」

「京都旅行は延期したようです。仕事が忙しくなったと書いてありました。代わりに近くの森林公園を散策することにしたと」

「それは残念でしたね。でもきっと、お弁当を作って持っていったと思いますよ」

「そうだといいんですけど。卵焼きに鶏の唐揚げ、キンピラも好きで……三人で木陰のベンチに座って、お弁当を広げて」

はじめから終わりまで両目を閉じたまま、明美は輝いていた時間を思い出し、語った。そこでは、幼い娘が元気にはしゃぎ回り、愛情込めて作った弁当を家族三人が笑顔で囲んでいた。甘い卵焼きに、いくつあっても足りない鶏の唐揚げ、素朴なキンピラごぼう。

「三人っていうのは最初の夫とのことです。その後、娘のためにも父親が必要だろうと考えて再婚したんですけど、まさかあんな酒飲みで恥知らずだったとは。連れ子も極道者で」

後悔してもしきれない。吐き捨てるようにため息をつく。

「でももう終わりです」

まるであらゆる物を捨て去り、忘れようとする物言いに聞こえる。

「井上さん。そんな寂しそうな顔をしていると里奈さんが哀しみますよ。それに本もいっぱい持参してくれるんでしょ?」

だが明美は答えなかった。

受刑者は決められた範囲で自由に本や雑誌を購入できるし、差し入れも受け取れる。本が好きな受刑者にとって刑務所は、何事にも煩わされることなく活字に没頭できる場所でもある。しかしながら、明美が本を手にする時間は最近めっきり減っていた。

「読書、つらいですか?」

黙って成り行きを見守っていた由衣は声をかけた。

「……そうですね」

「目薬、どうですか？」

「もういいです」

「本だけでなく、手紙も読めなくなってしまいますよ」

「わかってはいますけど」

弱々しい声だった。娘と会える喜びより、失明の不安から心の張りを失ってしまったようにも感じられる。小さくなるその背は丸まったままだった。

手紙の場合、大きな字を書けば読みやすくなるが、実際どこまで見えているかは本人にしかわからない。面会同様、力となる手紙。それを読む喜びすら奪う病気は残酷の一言に尽きた。

「井上さん。珍しく今日は『死にたい』を口にしませんでしたね」

カウンセリングを終え、明美を送り出してから由衣は口にした。

「やはり明日、娘さんと会えるからでしょう」

「家族の力ってすごいですね」

この時にはまだ、それがまったくの思い違いであることを二人は知らなかった。

終業のチャイムが鳴る頃には陽も沈んでいた。

明美のカウンセリングに同席した由衣は、午後の回診をすませると夕方から診察室にこもった。明日の里奈との面会を前に、母である明美の身分帳や供述調書などを再読しておきたかった。

十年を獄の中ですごす明美。手にした身分帳は記憶に残るものより厚かった。記録されているのはほとんどが外部交通、すなわち面会と信書、それに差し入れ。もちろん相手は里奈。面会は月に一、二度で計百五十回以上。手紙は面会しなかった週に送り合っているようで双方年に三十通程度。以前も感じたことだが、これほど密に交流する母娘を由衣は知らなかった。

面会は一回十五分から長くても三十分。このわずかな時間のため往復で約十二時間、二万円近くをかけて里奈は通っていた。明美が自己申告した記録を読む限り、会話の内容は知り合いの消息や昔話、それに本の感想など他愛のないものばかりだった。また面会の際には毎回、現金の他、本や雑誌、下着、それに写真と便箋が差し入れられていた。手紙も多かったが、里奈からは季節の移ろいや近況報告が、明美からは里奈の手紙に対する感想などが書かれていた。

次いで由衣は事件の詳細を知るため、供述調書を手に取った。

井上明美が逮捕起訴されたのは十年前。札幌刑務支所に収容された罪状は殺人。事件当時五十二歳だった明美は夫と義理の息子、それに娘の里奈の四人で暮らしていた。夫とは連れ子同士の再婚。前の夫を交通事故で亡くした明美が再婚したのは事件のさらに十年前、四十二歳の時で、里奈はまだ五歳だった。ところがこの再婚が、二人を奈落の底へ突き落とした。

道内に生まれた明美はいわゆるお嬢様育ちだった。学校の成績も悪くはなく、道内の名のある付属高校を経て短大へ進学。サークル活動では「書道部」の部長として活躍していた。だが残念なことに生活力という点ではまったくの無力だった。家政学科で良妻賢母となるための勉強をして、卒業後はデパートに勤務。見合い結婚をして里奈を授かっていた。これは昭和の時代においては珍しいことではなく、むしろ多くの女性が望み歩んだ道で、実際似たような道を歩んだ多くの女性は幸せな人生を送っていた。笑いに満ちた楽しい時間を。それを思えば、初婚の夫を事故で亡くした明美は単に運が悪かっただけなのかもしれない。

再婚相手は、北見市内の不動産会社で営業を担当する三歳年上の男性だった。ところがこの夫、外面はよかったが酒癖が悪かった。帰宅すると酒を飲む毎日で、酔っては殴る蹴るの暴力をふるう典型的なDV夫だった。義理の息子は里奈より三つ上だったが、高校に進学する頃から父親と一緒になって手を上げた。男二人は、会社や学校での不満や怒りを妻と妹にぶつけていた。

離婚も考えたが踏み切れなかったのは生活苦を恐れたためだった。頼れる両親も兄弟姉妹もない。結局、小学生の里奈を育てる明美にできたことはただ耐えること、それだけだった。ところが里奈が中学生になり、二人の男が里奈を女として見るようになると事態は急速に悪化。明美の中で憤怒と絶望は膨らみ、取り返しのつかない方向へと一気に走り出してしまった。

里奈が十三歳、中学一年生が終わろうという時だった。二人の男に弄ばれた里奈は妊娠、堕胎。はじめ里奈は、男二人の悪行を明美には話せずにいた。けれども事実がわかると、娘の身に降りかかった不幸を自分のせいと考えた明美は、里奈の手を取って土下座し、「ごめんなさい」を繰り返した。ところがそこに至っても、やはりできたのはそれだけで、ひたすら自らの非力を詫び、男二人には懇願を続けた。

この頃になると、二人の暴力はさらにエスカレート。明美自身、全身に痣を作り、歩くことすらつらくなっていた。命の危険すら感じるようになった明美はある夜、里奈を連れて逃げ出したが、すぐに見つかり連れ戻され、さらにひどい仕打ちを受けた。この時の経験は強烈で、裁判での明美の証言によれば、公的機関に助けを求めるなど他の手立てを講ずる考えや気力すら奪われ、追い詰められてしまったとのことだった。
二人を殺さなければ遠からず、自分たち二人は死ぬ。
座して死を待つよりは、と明美が殺人犯になる決意を固めたのは、その夜逃げから一ヵ月後のことだった。里奈が登校したあと、寝室で寝ていた夫の頭に布団を被せると用意しておいた刺身包丁で胸や腹を滅多刺しにし、次いで息子の部屋へ駆け込むと、殴打されながらも全身を預け、有無をいわさず繰り返し包丁を突き立てた。記録にはそう残されていた。

ここにもまた、男に翻弄された女性がいた。同じ女性として明美には同情を禁じ得なかった。未だに残る力による支配。抗いながらも万策尽き、身を投げうって子どもを救う道を選んだ。資料を読み終えた由衣は一人ため息をついた。

それから十年。救われた里奈は今、母との短い面会のために足を運んでいる。いい足りぬ思いは手紙を書くことで癒やしながら。もしここに救いがあるとしたら、親が自分を犠牲にして愛する我が子を守ろうとしたということだろうが、虚しさしか感じなかった。

気持ちを整え窓の外へ目を向けたが、暗闇の広がる中に見えたのは葉を散らした細い木々だけだった。

調書を閉じると最後に由衣はネットで裁判記録を検索した。すると冒頭、ヒットしたサイトで見知った名前を見つけた。織田泰三。あのべらんめえ弁護士。院長からはホスピスに入ったと教えられたが、まさか明美の裁判を担当していたとは。少なからぬ縁を感じた。

懲役十五年。これが、明美に下された判決だった。二人を殺害した場合の量刑相場は死刑か無期懲役。ところが、はっきりとした殺意のある、しかも二人に対する計画殺人でありながら本事件では「被害者に落ち度のある殺人」として「情状酌量の余地がある」と認められ結審していた。一審が懲役十八年、二審が十五年、最高裁は上告棄却。この変遷を見れば、偏屈ではあるが織田は弁護士としては有能だったといえた。

ちなみに裁判で明美は、自身の犯行をいっさい隠すことなく語っていた。殺さなければ殺されていた。主張と呼べるものはこれだけだった。自分だけならまだしも、娘をこれ以上巻き込むことはできない。声を荒らげることなく終始淡々と語ったようだった。

なおこの裁判員裁判には当時中学生だった里奈が情状証人として出廷していた。記録には、母親をかばう証言を涙ながらにしたことも記されており、二人が置かれた悲惨な状況に同情が集まったことが有利な判決に結び付いたと読み取れた。

裁判記録に目をとおすと里奈への興味がわいた。筆舌に尽くしがたい苦しみの時間を長きにわたり強いられた女性。心も身体も蝕まれ、身代わりとなった母親に寄り添い続ける娘。運命に弄ばれた。そんな言葉でいい表せるはずはなかった。

当直の水曜は朝から雨模様だった。時刻は二時半。

「母親との面会が終わったのでお連れしました」

刑務官がドアの前で敬礼する。

中村と二人して待つ面会室に通されたのは小柄な女性だった。裁判記録などを読み、いつしか見知った気持ちになっていたが、今年二十五歳になる里奈とは初対面。瓜実顔の美人と呼べる顔立ちに違いなかったが、緑のトレーナーにジーンズ姿は若いというより幼く見え、感情も乏しい。これが第一印象だった。

「いつも母がお世話になっております。井上里奈と申します」

対面した里奈が、二人を前に静かに頭を下げる。

「どうぞ。楽にしてください」

中村が座るよう促す。

「今日は小樽から?」

「はい」

「雨の中、大変でしたね」

「慣れました。毎月のことなので」

感情を一切はさまず機械的に答える。由衣は緊張しながら中村の話を受けた。

「今日、お時間をいただいたのは、井上明美さんの体調に関してお話ししたかったためです。ご承知だと思いますが、視力がかなり落ちています。手紙や本も、読めないということはないようですが厳しくなり、このままでは疲労もストレスも溜まってしまう状態にあります」

「緑内障のことはわかっています。治療して治るものではないとの説明も受けましたし、本人も理解しています。このまま受け入れるしかないと。いただいた点眼薬は毎日さしているものの、言葉は悪いですが気休めでしかないと。それとも何か、別によい方法があると?」

「いえ、残念ながら」

「それではいったい何をあらたまって? お話があるとうかがいましたが?」

「失明が近づき気持ちも不安定になっているようです。好きな本を読むのもつらくなり、加えて娘さんからの手紙を読むにも往生するようになってくる。こうした状況が続いているためか『死にたい』とこぼすことが多くなっています。昨日は珍しく口にしませんでしたが。

本日お時間をいただいたのは、面会した娘さんとして、これまでとは違う何か、気持ちの揺れというか不安定な言動など気になることがあればお話しいただけないかと。頻繁に手紙のやり取りもなされていますから、不安に感じられていることもよくご存じだろうと」

「そういうことですか」

短く答えた里奈は目を伏せた。

「……十年がすぎました」

次の言葉を辛抱強く待っていたが、里奈が言葉にしたのはどうすることもできない、つらく厳しい現実だった。

「……代われるものなら代わりたい。老いていく母を見るたびに思います。ようやく三分の二がすぎましたがまだ五年近く残っています。しかもそれはこれまでより過酷で残酷な……光のない時間です。あまりにも不憫(ふびん)で、どうしてこんな仕打ちを受けなければならないのか理解できません。もう限界です。面会中も、多い時には十回以上『死にたい』を繰り返すので都度、少しでもよくなってほしいと願いながら、そんなことはいわないでとなだめていますが」

肩が小刻みに震える。

「……私のために……母は私のために人生を棒に振ってしまった。本当は私が……」

明美は自分のことより、暴力や性的虐待を受ける娘のことを何よりも案じ、あと戻りできぬ行動を起こした。だがそれを、愚かという一言で片づけることは残酷以外の何ものでもない。

「あいつらにはこれっぽっちの同情もありません。死んで当然だったから」

それは鬼の形相に違いなかった。

「母が刺したのは殺されて当然のクズだったんです。あいつらを消し去ってくれたから、私は今ここに、こうして生きていられるんです。誰が何といおうと母は私の恩人で……」

嗚咽で途切れ、言葉は最後まで続かなかった。里奈は、自分が獄に入らなかったことが許せないのだ。また、亡くなっているとはいえ二人を許すことも永遠にない。

「……わかるはずありません。誰にもわかるはずない。あの地獄の毎日を。母が収容されてからはできるだけ多く、最低でも週に一度は面会したい。そう考えていました。でも実際はむずかしく、手紙で穴埋めをしていますが時々無性に顔を見て、話をしたくなって。そんな母は、今でも謝るんです。自分がもっとしっかりしていればって。ごめんなさいって。愚痴一つこぼさず。お前が元気で、好きなことをしているならそれで十分だって」

里奈が視線を上げる。

「すみません。感情にまかせて話をしてしまいました。ご質問にあったような心の揺れですが、なかったとはいいません。けれどもそれはいつものことです。お話ししたように『死にたい』を繰り返しますが、毎回のことで珍しくはありません」

よく響く声で里奈はいい切った。

ところが、それまで黙っていた中村が里奈に向けたのは考えてもみない言葉だった。

「わかりました。でもお話を聞いて、むしろあなたのほうが心配になりました。面会はもちろんですが、手紙も時々は手を抜いてください。毎週ではあなたのほうが疲れ、倒れてしまいます」

13

　里奈と話をしたのは三十分程度。三時すぎには診察室へ戻り、終業まで回診に追われた。当直なので夕食後は仮眠室で横になって本を読んでいたが、いつの間にか寝入ってしまった。

　目が覚めたのは、鳴り響く非常ベルの音でだった。耳障（みみざわ）りな金属音に叩き起こされた由衣は、白衣をつかむと廊下へ飛び出した。

「５１７です」

　芙美が電光掲示板を見ながら駆けていく。背中を追い、階段を一気に駆け上る。五階の二重鉄格子を抜けたところだった。解錠された部屋の前では二十代と思しき刑務官が立ち番をし、部屋の中ではベテラン刑務官が腰を折り、ベッドに横たわる明美の顔を観察していた。

「呼んだのは？」

「自分です。呼吸をしていないようだったので。お願いします」

　足を踏み入れ、刑務官に代わり真上から見下ろすと、まるで何かを睨みつけるように顔はゆがみ、半開きの口からは前歯が覗いている。

「井上さん。聞こえる？　井上さん！」

　声をかけ、頬を叩いて揺する。けれども反応はない。ペンライトを手に対光反射を確認。さらとに気が付いた。
に頸動脈を触診するがやはり生命反応はない。聴診しようと掛け布団をめくる。すると奇妙なこ

仰向けに眠る明美は胸の上で両手をしっかり組んでいた。右と左の指は交互に固く組まれ、左右の足もまっすぐに伸びている。まるで間近に迫る死を、痛みに抗いつつ祈りをささげながら迎え入れようとしている、そんな姿に見えた。

明美が普段、どんな格好で眠っているかはわからない。寝相がいいのか悪いのか。だが少なくとも自分なら、無意識に寝返りを打つからこれほどきちんとした格好で朝を迎えたことはない。横を向き、時には足も曲がっている。

気を取り直し聴診したが心音は聞こえなかった。亡くなっていることは疑いない。ところがどうもしっくりとしない。

もう一度、釈然としない気持ちを抱えたまま全身に目を向ける。と、身に着けるパジャマに注意が向いた。それは新品に思われた。汚れはもちろん皺もほとんどなく、襟や袖口も擦り切れていない。真っ先に頭をよぎったのは、死を意識的に迎えたということ。死ぬことがわかっていなければこんな姿では死ねない。だが仮にそうだったら……。

由衣は、思いがけない妄想に身震いした。

一昨日のカウンセリングの場で明美は再婚した夫と連れ子をなじった。その際「でももう終わりです」とすべてを忘れようとするかのように口にした。自分はそれを、つらい記憶は封印するという自戒を込めた言葉と解釈した。けれども本当は「明日にも死ぬのだからどうでもよい」という意味だったとしたら……。

「亡くなってます。院長に報告をしますから、このまま現場保存をお願いします」
指示すると執務室へ急いだ。駆けながら、自分は二月にも同じことをした、と決して忘れられない苦い記憶を反芻し、唇を噛んだ。
壁の時計を見た。朝の五時すぎ。由衣は、決められた手順に従い院長へ電話した。
「朝早くからすみません。金子です」
《どうした？》
「517号室の井上明美さん、亡くなりました。重症指定報告、してません」
《……またか》
沈黙が広がる。
《年齢、既往症は？》
「六十二歳。札幌刑務支所で脳梗塞を発症して右半身が不随です。他には緑内障が」
《思い当たる死因は？》
「ありませんが」
《が？ あるのか？》
「……いえ」
自殺とは口に出せなかった。
《すぐに行く》
ため息交じりの声だった。
実際、院長はわずかの時間で現れた。

「外傷はないようだな」

横たわる遺体を慎重に観察する。由衣は芙美、刑務官とともに一挙手一投足を見守った。

「あの……このご遺体」

「何だ？」

「まるでこれから死を迎えることがわかっているような、そんなきちんとした寝姿というか」

由衣は、遠慮がちに感想を述べた。

「寝相は悪くないようだ」

「そうではなく」

「まさかこの姿だけで、自殺を主張するというのか？」

何となくおかしい。そう感じるのは死を暗示するような言葉を聞いていたからだろうか。耳にしていなければ、この死に様を見ても自殺とは露ほども疑わない。そういうことだろうか。

「緑内障ということは点眼をしていたはずだが？」

「ベータ遮断薬とプロスタグランジン製剤を配合した薬を一日一回、看護師が点眼してました」

芙美が即答する。

院長は一人、何事かを考えていたが、間もなく決断を下した。

「検察へ報告する。司法検視をすることになるから、それまで現場保存をするように」

そこからは、中村がいないことを除き、二週間前をなぞるような展開だった。司法検視団の到着を前に一時解散。その後七時前に院長を含む関係者は再び517号室前に集まった。

時計を眺めながら、じりじりと待つだけの時間。いらいらの募る気持ちとは裏腹に、窓から射し込む陽は普段より柔らかでのんびりしていた。

「……院長。短い間に二人も、しかもさほど年老いていない者が亡くなるなんて」

「確率的には不自然。そういうことか？」

院長が憮然とした表情を浮かべる。

「去年一年間の分院での死亡者数を知ってるか？」

「たしか十三人」

「そうだ。つまり毎月一人強だ。だがそれは今日亡くなったから、次に亡くなるのが一ヵ月後ということではない。明日、明後日、明々後日と、三日続けて亡くなることもある」

確率の上ではそうなる。とはいえ主治医の立場からすれば、受け持つ患者が短期間に続けて亡くなれば驚きとともに、何か普通でないことが起きたのではと悩んでしまう。

「……ちなみに院長の経験では何名の患者さんが続けて？」

「五日で三人。まあ誰もが七十歳以上だったが」

つい先日亡くなった敏江は「歩く疾患」と呼べるほど多くのリスクを抱えていた。けれども今日の明美は緑内障を患い半身も不随だったが、直接命にかかわる異状は認められなかった。

検視の一団が姿を現したのは七時になろうという時刻だった。驚いたことに検視の面々も先日とまったく同じ。それだけではない。遺体を霊安室へ移し、黙禱からはじまる検視も、まるで敏江をなぞるかのごとく寸分たがわず進んだ。

「ご協力ありがとうございます。問題となる点はありませんでした。終了時刻は七時四十五分」

検察官の五反田が終了を宣言する。結果も同じ。そう考えた由衣だったが、それをくつがえす展開が待っていた。

「院長。司法検視で不自然な点は発見されませんでした。ですが、先日の検視と複数の類似点が認められます。そこで次席検事とも相談し、今回は司法解剖を実施することにしました」

「承知しました」

あっさりと承諾する。異議を唱えることはないとしても、一言二言何か意見を述べるのではないか。密かにそう考えていた由衣にとっては意外だった。

「司法解剖は函館医科大学法医学教室に委託します。令状の発行など手続きに時間が必要ですが準備が整い次第、遺体をすみやかに移送します。ですからそれまでは霊安室での安置をお願いします。現場保存も忘れないように」

検視の一団は、五反田のこの言葉を最後に霊安室をあとにした。

司法解剖は、犯罪死やその疑いがある遺体について実施される。今回は、司法検視の結果を受け、検察から大学の法医学教室の教授などに執刀が委託される。この場合、刑事訴訟法第一六八条に基づき裁判所に『鑑定処分許可状』を発行してもらう必要がある。ちなみにこの司法解剖は、遺族の同意を必要とせず職権で強制的に実施することができる。なお現場保存のためには別に『捜索差押令状』の発行を必要とする。

主治医を務める患者が司法解剖に回される。それははじめての経験だった。

法医学の専門家によって遺体は検分される。そうすれば間違いのない結果が提示される。それを思うとホッとする半面、不安も覚えた。医師として間違った治療はしていない。胸を張ってそういえるが、思いがけない指摘を受けないとも限らない。自分が未熟だったことで患者に不利益を与えていたら、万が一のことでも糾弾されてしまう。そうしたことを考えると、正式に「問題なし」と伝えられるまでは落ち着かなかった。

《金子君。鈴木だ》

院長から内線電話がかかってきたのは明美の死から二週間後。帰宅前のことだった。

《今しがた、検察から連絡があった。司法解剖の件だ》

「それで？」

《正式な鑑定書が医科大から提出されるにはまだ一、二週間かかるそうだが、内々に結果が通知されたそうだ。鑑定書には、内因性急性心機能不全と書かれるらしい》

「連絡、ありがとうございます。それを聞いて安心しました」

敏江、明美と二人が立て続けに亡くなったが、いずれも病死で問題はなかったとの判断だ。

《それからもう一つ。鑑定書が検察に届いたら病死と確定するので、井上明美の遺体は遺族の希望に従い小樽へ送られるそうだ。分院においては同じタイミングで５１７号室が使えるようになる。入所予定の患者は決まっているから月末には送られてくる》

正式な鑑定結果が出るまでは現場保存もしておくように。そのような指示もあったが、それも近々解除されるということだ。

専門の法医学者による鑑定。そこで病死と示されたのだから問題はない。自分が目にし、不安を抱いたことはどれもが思いすごし。悪い夢だったから案ずるには及ばない。由衣はそういい聞かせると分院をあとにした。

薄暗くなった通りをとぼとぼ歩いていくと、電線を鳴らして吹く風にあおられ銀杏の葉がアスファルト道を洗うように流れてきた。まるで黄色い川が出現したようにも見える。大きな銀杏の木々は、通りに面した神社の境内で枝を広げている。向かいの空き地では薄が白い穂先を揺らしている。季節は十一月。例年なら初雪の便りが届く。

交差点で信号待ちをしていると、制服姿の少女と四十すぎに見える男性が一緒に歩いてきた。スーツ姿の男性はどこにでもいるサラリーマンに見えたが、美帆の話を思い出すとつい顔をしかめてしまった。

自宅に戻ると珍しく絵葉書が届いていた。差出人はミラノの北条。文面は平凡で、近くの教会を訪れたことが淡々と記されている。だが裏面の写真を見て、由衣の心臓は大きく跳ねた。

そこには、両手を胸の上で組む、血の気のない男性が描かれていた。教会の礼拝堂に飾られていることから横たわる男性はキリストだとわかる。けれども構図が似ていたこともあり、明美の最期を描いたものと錯覚してしまった。

連続した二つの死。敏江はリスク要因が多かったため気にならなかった。けれども明美の死は、病死と鑑定されると知らされたにもかかわらず、疑念を完全にはぬぐえなかった。思い返すたび気になるのは死の前々日、明美が見せたカウンセリングでの態度。この時、明美は一度として「死にたい」を口にしなかった。中村と自分はそれを、翌日に控えた里奈との面会と結び付け「家族と会うことは生きる力に通じる」と解釈した。けれども実際はまったく逆、すなわちすでに死を覚悟していたためと考えるほうが辻褄が合うように感じられた。

こう考えると明美の死は既定路線、つまり自殺。だが物のやり取りが著しく制限され、厳しい監視下にある受刑者が自殺を図るのは容易ではない。時に首を吊る者もいるが今回は違う。

由衣はもう一度、カラフルな切手が貼られた異国からの絵葉書を見つめた。右肩上がりの見覚えのある字。北条はいったいどんな気持ちでこの葉書を送ってきたのだろう。

似ても似つかぬキリストが明美に見えたのは、心の内に何か説明できぬ疑問があるからだろうか。遠く離れた地から北条は今でも自分のことを見ている。そんなありもしない妄想が浮かんでは消えた。

14

カーテンを引くと、町は薄(う)っすらと雪化粧をしていた。

明美が亡くなってから三週間。その死を悼むかのように寒さは一気に深まり、町は本格的な冬を迎えつつあった。

内々に病死と伝えられた司法解剖の結果。驚きはなかったがどこかしっくりとせず、とはいえ反論できる材料もない。指先に刺さった小さな棘のように気にはなるが、流れる時間とともに消えると考え、受け入れるしかなかった。

当直の水曜。午前の回診を終えた昼前だった。階段を下りたところで廊下を駆ける二人と鉢合わせになった。

「どうかしたんですか?」

冷静な姿しか見たことがない中村。その顔は困惑に満ちていた。

「ネコ。お前もこい」

問答無用。強い口調で熊谷が命じる。訳もわからず二人に続いた。

「鍵(かぎ)を閉めろ」

三人が腰をすえたのは医療部長室。怒鳴りつけるような熊谷の声。その熊谷は腕を組み、瞑想(めいそう)

する。中村は天井を仰ぎ見ていた。

「な、何ですか？」

由衣は、二人を交互に見つめることしかできなかった。

「ネコ。これから話す件は他言無用だ」

「いったい何の話ですか？」

蚊帳(かや)の外の由衣は思わず身を乗り出した。

「５０６号室の相沢桃花」

「彼女が何か？」

「中村」

熊谷が名指しする。

「……桃花さんですが」

受けた中村の顔が険(けわ)しさを増した。

「ご承知のように、先日亡くなった井上明美さん同様『死にたい』を繰り返すので定期的にカウンセリングをしています。毎回一時間ほど話を聞いていますが、それでも鬱積(うっせき)した思いを吐き出すことになり、多少なりとも気持ちは落ち着くようです」

言葉が途切れる。由衣は黙って先の言葉を待った。

「……今日もまた話を聞いていたのですが突如、思いもよらぬことを話しはじめました」

「思いもよらぬ？」

「彼女、笑いながらいったんです。あんたたちの目は節穴だ。明美は毒を飲んで自殺したって」

「毒？　自殺？」

にわかには信じられなかった。

「医科大で司法解剖までして、内因性急性心機能不全という鑑定書が近々検察に提出されるわけですよね？　それなのに、いったい何を根拠に自殺を主張してるんですか？」

「わかりません。単なる嫌がらせ、もしかしたらでまかせかもしれません。実際、とてもおかしそう、いいえ、からかうような調子で話すんです。しかもそれにとどまらず敏江も同じだって」

「どういう意味ですか？」

「毒で死んだと」

毒という言葉の意味はわかる。けれども強張（こわば）った表情で中村が口にしたその言葉が何を意味するか、すぐには理解できなかった。

「……敏江さんは虚血性心疾患の急性増悪って診断でしたけど、この二人が毒を？」

「そういってます」

「どうして？」

「わかりません」

わからないのはこっちだ。そう主張したかったが、何をどういっていいかわからない。ところがおかしなことに、頭ではわからないと混乱しつつ、心のどこかでは「そうだったのか」と妙に納得した気持ちがわき上がりつつあるのも事実だった。

「そもそも何で今になって、明美さんは自殺だなんていい出したんです？　あれからもう三週間が経って、５１７号室もまもなく使えるようになるって時に」

「俺に向かって怒るな。わかるわけないだろ。だが放置もできない」

憤慨したのは熊谷。

「理由は不明だが院長には報告しておく。といっても何と返されるかはわかるけどな」

「虚言癖はないのか？　ですね？」

由衣も以前、似たような場面でいわれた。

「そうだ。ここでは誰もが平然と、しかも上手に嘘をつく。実際、似たような話はこれまでにもあった。真に受けて振り回されるとバカを見る。とはいえ耳にした刑務官や看護師が戯言と受け流してくれればいいが、尾鰭がついて流布するのもまずい」

「どのように対処するんですか？」

珍しく中村が不安そうにたずねた。

「今できることは院長から、本気にして騒ぎ立て、軽はずみな行動をしないよう職員に注意してもらうことかな」

「でも、もし本当だったら？」

「それはまた次の話だ。毒が見つかり自殺したとなれば、本格的な捜査も必要になる」

「すると司法警察職員が……」

「そんなことは誰も望んでない。そうならないことを強く願うばかりだ」

熊谷の顔が途端に曇った。

司法警察職員には、一般司法警察職員と特別司法警察職員がある。前者はいわゆる警察官だが後者は警察官以外で、捜索・差し押さえ・逮捕などの司法警察権を特別に与えられた職員を指す。具体的には皇宮護衛官、麻薬取締官、海上保安官などが該当する。

　刑事施設においては、施設の長および管轄する検察庁の検事正とが協議して指名した職員は、刑事施設における犯罪について刑事訴訟法の規定による司法警察職員としての職務を行う。分院においては院長は当然のこと、指名された処遇部長と二名の男性刑務官を合わせた四名が該当し、年度はじめに司法警察職員証が交付されている。

「証拠もない段階で騒ぎ立てるのは愚かなことですからね」

　二人の判断に異論はない。由衣は腰を上げた。

「ネコ」

　呼び止めたのは熊谷。

「わかってると思うが、証拠を探し出そうなんて考えて軽はずみな行動をとるんじゃないぞ」

「そんなに暇じゃありません！」

「それならいいが。くれぐれも注意しろ」

　なんて勘がいいんだ！　そう思って舌を巻いたが、顔には出さず退出した。

　指先の棘が、忘れられることを嫌い声を上げはじめた。桃花の発言を荒唐無稽と考えながらも、曖昧模糊としていた懸案事項に指針が与えられたと由衣には感じられた。自殺であれば、すんなり受け入れられる。確証はないが。

　面と向かって注意された以上、勝手な行動はできない。けれども何かできることがあるはずだ。二人が病死でなかったら、主治医としてはそれこそ顔向けできない。由衣は早くも、何ができるだろうかと考えはじめていた。

「５１７号室に入所予定の患者さん、もう決まってるんですか？」

退出し、トンネル廊下を歩き出すと中村が聞いてきた。

「実は今朝、詩織さんからようやく連絡が入ったんですけど、福島刑務支所からくる摂食障害の患者さんのようです。四十五歳の女性で常習窃盗。入所は六度目。そういえば５０７号室に入所された患者さん。主治医は中村さんでしたよね。そちらは？」

「札幌刑務支所からきた八十歳の女性です。骨粗鬆症で骨がもろくなっていたのか、所内で転んで大怪我をして。大腿骨の骨折に加え頭も強打したので、しばらくは治療が必要です」

分院が暇になることはない。

「金子さん。協力できることがあったら遠慮なくおっしゃってください」

中村が足を止め、うなずきかける。

「まだ信じられませんが、女性二人が間を置かず、似たような形で亡くなったのは事実です。立場上、熊谷さんも注意喚起をされましたが、心の底ではきっと不審に感じているはずです」

「そうおっしゃっていただけると……。とはいえ、勝手なことをしすぎると迷惑をかけてしまうので、何かあれば事前に相談します」

思いがけない、けれどもこれ以上ない心強い援軍。気心が通じ合うってきっと、こんなことをいうんだ。有頂天になりそうな気持ちを抑えると由衣は黙って頭を下げた。

帰り支度をする前に、由衣は詩織を総務部に訪ねた。

「５１７号室にいらした井上明美さんのことなんですけど」

「先日亡くなられた？」

書類に向かっていた詩織が顔を上げる。

「明美さんが娘さんと毎週のようにやり取りされてた手紙、まだ分院に残ってますか?」

「領置物件は月末に、まとめて処理してます」

「処理?」

「亡くなられた方の場合、ご遺族に連絡して必要かを確認します。必要なら宅下げしますが、不要なら廃棄します。お金は誰もが希望されますが、それ以外の品はほとんど引き取りを希望されませんから廃棄となります」

「すると明美さんの場合、十月下旬に亡くなられたので処分してしまった?」

「いえ。司法解剖の結果が出るまでは手を付けられないのでそのままにしていました。実はフライングなんですけど、病死が確定と内々に聞いたのでつい先日ご遺族に連絡したんです。そうしたら宅下げを希望されたので今月末、郵送しようかと」

「どれくらいの量ですか?」

「受刑者が手元で保管できる私物は、分院から貸与するボストンバッグに入るだけと決まっています。ですからそこに入るだけです。おそらく手紙の他、本や日記もあるはずです」

「手紙や日記、宅下げ前に目をとおしてコピーを取りたいんですけど」

「コピーはご遺族の了承が必要ですから勝手には取れません。固いことをいうようですが、所有権はご遺族に移っているので」

「すると読むことも?」

「どうしても必要ですか?」

「はい」

即答すると詩織が考え込む。

「少し時間をください。部内で確認してみます」

確認してくれるのはありがたい。

「今日はもう終業なので週明けの月曜、いえ火曜には必ず回答します。ですからそれまでお待ちください」

総務の英断に期待することにした。


休日が雨だと損をした気持ちになる。

朝から降り続く雨が霙交じりになったのは昼をすぎてからだった。気温は一気に低下。今年はじめて厚手のセーターに袖をとおすと、その上にコートを羽織った。

傘を手に歩き出すと雨に打たれるハコベが目に入った。アスファルト道の端、身を寄せるようにして小さな白い花を咲かせている。狂い咲きだ。明日には雪の中かもしれない。そう考えるとかわいそうに思え、同時に寒さを覚えた。

「焼き芋買ってきたの。一緒に食べましょう」

二週間ぶりの授業。焼き芋を差し出したが美帆の顔は冴えなかった。

「英語、またダメだった」

「ダメって?」

「上のクラスに行くための定期テスト。これが最後のチャンスだったのに」

「残念ね。でもあきらめちゃダメよ。テストなんて水ものだから。いくら勉強しても落ちる時は落ちるし、直前に復習したのと似た問題が出て受かる時もある。同級生の一人もいってたわ。三日前に復習したところが出たって」

「やっぱりそういうことってあるんだ。その人、羨ましい。強運で」

「運だけじゃないわ。彼女、とってもまじめだったもの。大学の講義でも、いつも一番前に着席して、わからないところは質問して」

「……まじめだったって……今は？」

「眼科に進んで実家を継いだわ」

　嘘だった。

　その彼女は卒業を前に自殺していた。優秀なだけでなく人目を惹く容貌で、誰もが羨む境遇にあった。将来に何の不安もなくいつも輝いていた。少なくともそう見えた。それなのに。

　心の中を覗いたら実は苦しさと悲しみに満ちていたのかもしれない。けれどもそれを他人に見せることは決してなかった。見せられなかったから、自ら命を絶ってしまったのかもしれない。

　今になるとそう思えた。ふと、自殺の疑念が消えない明美のことを思った。気が重くなる悲惨な境遇。それを思えば自殺しても不思議はない。日々、失明が迫ってくる現実を獄の中で考えていたら胃が痛くなるだけではすまない。

「先生。先生！」

「ごめんなさい。何？」

「焼き芋。冷めちゃう」

慌てて由衣は手渡した。

「私、合格できる?」

「これからの頑張り次第ね。まずは年明けの共通テスト。医学部は、二次の比率が高い大学がほとんどだから、一次でミスっても挽回は可能」

応えはしたが、それはとおり一遍の平凡な回答。美帆自身、十分に理解していることだ。けれども不安を和らげるのが自分の役割と考える由衣はあえて言葉にした。

「そうだよね。悩むくらいなら、一問でも多く練習問題を解くことだよね」

「そういうこと。それじゃ、はじめましょ」

焼き芋でリラックスした美帆の尻を叩く。二人は二時間、苦手な英語にじっくり取り組んだ。

「……頑張ったわね。今日で一とおり終了。これからは復習と長文読解ね。次の模試、十二月だったわね?」

「そう。それが最後。目標はBだけど、ちょっとむずかしいかも」

美帆が口元をゆがめる。

「先生。この前話してた高校生に会えた?」

何かいって力付けなければ。そう思った矢先、美帆が話題を変えた。

「ごめんなさい。お礼いってなかったわね。あのあと盛岡で会えたの。美帆ちゃんからのアドバイス、とても役に立ったわ。どうもありがとう」

「気になってたの。でもかわいそうだよね。私と一つしか違わないのに」

「そうね。でもこの仕事をしてるからなのか、よく見聞きするの。両親が不仲だとか暴力を振るわれてるとか。そうした話を耳にすると、自分は平凡な家庭に育ったけど、それってもしかしたら普通じゃなくて、とってもありがたいことなんだって最近思うようになったの。美帆ちゃんも知ってる熊みたいな先生にもいわれちゃったの。普通って何だって」

「……熊谷先生だよね。でもその言葉、わかる。こんなことというと叱られちゃうけど勉強が嫌になった時、小春ちゃんのことをフッと思い出すことがあって、その途端心臓が大きく跳ねちゃうの。苦しいくらいに。比較するのは良くないってわかってるのに、自分は恵まれてる、わがままいわずに勉強しようって考えちゃって。それがまた、とっても高飛車っていうか人を見下したみたいに感じられて自分が嫌になっちゃうの」

肩を落とす美帆の嘆きが由衣の心に深く突き刺さり、震撼（しんかん）させた。恐ろしいほどに残酷で、目を背けたくなる現実。それが厳然と、そこかしこに存在している。虎視眈々（こしたんたん）と、足を掬（すく）い引きずり下ろそうと悪意を持って狙うかのごとく。

「……話そうかどうしようか迷ったんだけど」

「無理に話さなくてもいいのよ」

由衣は笑顔を美帆に向けながらも、同じ台詞（せりふ）を北条に向けた時のことを思い出していた。衝撃的な告白をされた時のことを。

「小春ちゃん……逮捕されちゃった」

「逮捕？　援交で？」

「違う。援交じゃない。クスリで捕まったって」

「クスリ？　いつ？」

「四日前」

「一人？」

「わかんない。でも私」

それまでの笑顔が消え、代わって嗚咽が部屋を満たした。

「先生は知らなくて当然だけど小春ちゃん、本当にまじめで憧れの存在だったんだよ。それなのに……」

驚くとともに、身近な存在が薬物に溺れたと知り、あらためて蔓延を実感した。

机に突っ伏して肩を震わせる美帆。由衣はただ、待つことしかできなかった。

「小春ちゃん、刑務所行くの？」

涙をぬぐい鼻をすする。話せるようになるまでには時間が必要だった。

「美帆ちゃんと同じ十九歳は特定少年だから、刑事事件ではこれまでどおり少年法が適用される。だから家庭裁判所に送致され、そこで保護観察か少年院送致かがいい渡されるはずよ」

「それって、外で会えるってこと？」

「保護観察ならだいじょうぶだと思うけど」

「私、どうしても会いたい」

薬物に手を出し逮捕されてしまった同級生。その彼女を大切に思い、力になりたいと考える美帆。由衣はそこに温かいものを感じたが、同時に危うさも覚えた。はじめは同情だったものが、いつの間にか取り込まれてしまう例をこれまでにも見聞きしてきたからだ。

「薬物依存から回復するため、専門の施設に入ることになるかもしれないわね」

「そんな施設があるんだ。それって、北海道にもある？」

「札幌と帯広（おびひろ）にあるはずよ」

　小春に会わせるのがよいことかはわからない。純粋な気持ちから会いたいと願っていることは伝わってくるが、会うことがマイナスなら見すごすのではなく、きちんと説得する必要がある。もちろん小春が再会を拒否する可能性もあるが。

「美帆ちゃん。私も知り合いに聞いてみるけど、何かわかったら教えて。会う時には一緒に行きましょう。私も話をしてみたいし」

「一緒に会ってくれる？」

「もちろんよ」

　美帆の考えとは別だったが、一緒に行くことを確約した。心の中では、一人で行かせるわけにはいかないと考えていた。

15

深夜からの雪で、辺り一面ペンキで刷(は)いたように白く塗りつぶされていた。春を迎えるまで函館は雪に閉ざされる。

ペンギン歩きで登院した由衣に届いたのは待ちに待った連絡。由衣は詩織の下へ走った。

「たった今、盛岡で会った脇田夏海さんからメールが届きました。彼女、分院まで会いにきてくれるそうです」

「いつですか？」

「明後日、水曜の午後。一時半です」

面会は通常十五分。事情を考慮しても三十分がいいところ。その一回で翻意させられなければ二回目も必要になるかもしれない。とはいえ夏海本人が前向きになってくれてこそ実現する。桜子が娘に会いたがっているのは間違いない。そう考えれば、よい方向へ進みそうに思えた。由衣は夏海に、訪問を歓迎すると返信した。

息つく暇もなく届いたのは院長からのメール。正式な鑑定書が検察に届いたという。これをもって遺体は遺族の下へ送られ、分院の５１７号室は利用可能になるとの連絡だった。

ともに気になっていたことなので、喉(のど)のつかえがとれたようにすっきりした。

翌、火曜の朝も冷え込んだ。依頼していた明美の日記や手紙をコピーする件。回答が示されたのは午後になってからだった。

「閲覧とコピーの件ですが」

回診から戻ると詩織が現れた。

「司法解剖で病死が確定したと通知されたので井上さんの私物、遺族の下へ今月末に郵送しますがその前に検査をする必要があります」

「検査？　何の検査ですか？」

「亡くなられた方の所持品以外の物、例えば居室の備品とか、外部に持ち出すのが適切でない物品や情報が含まれていないかを確認する検査です。つまり所持品を一点ずつ確認するものです。その検査をそちらでやっていただくというのはどうでしょう？」

「つまり通常、郵送前に総務部が実施している検査を医療部が行う？」

「はい。検査は必要ですが、総務部が実施しなければならないとの規定まではありませんので」

説明の意図は明快だった。必要な検査を実施するためには時に手紙にも目をとおす。あとは大人の対応をしてほしい。そういうことだ。

「わかりました。こちらで実施します。いつまでにすませればいいですか？」

「発送する三十日の朝には戻してください。なおコピーはやはり認められませんでした」

カレンダーを見た。三十日は来週の木曜。それまで一週間と少しあるが、実際手を動かせるのはほんの二、三日。今日にも手を付ける必要がある。

「夕方までに必ず受け取りに行きます」

すぐさま答えた。今晩と、当直の明日の晩、まずは日記に目をとおすことにした。

暦の上では小雪だが、水曜は朝からぐずついた空模様だった。雪がちらつくほどではないが、空は厚い灰色の雲に覆われ風も冷たい。午後からは大きく崩れるという。

由衣は朝から淡々と予約患者の診察をこなした。患者は誰もが六十歳以上。塀の中でも高齢化を実感する。その中の一人は認知症で、自分の名前も満足にいえなかった。

夏海の来訪が告げられたのは昼食後、まもなくだろうと壁の時計を見上げた時だった。

「早川さん。夏海さんがきましたよ。行きましょう」

部屋へ向かうと、桜子は背中を丸めベッド脇に腰かけていた。

「歩けますか?」

答える代わりにうなずく。由衣と桜子は刑務官に従う形で部屋を出た。廊下を進みエレベーターで一階へ。そこから家族面会室へ向かう。廊下は凍えるほど冷え切っている。

刑務官がドアを開ける。中にあるのは質素なパイプ椅子。すでに夏海が一人、透明な仕切りの奥に座っていた。

「501。中へ入れ」

刑務官がきびきびと命令する。由衣は桜子に寄り添い足を踏み入れた。と、奥に座る夏海が腰を浮かす。私服のためか、夏海は盛岡で会った時より大人びて見えた。だが一方、テーブルの上にはぬいぐるみの付いたスマホが置かれている。

「夏海さん。遠くまでありがとう。規則で二人きりにさせることはできないの。大勢で申し訳ないけど、私たちは隅に座っているから、お母さんと自由に話して」

由衣は、夏海と向き合う形で桜子を座らせると刑務官、詩織と並んで後ろに腰かけた。

夏海はずっと一部始終を険しい表情で見つめていた。対して桜子は、後ろからなので表情までは読み取れないが下を向いている。

「夏海、痩せたね」

桜子が話しかけたのは、迷いながらも顔を上げた時だった。

「……ありがとう。こんな遠いところにまできてくれて」

桜子が一人で話しかける。

夏海は、いつしか顔を伏せていた。視線を凝らして見ると、肩を小さく震わせているのがわかった。由衣は自分のことのように緊張した。判決を待つ被告人になった気分だった。

「毎晩夢を見るの。あなたとお父さんと三人でディズニーランドに行った時の夢。シンデレラ城の前でアイスクリームを食べたでしょ。あの時のことを思い出して」

夏海がゆっくりと顔を上げる。

「どうしたの？　頬のその傷？」

桜子が、穴の開いた透明な仕切りに顔を近づけ手を伸ばそうとする。その時だった。

「やめて！」

いきなり夏海が怒鳴りつけた。

「私まで汚れちゃう」

パイプ椅子から立ち上がった夏海は両の拳を握りしめていた。

「ディズニーランドに行ったとか、アイスクリームを食べたとか、どうしてそんな、どうでもいいことしかいえないの？　それって、おかしくない？」

桜子の顔が強張った。見えないはずなのに、由衣にはわかった。

「……あんたが最初にいうべきことは、そんなチャラチャラしたことじゃない。最初に口にすべきことはパパや私への詫びじゃないの？　土下座して謝ることじゃないの？　違う？　あんたがすべてを壊したんだ。祖母ちゃんにイビられてたことには同情するけど、だからってクスリに逃げてどうすんだよ」

盛岡で会った時とはまったく違う、別人の口調だった。

「夏海さん。お母さんはずっと、あなたのことを心配しているの。あなたの写真を部屋に」

「うるさい！　あんたは関係ない。黙っててよ」

火花が散ったかと思うほど激しい言葉を投げつけてくる。由衣は思わず身体を引いた。

「……夏海。ごめんなさい」

「ごめんなさい？　今さら取ってつけたようにいわないでよ。いったいどういうこと？　ねえ、説明してよ」

娘が母を見下ろす。

「どうって……」

「奥にいるその先生がいったんだ。あんたに化学療法を勧めてるけど受け入れない。だから説得してほしいって」

「夏海さん」

思わず声が出てしまった。

「本当のことじゃん」

由衣には視線を向けず、一刀両断にいい放つ。

「治療して外へ出たら何するの？　私やパパに何してくれるの？　ねえ？　いってみなよ」

娘からの問いかけに桜子はうつむいたまま一言も発しない。

「いえないの？　え？　いえっていいってんだよ！」

「……あなたには迷惑ばかりかけて。本当にごめんなさい」

長い沈黙のあと、絞り出されたのは悔恨の言葉だった。

「聞き飽きたよ、その台詞」

娘の顔に浮かんだのは嘲笑だった。

「私が学校で何て呼ばれてるかわかる？　ジャンキーだよ。あいつら、面と向かっていうんだ。友だちなんて一人もいない。でも絶対に辞めない。なぜかわかる？　すべてはパパのため。私が高校辞めたらパパが悲しむし、祖母ちゃんから嫌みいわれるのはわかってるから。だから絶対に辞めない。これだけは決めたんだ。卒業だけは絶対にするって。しかもいい成績で。あいつらを見返すにはそれしかないんだ」

凜（りん）としていい放つ。

「顔を上げていってみなよ。何するか。元気になってここを出たら、いったい何すんの？」

桜子が力なく顔を上げ、夏海を見つめる。

「答えられないんだ。どうせまたあの男といやらしいことするだけでしょ？　違う？」

同席する由衣も息苦しさを感じるほど辛辣な言葉だった。

「治療したくないならしなくていいよ。好きにしなよ、あんたの身体なんだから。私はどっちだってかまわない。それからお願いだから、私やパパには金輪際かかわらないで」

一瞬、息を呑むのがわかった。

「あんたも」

こちらを睨みつける。投げかける視線は、研ぎ澄まされた刃そのものだった。盛岡で見せた子どもっぽい表情はみじんもない。

「どうしてそんな顔するの？　希望したとおりにしてあげたじゃない。顔を立ててあげたんだからさ、お礼くらいいったら？」

由衣は打ちひしがれていた。年端もいかない高校生。そう思っていた相手に、ずたずたに引き裂かれた気持ちだった。

「……そんな簡単じゃないんだよ」

ぬいぐるみを力いっぱい握りしめ、誰にともなく夏海が独り言ちる。

家族三人の楽しかった思い出。その時間を封印した大切な品。それを捨てることなく持ち歩く夏海に自分は期待を寄せた。だがそれは上っ面を眺め、都合よい解釈をしただけだった。

背を向け部屋を出た夏海が、スリッパの音を響かせながら廊下を進む。桜子がその姿に目を向けることはなかった。

要した時間はわずか十分。

桜子を刑務官にまかせると、何とか腰を上げた由衣は詩織に頭を下げた。

「すみませんでした」

詩織もゆっくり立ち上がる。

「由衣さんが謝ることじゃありません」

「そうかもしれませんけど、まさかこんな展開になるとは……」

「むずかしいですね。きっと迷ってるんだと思います。母親にどう向き合ったらいいか」

それではいったいどう対処すべきなのか。まったくわからない。

「もう一度会って話をしたほうがいいように思いますけど、どうでしょう?」

「たしかにそれがベストですけど、会えるかどうか。思うに……わざわざここへ罵倒するためにきたとは考えられなくて。だからきっと何かがあって、途中で気持ちが大きく変わってしまったんじゃないかって。理由まではわかりませんけど」

詩織が口を濁す。

「でも、このまま放置するわけには……」

至らない自分にうんざりした。

診察室へ戻り外来患者に対したが、あらゆることが厭わしくやりきれなかった。他の患者に迷惑をかけるわけにはいかない。そう考え、気持ちを入れ替え臨むが身体は正直だった。いつしか本当に気分が悪くなってきた。それでも歯を食いしばり何とか最後の一人までこぎつけた。

入ってきて椅子にかけたのは札幌刑務支所からやってきた五十代半ばの女性。罪状は覚醒剤取締法違反。桜子の、そして一ヵ月ほど前、訪問して講義した受刑者の仲間だ。

「繰り返し腹痛を訴えたため、医務課の先生に診てもらい薬を与えました。けれども効かないらしく、食事も大半を残すようになったので、先生の指示でこちらへうかがいました」

同席する、娘ほど若い刑務官が背筋を伸ばして説明する。

顔を合わせ、驚いた。以前、診た記憶があった。正面からゆっくりと見直すと、薄紙をはぐように当時の記憶が少しずつ鮮明になってくる。広い額に、深く刻まれた二本の皺。こけた頰と、左目の下にある泣き黒子（ぼくろ）。以前より目が落ちくぼんでいるが間違いない。

「ここへくるのは二回目ですね？」

分院に着任してすぐに診た。その時の診断は胃潰瘍（いかいよう）。

「いえ。三回目です。ほぼ二年おき。毎回自分が引率していますから間違いありません」

「残りの刑期は？」

「半年です」

カルテの家族歴の欄には、二十五歳の時に男児を出産とある。生きていればその子も三十歳前後。母親の所業をどう考えているのだろう。

夏海が盛岡で口にした言葉が由衣を呑み込む。夏海は噛みしめるようにいった。「また裏切られるかもしれないって考えると複雑な気持ちになります。もしそうなら期待しないほうがいいかなって」。

桜子が治療を受け入れ生きて出所しても、更生できる保証はない。夫とも離婚し、愛する娘とも離れて暮らすとなれば、すさんだ生活を送る可能性のほうが高く、その結果、再びクスリに溺れることは十分に考えられる。目の前にいるこの女性のように。それならむしろ分院で亡くなるほうが誰にとっても幸せなのではないか。悲しいかな、そんな気持ちになる。

自分には、母親に罵声（ばせい）を浴びせた夏海を責める資格はない。二人が築いてきた関係に口をはさむことはできない。

診察を終えると、気持ちを入れ替え桜子の部屋へ向かった。廊下は静まり返っている。

「早川さん」

部屋には明かりが点（つ）いていた。解錠してもらい中へ入る。由衣は横になる桜子に声をかけた。

「……今日の面会、私の独りよがりでした。娘さんならきっと説得してくれる。何の根拠もなくそう考えていました。でも……結果として、早川さんを深く傷つけてしまいました。本当に申し訳ありません」

頭を下げた。他にできることはなかった。

桜子がゆっくりと寝返りを打つ。

「夏海にはさ、家族三人でディズニーランドに行く夢を見るっていったけどあれは真っ赤な嘘」

由衣の存在などまったく無視して一人、勝手に喋（しゃべ）りはじめる。

「私が見る夢はさ、今でもクスリやって、さかりのついた犬みたいに男とやる夢なんだよ」

桜子は視線を合わせないまま、はじめて笑った。

「自分でいうのもなんだけどさ、ムショに入った直後はチョーエキの中じゃまともなほうだって思った。でもさ、毎日のようにこんな夢を見るんじゃや、やっぱり頭が腐っちゃったのかな？　こんな人間でも生きてる価値はあるのかな？　最近、考えちゃうんだ。心の底から」

息が詰まった。

「……無駄と知りつつ、時間とお金をかけて命を延ばす意味はあるのかな？　それは誰のためなんだい？」

この言葉が嫌みではなく、本心からの問いかけとわかると戸惑った。この場に必要なのは取り繕った体のいい言葉ではない。そんなものはむしろ桜子を追い詰めるだけ。わかるだけに、返す言葉は見つけられなかった。

「……怖い？」

「怖いんだよ」

「夏海は優しい娘だって、今日あらためてそう感じた。だって、そうだろ？　どうでもいい相手にはさ、誰だって何もいいやしないよ。私だって無視する。面倒だからね。怒るっていうのはさ、相手が気になるからするんだよ。わざわざこんな遠くにまで足を運んで本気で怒ってくれた。だからうれしかった。今までずっと、いいたくてもいえなかった。それを口に出して思いっきりぶつけてくれたから」

ここで桜子は視線を由衣に合わせた。

「あんた、わかる？　これ嫌みじゃないよ？　本当にうれしいんだ。あの娘が……こんなしょうもない親に一生懸命思いをぶつけてくれた。

はじめてかもしれない。あの娘の母親でよかったたって思えたのは。でもさ、そこまでわかっていながら外へ出たらまたやっちゃう気がするんだ、クスリ。そんな自分がさ、もちろん嫌いだけどむしろ怖いんだ。わかる？　この気持ち？　悲しませたくない。そう思ってるのに」

桜子と娘の夏海、それに夫。その三人が築き上げた家庭を自分は知らない。泣き、笑い、怒鳴りつけ、愛し合う。三人が送ってきた時間が桜子にこう思わせるのであれば、それはもしかしたら幸せなのかもしれない。屈折していると感じながらも否定できない気持ちになる。

「私はさ、悲しいほどにバカで、意志が弱い人間なんだよ」

桜子がはじめて嗚咽を漏らした。

「……ありがとう、先生。あの娘の顔は二度と見られない。そう覚悟してたからうれしかったよ、今日は」

ゆっくり寝返りを打つと背を向けた。

桜子に詫びたものの、悶々とした気持ちが収まることはなかった。

脳裏で交差するのは二組の母と娘。はじめての面会で母・桜子を罵倒した夏海。毎月のように面会にきては母・明美を元気づける里奈。母と娘といえどもその関係は複雑で一様ではない。誰もが己の欲望や邪念と闘い、よりよい関係を目指して生きている。一見すると、二組の母娘はまったく違う形に見えたが落ち着いた先は同じ。ともにとんでもない場所に流れ着いてしまった。また矯正医官の立場で相対する自分はまったく違う世界に生きているように思えたが大きな差があるとも思えなかった。

検食を終え、一人診察室にこもった由衣は、桜子と夏海を頭から追い出すと、深呼吸をして明美と里奈に切り替えた。明美のボストンバッグに手をかけ、日記を取り出す。昨晩さっそく確認したが、半分は書籍、残り半分は日記と里奈からの手紙だった。数の多い手紙は来週に回し、日記だけは今晩すませる。いい聞かせると日記を開いた。

16

十一月は好きだ。祝日が二回ある。二回目の祝日は木曜。

この日、当直明け午前の診療をすませた由衣はその足で函館空港へ向かった。行き先は、富士山を望む山中湖畔のホスピス。目的は、弁護士の織田に会うこと。

キーワードは院長が口にした「すばらしい眺望」。山中湖畔ならどこからでも見事な富士山を期待できる。それは承知しているが他に手掛かりはなかった。

事前に調べるとそれらしい施設は四つあった。四つなら一日で訪問できる。会えなければその時はその時。東京の実家に立ち寄り、母の顔を見られれば十分。何も知らせずに戻り、驚かしてみたくもあった。

織田を訪ねる。そう決心したのは、明美の死が自殺だと桃花が騒ぎ立てたからだった。自分も真っ先に疑ったが、毒物での自殺など頭の片隅(かたすみ)にもなく、じっくり考えることを放棄してしまった。ところが桃花が騒ぎ俄然(がぜん)、興味がわいた。司法解剖で病死と判定された結果を覆す。そんなことは不可能。冷静に考えればそうなのだが、奥歯に挟まった魚の骨であれ肉の筋であれ、気になる物は自力で取り除きたかった。

山中湖までは、新宿からの高速バス利用を含め約六時間。東京で買い物をしてからの移動で到着は深夜になるが、湖畔のホテルも予約していた。

座席に着いた由衣はスマホを取り出すと、はじめに「織田泰三」を検索した。すると所属事務所のホームページに経歴が、それ以外のサイトに対談、弁護士活動への取り組みがあった。

それによれば一九五〇（昭和二十五）年、織田は山梨県富士上吉田町、現在の富士吉田市に生まれていた。三十歳で弁護士登録。その後東京および北海道を拠点に、主として刑事事件を扱っていた。世間の耳目を集める大事件を担当した経験はなかったが、ＤＶにからむ殺人や幼児虐待事件、それに執行停止や再審請求など普段目にしない案件も扱っていた。けれども残念なことに、井上明美の裁判に言及するサイトは見つけられなかった。

読み進めてわかったことだが、織田に関する記事で何より目立つのは、高校にも進学せず弁護士になったという記事だった。これに関して織田は「中卒弁護士」と自嘲ぎみに語るとともに、自身について「親が冤罪で収容され、病気の治療も満足に受けられず亡くなった。それもあり高校にも進学できなかった」と説明していた。この事実を知り、品のない口調で院長と渡り合っていたことを思い出し、織田という人間を少し理解できた気になった。

次いで由衣は四つのホスピスを確認した。紹介用ホームページではどの施設も、澄んだ富士山と湖面きらめく山中湖の写真を使っている。とある施設では、小鴨が遊ぶ湖畔を高齢の夫婦が手をつないで散歩する写真を使い、「人生の最期を悔いなく迎えるために」というキャプションを添えている。織田はこのどこかにいるはずだった。

湖畔で迎えた朝は雲一つない好天だった。これまでに見たことがないほど雄大な富士山が眼前に現れる。それだけで清々しく穏やかな気持ちになり、ホテルで朝食をとりながら何度も目を向けた。食事は満足できる味で、しっかり堪能しようと思ったが、富士山を眺めていると見とれてしまい、何もかも忘れてしまった。

服装を整え、最小限の荷物を手に十時に出発。富士山を右手にマリモ通りを東へ向けて歩き出す。ところが早々、吹く風の冷たさに悲鳴を上げた。気温は三度。太陽は輝いているのに凍てつく空気は鋭さを増す。少しでも早く屋内に避難したいと願うばかりだった。

山中湖は周囲約十四キロメートル。一軒目のホスピスに着いたのは十時半。遠い親戚を装い、織田の所在をたずねたが、別の施設だろうといわれた。二軒目も同じ。玄関前に停まったタクシーから白髪の老人がおりてきたが、織田ではなかった。

昼食には早かったが暖を取りたくてレストランに逃げ込んだ。ここでゆっくりと食事をとり、午後に気温が上がるのを待った。

一時をすぎたところで腰を上げた。残りの二軒はすぐ近く。太陽の力を信じることにした。空気は冷えていたが、悪意すら感じた鋭さは失せていた。富士山にも、午前には見えなかった雲が風に流れ、中腹にかかりつつある。

三軒目のホスピスは高台にあった。重厚な黒い鉄柵が敷地を囲み、通りに面した門からなだらかな石畳の道が緩いカーブを描いて坂の上まで続いている。由衣は、石畳とは別の芝生の中の歩道を進み、施設を目指した。

ほどなく姿を現した石造りの建物は、秋の陽射しを正面から受け輝いていた。四階建て。二階と三階は居室と思われ、見上げる最上階には大きなガラス窓が、眩しいほどに陽を反射している。さらに近づくと車寄せに二台、運転手付きの欧州の高級外車が停まっていた。

山頂にたどり着いた気分で振り返ると山中湖の先に富士山が堂々とそびえていた。遮る物は一切ない、息を呑むほどの光景に言葉もなく見惚れた。古代の人々が神とあがめた気持ちも素直に理解できる。織田はここにいる。わけもなくそう感じた。

二重扉の奥にあるフロアは広々としていた。天井は吹き抜け。中央にはグランドピアノが置かれ、隣には背丈の倍はある観葉植物が葉を広げ、降り注ぎ満ちあふれる光を受け止めている。それはまさに金の力を見せつける空間に違いなかった。

スリッパに履き替えた由衣は右手奥の受付に進んだ。名刺を差し出し織田への面会を申し出る。受付の女性は「わざわざ北海道から」と口すると、待たせることなく確認してくれた。

「織田様は三階です。エレベーターを降りると係の者がご案内いたします」

別の、和服姿の女性がフロアに現れ恭しく出迎えてくれる。それがここでの決まりとわかったがどうにも堅苦しい。

「お待ちしておりました」

一階から三階へ昇っただけなのに、ドアが開くと蝶ネクタイに黒服姿の男性が頭を下げる。

「お会いになるそうです。どうぞ」

仰々しい限りだった。

織田は、起こしたベッドに身体を預けていた。

「遠路はるばる函館から」

その声は記憶にあるものだったが、パジャマを着るその姿は別人だった。痩せこけ、顎はとがり目も落ちくぼんでいる。薬のためか、髪はほとんど抜け落ち以前の面影はまったくない。皺だらけの皮膚は健康からは遠く薄汚れていた。院長を交え二月に会ったのが最後。その時にはすでに黄疸が現れていたが、身体の状態は本人も十分理解しているようだった。

「ご無沙汰しております」

「元気そうだな。院長は元気かい?」

「相変わらず精力的に動いています」

「二月に会った時、まもなく定年って話だったからまだ六十すぎだろ。これからだな」

言葉を切った織田は視線を窓の外に向けた。

「吸い込まれそうな見事な景色ですね」

「まあな。これがここの売りだからな」

「部屋も立派ですね」

「客なんてこないから、もっと狭くてもいいんだが金を残すのも癪でな。それなりの額を払ったら、心配することなく死ぬまでここにいてください、だとよ。といっても桜どころか正月だって迎えられないだろう。遠からずおさらばだ」

悲愴感はまったくない。けれどもそれは、嘆き悲しむ段階をすでに越えてしまったからに違いなかった。

「何をお持ちしようか迷ったんですけど」

コスモスをアレンジした花束を渡す。

「どうしてこれを?」

「ホームページに目をとおした時、一番好きな花はコスモスだと」

「気が利くな。でも、この時期によくあったな。まもなく十二月だというのに」

「知り合いの花屋にお願いして」

実際は、東京で探し回り何とか準備した。

「面会といわれ、人違いだろうと思った。この俺を訪ねてくる奴がいるはずねえからな」

「そんなことないんじゃないですか？　弁護士として活躍され、実際多くの依頼人を助けたわけですから」

「活躍ねえ。いろいろあったからな。でもまあこんなもんだろ。潮時ってことだ。あんたならわかるだろうが肝臓がいかれちまってる。全身に転移して手の施しようもねえ」

「織田さん。無理はいけませんが、もしよろしければあちらの車椅子に乗りませんか？　私が押しますので。少しでも部屋を出たほうが気晴らしにもなると思いますけど」

病状にはふれず、由衣は車椅子に目を向けた。

「それじゃ頼むとするか。あんたみたいなきれいな女に押してもらえるなんて二度とねえだろうからな。ここにいる女は婆(ばあ)さんばかりでな」

時代錯誤。女性蔑視。そんな言葉も浮かんだが織田らしいとも感じた。何より最後の機会であることは間違いない。由衣はそのまま呑み込んだ。

「寒いですけど、ちょっとだけ外に出てみませんか？」

「そうだな。一周して、あとは四階のサンルームへ連れてってくれ」

傍で話を聞いていた忠犬を思わせる男性が走り寄って肩を貸す。由衣も手伝い織田を車椅子に移すと、男性はセーターを着せてコートを羽織らせ、さらに膝掛けを膝に置いた。

「ちょっと行ってくる」

「行ってらっしゃいませ」

　取ってつけたような会釈に送り出され、由衣は車椅子を押して部屋を出た。

「鬱陶しいだろうが我慢してくれ。これがここのスタイルらしい。高い金を取ってるからやめられねえらしい」

　エレベーターに乗り込むと愚痴る。一階まで下りると、渋い顔をする受付の女性に向かって、庭を一周してくると告げた。

「これが山中湖の風か。閉じ込められてるから季節の移ろいがわからなくてな。風邪を引かせるのはまずいって考えらしいが、最後と思えば厳しい寒さも味わい深いもんだ。ありがとよ」

「一周したら戻りましょう」

　車椅子を押しながらも、由衣はその軽さに驚いていた。憎らしいほどがっしりしていた身体は薄紙のようになっていた。

「……あの時のことだな。聞きてえのは」

　建物を囲むように続く石畳。陽だまりの中、木々が揺らめき影が踊る。かすかなざわめきが流れる小道を半分ほど進んだところだった。織田が話しはじめた。

「あんたがいったことに間違いはねえ。カウベルのあの喫茶店で俺が会った相手は、大八木の内妻だった神田芳江だ。だが俺がけしかけたわけじゃねえ。芳江のほうから助けてほしいと電話をかけてきた。だから手を貸した。それだけのことだ。それからもう一人。獄中結婚して腎臓移植を受けた渡辺だが、あれも頼まれたから手を貸した。主導したわけじゃねえ。筋書きはすべて、渡辺と結婚した嫁さんの取り巻きが作りあげた。俺はそれに乗っかっただけだ。あの嫁さん、とある新興宗教にはまってた。どうやって丸め込まれたかは知らねえが、おだてられ人身御供に祭り上げられたわけだ。だが、そんな内幕を知ったのは移植手術のあとだ」

訪問目的を告げなかったため、織田は勘違いしたようだった。

織田が語った話は半年ほど前、分院で治療を受けていた大八木と渡辺に関するものだった。ともに織田が弁護士として関与しており、振り回された由衣は矯正医官の仕事のむずかしさを実感するとともに、自身の未熟さに忸怩たる思いを抱いた。忘れられるはずもなく、暗躍したと考えた織田から何としてもその内幕を聞きたいと願っていた。そこで由衣は、この話を聞くことも目的の一つであったようにふるまった。

「ありがとうございます。この二人の件は気になってました。特に腎臓移植の件。若い女性がどうしてあんな決断をしたのかと。宗教がらみだったわけですね」

「俺もそれを知って、深入りはやめにした」

溜まっていた物を吐き出すような声だった。

「そろそろ戻りましょう。風邪ひいちゃいます」

由衣は車椅子を反転させると四階を目指した。

サンルームには文字どおり、太陽の光があふれていた。眺望を最優先に造られたその部屋は、大きなガラス窓をとおして山中湖を眼下に、真正面に富士山を望むことができた。

織田は黙って富士山を眺めていた。

「霊峰を眺めていると心が鎮まり落ち着いてくる。まもなく死んじまうことも無理なく受け入れることができる」

飽かず、富士山を見続ける。

「もう一つ教えていただきたいことがあります」

どれほど時間が経ってからだろうか。由衣は織田と富士山を眺めながら声をかけた。

「実は分院に、井上明美という受刑者が札幌刑務支所から移送されてきました。夫と義理の息子を刺殺し、懲役十五年の実刑判決を……」

由衣は、今日ここへ織田を訪ね、知りたいと考えていたことを説明した。

「……なるほど。俺も焼きが回ったな。わざわざここへきたのはこっちの件か」

それでも怒ることはなく、むしろ話すことを楽しんでいるようだった。

「もちろん覚えてる。俺がかかわった裁判の中でも、印象深いものの一つだったからな」

「印象深い?」

「娘がな、大声で叫んだんだ。地裁の法廷で。お母さんは……無罪です。人殺しなんかじゃありません。お母さんが殺したのは人間じゃないから。だから人殺しじゃない、って」

「そうだったんですか。実は同じようなことを分院でもいわれました」

「悲痛っていうべきか、心がかき乱された。あんなことははじめてだった。だから金なんか関係なく最後まで支えた。懲役十五年が確定した時、俺は勝ったと思った。娘は無罪を望んだが、殺意をもって計画的に二人を殺しちまった以上それは無理な相談だ。何度も説明したが受け入れてもらえなかった。だが弁護士としては、きっちり仕事をしたと思った。知ってると思うが、娘は義父と義兄の二人に性的虐待を受け妊娠させられた。母親が二人を殺害した動機も、自身へのDV以上に、娘を案じての決断だった。娘が、自分の代わりに母親が人殺しになったと考えてることもよくわかった」

織田が紡ぐ言葉はどれも、由衣の考えに符合するものだった。

「緑内障って話だが失明したのか？」

「まだ完全には。でも遠からずその時はやってきます」

「……残り五年か。長いな。でもあんたの話を聞いて思ったよ。あの娘ならやるだろうって」

「やる？」

「方法はわからねえ。でも母親が望めばきっと、死ぬための手助けをする。もちろん愛情から、究極の愛だ。他の誰にも頼めねえし、他の誰にも手出しはできねえ。させねえ。二人だけがわかり合えればいい。他人が何をいおうが関係ねえ」

この言葉を聞くためにこそ自分はここへきた。これこそが目的に違いなかった。ところが意に反し、心は晴れるどころか深く沈んでいく。

「俺が今、一番ほしい物が何かわかるか？」

黙りこくった由衣に、織田がおかしそうに問いかける。

「薬だ。もちろん身体を治す薬じゃねえ。そんなものはこの世に存在しねえ。ほしいのは、痛みから解放される薬だ。俺の親父（おやじ）も肝臓癌で逝った。金がなくて入院すらできず、貧乏長屋の煎餅布団で呻（うめ）きながら逝った。決まって夕暮れ時、痛い、痛い、何とかしてくれって涙声で訴えるんだ。いい年をした大人がだ。それを聞くのが嫌で俺はわざと外出した。ところがそんな俺が今、毎朝のように激痛に苦しめられてる。目が覚めてしばらくすると、腹から背中にかけて強烈な痛みが襲ってくる。全身が痛みに呑み込まれるって感じだ。モルヒネを打ってもらうんだが、もういいって毎回思う。明るい未来がないのに一時しのぎの注射までしてどうして生きる必要があるんだって。獄の中の明美も同じだったはずだ」

両手を胸の上で組み、祈るようにして亡くなっていた明美。やはり明美は自ら死を選んだ。最愛の娘の手を借りて。

「……俺からも一つ頼みがある」

思いを破るように織田が静かに呼びかけた。

「私でよろしければ」

「聞いてくれるだけでいい……俺が弁護士を目指した理由。これまでどうしても、誰と話しても決して口にできなかった理由だ。高校にも行けなかった俺が、何としてでも弁護士になろうとしたわけだ」

中卒弁護士。織田が対談などで、自嘲ぎみにそう呼んでいたこと、冤罪ながら母親が獄中で亡くなったことは知っていた。だが織田が口にしたのは思ってもみない話だった。

「俺は……」

言葉が切れる。

「俺は……刑務所で生まれた。臍の緒を切った場所。それが戸籍に記載される出生地になるためだ。だがずっと嘘をついてきた。自分自身に」

ガラスに映る織田が、目を閉じるのがわかった。

「最近は、人権擁護の観点からも刑務所で出産させることはない。そうなった場合も、臍の緒を切らずに近くの病院まで緊急搬送する。そこで切れば出生地は病院になるからだ。だが七十年以上も前は必ずしも、そんな配慮がすべての場所でなされたわけじゃなかった。

癌で死んだ親父は最期まで、お袋は冤罪で刑務所に入れられたと主張した。息子の俺にもそう訴え続け、死んだ。お前の母親は刑務所にいるが無実だってな。だが本当のことははっきりせず曖昧模糊としていた。息子の俺のことを考え、あえてそういい続けたのかもしれねえし、もしかしたら嘘つきだったのかもしれねえ。だがそう考えると、何が何でも真実を知りたい、突き止めたいと願うようになった。誰が嘘をついていたのか、何が真実で、お袋は本当に冤罪だったのかってことを。自分がムショで生まれた経緯を」

この告白は、由衣が抱いた疑念も氷解させた。

大八木や渡辺について織田が語った話。あの話を信じれば、織田は依頼者の説明を鵜呑み（うの）にした結果、騙（だま）されて利用されたことになる。しかしあの説明に嘘がなければ、犯罪に手を染める者と数多く接する弁護士としては、いささか甘く、緊張感のない配慮の足りぬ行動だったと由衣には思えた。むしろ真実は逆、つまり相手の真意を十分に理解していながらも、あえて織田は素知らぬ風を装い騙されることで、自身を被害者的立場に置こうと画策したのではないかと勘繰った。けれどもこの告白を聞いて理解した。織田は徹頭徹尾依頼者の言葉を信じることにしたのだと。辻褄が合わなくても荒唐無稽であっても、依頼者の言葉をただひたすら信じ続けること、それこそが弁護士の矜持（きょうじ）と信じ、自身にいい聞かせてきたのだと。

「誰にも告げず死ぬのかもしれねえ。そう考えたこともある。だがずっと吐き出したかった。体のいい嘘をつき、真実を隠したまま死ぬのではなく、誰かに聞いてもらいたかった」

大きく息を吸い込む音がした。それは明るく広い部屋には不釣り合いのものだった。

「あんたと、こんな形で富士を眺めることになろうとはな」

「富士山って、こんなに美しかったんですね。これほどじっくり眺めたの、はじめてです」

「ありがとよ。うれしかったよ」

嫌っていたはずなのに。ありきたりのその言葉はこれまでになく心に沁みた。

娘に罵声を浴びせられながら、うれしかったと吐露した桜子の気持ちが少しだけわかった。


連絡もせず実家へ戻ると、母はこれまでになく娘の帰省を歓迎した。まるで今生の別れを前にした最後の逢瀬でもあるような歓待ぶりは、安いクッキーを手に戻った由衣を困惑させた。

遅い帰宅で一緒に食事はできなかった。そこで翌日は朝、昼、晩、三食を由衣が準備した。特に夕食では母の好物をいくつも並べた。松茸ご飯にナメコの味噌汁。鰤大根に白菜と胡瓜のお新香。食後には栗金団。普段、一人で食事をする由衣にとっても、それは楽しい時間だった。

「もっとゆっくりできないのかい？」

明日には戻るというと残念そうな顔を向ける。毎度毎度の聞き慣れた台詞も、なぜか今回に限っては後ろ髪を引かれる気がする。

当たり前。そう思い、気にも留めなかった些細なものが今回に限っては目に新しく、また気にもなった。玄関の右手に植えられた手向山。鉢植えの山椒。錆びついた自転車。居間の丸テーブルと、壁に掛けられた油絵。それぞれの思い出が頭をよぎる。手向山は祖父が植えたもの。山椒は母が知り合いから譲り受けた。自転車は由衣が高校時代まで使い、今は母が時折乗っている。丸テーブルと油絵は、父が買ったと教えられた。

すべてに思い出があった。色褪(いろあ)せ錆びついたつまらない物にも。

すべてが母と結びついていた。好むと好まざるとにかかわらず。

ホスピスの織田は、獄中で自分を産んだ母親のことを知ろうとした。冤罪と訴える父の声を聞いて育ち、母親が巻き込まれた事件を知りたいと願い弁護士になった。

坂上敏江は風俗で働く母親の下、ネグレクトと思われる扱いを受けながら成長。自身も、その母親の人生をなぞるように不安定な暮らしを続け、分身とも思える娘・久美子を出産した。

早川桜子は比較的裕福な家庭に生まれ、順風な人生を送るかに思われたが、クスリの魔力に勝てず転落した。愛情を注いだ娘・夏海との約束も守れず、見捨てられた。

井上明美もまた恵まれた家庭に生まれ育ったが、再婚で地獄を味わい、娘の幸福を願い二人の命を奪った。緑内障で光を失いつつあったが、娘には愛され、それを支えに生きてきた。

母と子。いろいろな関係があった。他人からはどれもうかがい知ることはできない、複雑な感情が入り交じる関係。長い時間をかけて作り上げられた絆(きずな)。

井上明美は自らの死を、娘・里奈に託したのだろうか。里奈は、獄につながれた母・明美からの要望を、自らの手で叶えたのだろうか。

織田の話を聞いた時、自分は確信した。母が願う死を、最愛の娘は叶えようとした、と。けれども実の母親のたっての望みとはいえ、自殺に手を貸すことについてはあらがいがたい疑問もあり、未(ま)だ完全には受け入れられなかった。

「ねえ。母さんならどうする？」

食事を終え、ソファに身体を預けていた由衣は、隣で茶を飲む母に声をかけた。

「自分の母親が刑務所にいるの。刑期はまだ五年も残ってる。ところが緑内障で……」

明美と里奈。この母娘関係を質してみた。

「……むずかしいね。生きることは容易じゃないから。お金がなくて苦労してる人は数多くいて、経済的理由で死を選ぶ人もいる。でも、お金があっても不幸だと感じる人はいる。愛情があれば生きる希望にはなるけど、お金がなければ実際は生きられない。死んじゃだめ、何とかして生きて。そういうのは簡単だけど、生きていくことが幸せなのかはわからない。幸せは皆、それぞれだから」

「そうだよね」

「人生って、地雷を掻き分けながら進んでいくみたいなものじゃないかしら。今までは運良く避けてこられたけど、この先のことは誰にもわからない。無数の地雷が待ちかまえてるから。まじめに生きることは大切だけど、だからといって地雷を踏まないわけじゃない。踏んでしまった時、どうして自分がって天を恨みたくなるけど、悪いことをしてたら、もっとひどいことになっていたといい聞かせることで、自分を慰め心を落ち着かせる。残念だけどそれはもう自分ではコントロールできない世界の話だから」

「……運って一言では片づけられないけど」

「ごめんね。こんな当たり前の話しかできなくて」

母は困った顔をした。

実際、母が口にした言葉は、由衣が考えたことと大差なかった。聞いておきながら申し訳ないが、それは予想したもの以上でも以下でもなかった。それが母の当たり前で、自分の当たり前でもあった。けれどもこれが桜子や敏江、それに明美の当たり前だったとは限らない。幸せは皆、それぞれだから。

一つ一つの小さな選択。その積み重ねの結果、自分は今ここにいる。けれども個々の選択が明美や桜子のそれと大きく違っていたとは思えなかった。

17

飛行機は嫌いではない。いや、むしろ好きだ。滑走路を疾走する機体。ふわり、と空中に投げ出され飛び立つ瞬間。高高度から見下ろす山並みや海岸線。とはいえ往路で利用したので復路は新幹線にした。東京駅からはたった一度、新函館北斗駅で乗り換えるだけで函館駅まで戻ることができる。五時間の旅も短く感じられるほど便利だ。

函館の町は静かだった。十一月最後の日曜。観光客も少ない。三時すぎに着くと太陽はすでに傾き、輝く陽射しを斜めに伸ばしていた。あらゆる物が金色に染まる。日没まで一時間。このまま自宅へ戻るのはもったいない。駅で荷物を預けると函館湾に突き出た若松埠頭(わかまつふとう)を目指した。

開港通りからレンガブロック敷きのシーポート公園へ。ともえ大橋をくぐると、かつて青函(せいかん)連絡船として活躍し、今は記念館として余生を送る『摩周丸(ましゅうまる)』が見えてくる。この寒さ、誰もいないだろうと考えていたが、海を前にしたベンチに一組、派手なスキーウエアで防寒した外国人カップルが腰かけていた。他にも、連絡船ゆかりの錨(いかり)と緑色のイカモニュメントの間には、手をつないで散歩する高齢のカップルが見られた。夕陽(ゆうひ)と日没を見にきたようだ。

マフラーと手袋をしているが冷気は容赦なく忍び寄ってくる。負けまいと、由衣は忙(せわ)しなく身体を動かしながら記念館を右手に桟橋に沿って先頭を目指した。階段を上ると係留用の太いロープとベンチ二基が目に入る。近づくと、群れていたウミネコがいっせいに飛び立ち鳴き狂う。耳障りな声とともに頭上を舞うウミネコは、クサフグしか釣れなかった一日を思い出させた。

冠雪する函館山が正面にそびえていた。その標高は、東京タワーとほぼ同じ三百三十四メートル。牛が寝そべったような外観をしているため臥牛山とも呼ばれている。目を凝らすと少し手前に尖塔が見えた。一八六〇（万延元）年、ロシア領事館として建設された函館ハリストス正教会だ。教会の一部である聖堂は一九〇七（明治四〇）年、残念なことに函館大火で全焼したが、九年後に再建され今に至っている。

糞で汚れたベンチを避けると、由衣は一人、両手で身体を抱くようにして腰かけた。冬空の下、見つめる先には暮れかかる湾が広がる。右手には、霞む山並みと港湾に並ぶクレーンが、左手にはホテルが連なり、そこへ眩しいほどの光を放ちながら太陽が沈んでくる。

山の端を境にシルエットとなって浮き上がる函館山は、太陽と正面から対峙する富士山とは違って見えたが、荘厳という点では同じだった。ともにそれは、ちっぽけな人間など寄せ付けぬ威厳に満ちていた。

織田と一緒に眺めた富士山。そこで自分は明美の死が自殺だったと信ずるに至った。けれども確証はない。意味もなく騒ぎ立てるつもりはないが、目をつぶってしまうのも正しいとは思えなかった。桃花の言葉が真実なら敏江は殺害されたことになるのだから。

明日は月曜。中村による桃花のカウンセリングが予定されている。

何かよくないことが起きるのでは。そんな予感に由衣は震えた。

「お土産です」

月曜の昼時。由衣は手土産を広げた。

「これ、東京のお土産ですか？」

クッキーに芙美が手を伸ばす。

「はい。実家へ戻ったので」

「見合いか？」

すかさず熊谷が合いの手を入れる。

「違います！」

「何も怒ることないだろ」

熊谷が眉をひそめると、クスクスと笑いが広まる。

「プライベートを職場へ持ち込むのはやめてください」

「めでたい話だろ」

「めでたいも何も、見合いじゃありません」

ぴしゃりと念を押しながらも、中村が不在でよかったと思う自分に戸惑った。

マイペースな熊谷と毎度の掛け合いを演じてしまったが、昼時までは何事もなくすぎた。ところが午後になると、危惧していたことが現実となった。

「忙しいところをすみません」

診察室のドアを中村が叩いたのは午後二時。回診へ向かおうとした矢先だった。

「勝手ながら三、四十分、お時間をいただけませんか？」

「これからですか？」

「はい。すぐに」

用件を口にしないので戸惑ったが躊躇はしなかった。

「何も持たず、このまま？」

無言で中村がうなずく。覚悟を決めた。

「芙美さん。回診三時からにします」

声をかけると中村に従い廊下に出る。

「お昼、見かけませんでしたけど？」

あえて軽い口調で、どうでもよい、けれどもちょっとだけ気になっていたことを振る。

「朝、食べすぎてしまって。それにどうしても事前に目をとおしておきたい資料もあったので」

朝食の件は話の接ぎ穂に違いなかったが、「事前」という言葉が気にかかった。

「慌ただしいお願いとなってしまい、どうもすみません」

「お礼なんて。お世話になっているのはこちらですから」

「お気づかいいただけるのはありがたいのですが」

薄暗い廊下を歩いているのに、二人して座敷(ざしき)で向かい合い、うつむいてぼそぼそと話をする見合いの場を思い浮かべてしまった。

「もしかしたら相沢桃花さん？」

由衣は自ら踏み出した。

「お察しのとおりです。つい今しがたカウンセリングをはじめたところなんですが」

トンネル廊下に差し掛かったところだった。中村が鍵を取り出す。

「例の件、わからないなら教えてやる。そういい出して」

「それで私を？」

「金子さんを指名したわけじゃないんです。でも、人を呼べと」

「人を？」

「おそらくですが、これから自分は重要な話をする。ついてはそれを聞く観客を集めろ。こういう意図だと思われます」

「観客？」

「ＨＰＤ（histrionic personality disorder）、いわゆる演技性人格障害などに多く見られる特徴です。断定はできませんが、そうした傾向があるのは間違いありません」

「すると虚言も？」

「こちらはまだ。というより、嘘と断定はされていません。何より発言が本当なら、まさにこれから例の件を話してくれるはずです」

ＨＰＤは、教科書的には「継続的に注目されることを求め、性的誘惑あるいは演劇的行動で自己に過剰に注目を惹こうとする行動様式で、周囲の者に過剰な関心を要求する」ことで、人格障害の一つに分類される。とはいえ人間は大なり小なりこうした傾向を持ち合わせている。

「患者に振り回されたくはないのですが、例の件を自分から話すといっているので、あえて乗ってみることにしました」

「私もぜひ。聞いてみたいです」

「話は自分がリードしますが、聞きたいことがあればその都度、質問してください」

中村らしい配慮だった。

医療部長室の前で立ち止まると中村がうなずきかける。由衣も目で返した。

「相沢さん。ぜひ話を聞きたいという医官を連れてきました」

「女か。院長やないんか」

中に入るとぞんざいな口調が返ってきた。

「院長は東京出張で不在です。でも、院長より熱心に聞いてくれますよ」

「しゃあない。まあいいか」

「まだ新米ですが、よろしくお願いします」

中村と揃って腰を下ろすと由衣も下手に出た。すると桃花は、ふん、と露骨に鼻を鳴らした。

桃花が糖尿病で関西弁で話すこと以外、詳しいことは知らない。けれども話を聞くと、中村が説明してくれた傾向は明らかに見て取れた。

「……何度か話しましたが我々には、井上明美さんも坂上敏江さんも病気で亡くなられたとしか考えられないんです。でも相沢さんは違うと指摘される。大きな声ではいえませんが、院長を含め検察の方とも話しましたが、妄想だとか、あり得ないとか、ひどい人は嘘つきと罵るばかりで。自分は運よく直接話をできる立場にいますから、相沢さんがそんな嘘をつくはずはないと信じているのですが……。実をいえばホトホト困ってしまって」

戸惑いの色を浮かべる。その演技に由衣は驚かされた。

「……まったく」

深くソファに腰をうずめ、身体を後ろにそらせる桃花はここでも鼻を鳴らした。

「少しばかり勉強ができたかもしれんが使えない連中ばかりやな。面倒なことは若い者にまかせ、自分は踏ん反り返ってハンコ押してるだけ。情けない。まあいい。少しだけ教えたろ」

「ぜひお願いします。患者の話なんか聞くのは無駄。放っておけばいい。そう公言してはばからない医官もいるのですが、それは間違いだと思います。よろしくお願いします」

顔を近づけた中村は、二度三度、桃花にうなずきかけた。

満足したのか、目を逸らすと桃花は思案をはじめる。

中村の演技がどこまで桃花の心を動かしたかはわからない。けれどもこれまでのやり取りから、桃花はそれなりの知性を持ち、相応の教育を受けてきたことはわかった。

「……まあ、約束もしたからな」

「お願いします」

勿体ぶった物言いの桃花に中村が丁寧に頭を下げる。由衣も慌ててならった。

「あのな、明美さん、娘さんをとってもかわいがってたやろ。たしか里奈さんて名前だったはずやけど、毎週のように手紙のやり取りをして」

「よくご存じですね」

「まあな」

優越感が顔に滲み出ている。つい口をはさんでしまったが、桃花が口にしたことはどれも、分院側からは決して教えるはずがない個人情報だった。ところがなぜか知っている。

「月に二通ずつだと、一年で約五十通。かなりの数や」

「たしかにそうですね。気が付きませんでした」

「あんた、そこまで見え透いた嘘はつかんでもええ」

桃花の瞼がぴくりと動く。見透かされたと感じた由衣は肝を冷やしたが、桃花は視線を逸らしただけだった。

そこからは、他愛ない話が続いた。そこでも中村は決して笑みを絶やすことなく、最後には桃花の手を握ってみせた。おそろしいほどの忍耐力を由衣は垣間見た。


「もっと弱々しい方だと思ってましたけど意外に元気で」

「最近、調子がいいんです。口癖だった『死にたい』を聞くことも少なくなって」

「何と表現してよいか、生き生きして自分に酔ってるみたいで」

桃花の背中を見送りながら由衣は驚きを語った。

「でも、自分から観客を集めるよう口にしながら話したのは手紙のことだけ。つまり手紙に何かヒントがある。そういいたいのでしょうか?」

「そのようですね。ちなみに二人がやり取りした手紙、分院にまだ保管されてるんですか?」

由衣のほうを向き直る。

「読んでおく必要がある。そう考え、詩織さんからボストンバッグごと受け取りました。手紙の他、入っていたのは日記と市販の書籍です。ただし手紙といっても、残されていたのは明美さんが受け取った手紙、つまり里奈さんが書き送ったものだけです。明美さん本人が書いた手紙は投函されてしまったので。でも概要でよければ書信表を読めばわかるとのことでした」

「さすがですね。すでに確認を進めているなんて」

「日記に目をとおしただけです。手紙は数が多いのでまだ手を付けてません。詩織さんには三十日の朝、総務部へ返すと約束してます。ちなみにコピーは許されてません」

「すると目を通せるのは今晩と、明日明後日の夜だけ?」

由衣はうなずき返した。

「考えてもはじまりませんから手分けして確認しましょう。理想はダブルチェックですが、時間がなければ半分ずつ目をとおしましょう。今晩は当直なのでさっそく読んでみます」

「それでは私も。こちらで分けて、半分をお持ちすればいいですか?」

「おまかせします。書信表との突き合わせは余裕があれば実施します」

時計を見ながら由衣は中村と二人、本館の診察室へ戻った。時刻は三時すぎ。

「ごめんなさい、芙美さん。遅れちゃって。回診に行ってきます」

廊下へ出てエレベーターに急いだが、手助けをしてくれるといわれ、気持ちは楽になっていた。

18

翌朝、内線電話が鳴った。取る物も取りあえず由衣は院長室へ急いだ。冷え切った廊下からは、アオダモとヤマモミジに雪が降りかかるのが見えた。ともに葉をすっかり散らし、裸の枝をつんと天に向けている。

「失礼します」

ノックして入る。驚いたことに、机の前には熊谷が立っていた。唇を噛んだ由衣は、内心おびえながら足を進めた。

「先日相談のあった早川桜子の件、どうなってる?」

「業務と認めていただいたので出張扱いとして、出張報告書を翌日には提出しました」

由衣の答えを受け、院長の視線が熊谷に移る。

「報告書は確認しました。当方からは金子を含めた三名が盛岡で娘に面会。現状を説明するとともに、治療を拒む母親の説得について話しました。けれどもその時点では明確な答えは得られず今日に至っています」

「続きがあります」

由衣はすぐさま話を継いだ。

「盛岡で娘に会ったのは十月の二十日すぎでしたが、実は本人から母親に会いたいとの連絡がありました」

院長と熊谷が同時に顔を向ける。

「……報告はまだですが、先週その娘が面会にやってきました」

「それで？」

「娘の口からは……」

母親の桜子を容赦なく罵倒した夏海。その夏海は……。

「会ったんだろ？」

「はい」

「話せないのか？」

由衣は下げていた視線を院長へ向けた。

「治療したくないならしなくていい、好きにしなよ、あんたの身体なんだから。私はどっちだってかまわない、と」

「そういったのか？」

「はい。面と向かって」

「手加減なしの言葉だな。それで本人は？　娘にそういわれて何か決断したのか？」

「ふさぎ込んでしまって、治療に関しては何も」

院長がゆっくりと腕を組み、首をかしげた。

「出所は六月だったな？　今のまま何もしなかったら、どれくらいもつ？」

熊谷が苦々しい表情で問う。

「患者には十月の時点で半年は厳しいと」

「すると四月か」

熊谷がつぶやくと、続けて院長が顔を向けた。

「先ほど、君が会って話をした家族から電話があった」

「電話が？」

「苦情だよ。詳細は省くが、一言でいえば『ありがた迷惑』ってことだ」

予想だにしない言葉だった。おそらくは夏海の父、脇田道夫からと思われた。分院を訪れ母親と面会したことを、夏海が何かのタイミングで喋ってしまったのだろう。道夫にすれば、弁護士を通じて一度は断ったことでもあり、娘から話を聞き、怒りにまかせ直接院長へ電話してきたに違いなかった。

「……申し訳ありません。甘く考えていました」

「保護者の了承を得ず、次に娘に会うような真似をしたら出るところに出る。そう息巻いておられたよ」

「どうしたら？」

「十八歳は成人でもあるし、親の出る幕じゃないと強弁もできるが、親と暮らす高校生と説明されればしかたない。謝っておいたよ。二度とさせないと」

最悪の結果だった。

「許可したのはこの私だからね。最終的な責任は私にある。だからその点はかまわない。だが、そもそもの目的はどうなったんだ？　果たせたのか？」

すぐには言葉が出なかった。

「……治療に関していえば、ご説明したように本人の承諾は未だ取れてません」

「了承なしに化学療法を採用することはできない。どんなに本人のためになるとしても。それはわかるな？」

「はい。承知しています」

「熊谷君。どうする？」

由衣ではなく熊谷に決断を迫る。

「この段階では緩和ケアしかないと。もちろん本人が化学療法を希望すれば、その時点で切り替えますが」

「まだ何かあるか？」

「緩和ケアに……します」

熊谷から戻った視線が由衣に向く。

これ以上のわがままが許されるはずもなかった。言い訳できぬ失態に、気持ちは大きく落ち込み胃が痛くなる。

夏海は十八歳。成人とはいえ、父親と暮らしている以上、家族に関する大きな決断を一人でするにはまだ早い。少なくとも父親はそう考えている。

良かれと思い行動した。けれども裏目に出てしまった。結果、桜子を傷つけただけではすまず、最も避けたかった汚点を、組織にも残してしまった。院長に責められなかったことが余計につらい。

「元気ありませんね」

気分転換に昼食は外で取ろう。そう考え分院から出たところだった。

「こんないい天気なのにもったいない」

声をかけてきたのはコートにマフラー姿の中村。

「そう見えました?」

「もう、がっくり。そんな感じでした。後ろから見ても」

「まさにそのとおりです。情けなくて情けなくて、私……」

なんでこんな見すぼらしい姿を、よりによって中村に見られてしまったんだろう。

「ところで金子さん。折り入ってお話ししたいことが」

「折り入って?」

「もしよければ食事でもしながら」

「いつですか?」

「直近では明後日の三十日。金子さんの当直明けの夜はどうでしょう? その日の朝までには手紙の確認も終えているはずですから」

「明後日の夜? もちろん空いてます」

「よかった。それならお店を決めて連絡します」

小さく手を上げ、立ち去る。

後ろ姿を見つめながら「もちろん空いてます」と即答した自分に由衣は歯ぎしりした。またまた失敗をしてしまった、と。これではまるで、暇を持て余しているといっているに等しい。だがすぐに思い直した。実際、毎日暇しているのだから。


「お連れ様、お待ちです」

玉砂利に踏石の庭を抜けて玄関に足を踏み入れると和服姿の女性に迎えられた。

件の店は、五稜郭からも徒歩圏にある老舗の割烹。食事はもちろん庭の眺め、それに歴史ある欄間も見事だという。食べ歩きをする詩織からも聞かされていたが「女二人ではなくデートのために取っておきましょう」と話し合い、未踏の地になっている。その店にまさか、中村に誘われてくることになろうとは。

「一番奥のお座敷です」

女性に続いた。

「お連れ様、お着きになりました」

廊下でひざまずき、女性が障子を開ける。床の間には水墨画。違い棚には、赤い実を付けたマユミの盆栽が飾られている。

「お待たせしました」

「奥にどうぞ」

中村は下座にいた。

「こちらがお誘いしたので」

恐縮しながら上座に腰をすえる。驚いたことに、座敷ではあるが掘り炬燵だった。

「実は昨日、足を痛めてしまいまして。座敷はつらいと伝えたら、掘り炬燵の部屋があると教えられました。海外の方向けに改修したと。風情に欠ける気もしたんですが、こちらの都合を優先させてしまいました」

「そんな……掘り炬燵、足が楽で大好きなんです」

「それはよかった。それより髪、すっきりしましたね」

まさか口に出して褒められるとは思わなかったので応えに窮した。服の新調も考えたが、それより髪をセットしようと美容院に立ち寄った。月に一度はカットへ。そう思いながらも、前回のカットから二ヵ月がすぎている。

「お似合いです」

「……あ、ありがとうございます」

毎日顔を合わせているのに……。緊張が高まった。明るめのワンピースを着て、久しぶりにネックレスもしてみた。服への言及はないが、髪を褒めてくれただけでうれしい。

「和食なので日本酒にしようかと思いますが、ビールにしますか？」

「ご一緒します」

「それでは」

何度もきている？　そう思わせるほど場慣れした様子で仲居と話をする。

飲み物が、次いで食事が並べられていく。乾杯した二人はさっそく箸を伸ばした。

「……どれもおいしいですね。それに久しぶりです。こんなにゆっくり食事をするのは」

「自分もです。定時に帰れるので、たまには自分で作ろうと思うんですけど」

「夕食は？」

「ほとんど外食ですね。手軽な町中華と、季節の魚がおいしい居酒屋が近くにあるので」

独身ならそんなものだろう。猪口を傾けながら、先付(さきづけ)の雲丹(うに)、かすべの煮物椀(わん)、昆布締めの刺身と口に入れる。どれもが丁寧に盛り付けられ、箸を付けるのがおしいほどだった。

食事を味わいながらの歓談は一時間ほど続いた。そのほとんどは他愛もない学生時代の思い出話。中村はワンゲル部の、由衣はテニスサークルでの失敗談をおもしろおかしく語り、気兼ねなく笑った。

それは中村が、地酒・五稜を追加で頼み、由衣が「折り入って話を」と誘われた件をいぶかしく思いはじめた時だった。

「あの二人」

それまでの饒舌(じょうぜつ)が嘘のように、箸を置いた中村が口を閉ざす。わけがわからず、酔いにまかせていた由衣も居住まいを正すと耳を傾けた。

二人でいることも忘れたように、それでもしばらく中村は黙っていたが、酒が饗(きょう)されるとようやく言葉を継いだ。

「とても似てるんです」

「誰のことですか？」

「５０６の相沢桃花さんと、５１７にいた井上明美さん」

あらたまって「折り入って話を」と誘われたが仕事の話だった。それがわかると拍子抜けした。中村は、由衣の気持ちなどまったく斟酌(しんしゃく)せず、眉間に皺を寄せると手酌で酒をそそぐ。

「金子さんはもちろん、明美さんの調書や裁判記録は読まれたんですよね？」

「読みました」

「桃花さんの分は？」

「いえ。そちらは」

「すると桃花さんのことは？」

「糖尿病が悪化して札幌刑務支所から転院してきた関西弁を話す方。それがすべてです」

うなずきながら中村は手にした猪口を置いた。

「一月に着任した時、浅井さんから主治医を引き継いだのですがその時から、桃花さんは『死にたい』と毎日のように口にするんです。そこで関連する資料を読んでみました。

桃花さん、ＤＶの激しかった夫と身体障害者の息子を手にかけ懲役十六年の実刑判決を受けています。家族二人に殺意を向けたわけですが事件当時、桃花さんは糖尿病網膜症で突然左目の視力を失い将来に不安を抱くようになっていました。そんな中、二十年近く寝たきりの息子の将来を巡って夫と口論となり、積もり積もっていた不満が爆発。つまり衝動殺人でした。根底にはＤＶ夫への長年の恨みつらみがあったのは間違いなく、そこへ自身の失明が重なった。ちなみに小学生の娘さんもいましたが、当日は不在で難を逃れています。子どもを所有物のように扱うのは日本人によくある行動パターンですが、息子を残したままでは娘の将来も奪うと考え手にかけた。無理心中を図ったと認めています。

対して明美さんですが、こちらも毎日『死にたい』を口にしていました。そこでこの明美さんについても、関連の資料に目をとおしてみたのですが」

先を継いだのは由衣だった。

「たしかに……二人は驚くほど似ていますね。明美さんも、再婚したＤＶ夫とその連れ子の二人を手にかけ、懲役十五年の実刑判決を受けています。また緑内障で失明の恐怖におびえています」

「懲役の期間もほぼ同じ。ちなみに桃花さんの右目も徐々に悪くなっています」

中途失明の原因の一位は緑内障で二位は糖尿病網膜症。それを考えれば光を失う理由としてはともに珍しくない。しかしながら、それぞれが心に負った傷が浅かったはずはない。実際明美は分院転院後に自殺を図っている。二人がともに抱く「死にたい」との思いは、消えるどころか日に日に強くなっていたはずだ。

「まだあります。年齢も近いです。明美さんは六十二歳、桃花さんは六十五歳です」

「本当ですね」

「受刑者には日に三十分の自由運動時間が与えられています。接触は禁じられているため物の受け渡しはむずかしいものの、並んで歩きながらのお喋りは見すごされています。また作業の合間に与えられる休息時間に会話はできます。ですからそうした場で、お互いの身の上話をすることはあったはずで、似た境遇にあると知ったのではないでしょうか」

透析やリハビリの合間の交談は禁止されているが、受刑者同士の交流はわずかではあるが認められている。収容者の処遇に関する規則でも明確に、健康維持を目的にできる限り戸外で一日三十分以上の運動の機会を与えるよう定めている。

「類似点を整理してみると、まずは家族二人の殺害とその理由が挙げられます。年齢、刑罰の期間もほぼ同じ。加えて刑務所収容の前後で、原因は違うものの失明の恐怖に囚われている」

いつしか由衣も、食事を忘れ議論に呑み込まれていた。

「調べてみるとさらにあったんです。類似点が。二人とも、生まれ育った家はそこそこ裕福でいわゆるお嬢様学校を卒業しています。つまり世間的には何不自由なく生まれ育っていたんです。もし、よい伴侶に恵まれていれば、それなりに幸福な人生を送れたはずでした。ところが」

いたたまれない気持ちになった由衣は、手酌で猪口を満たすとそれを一気にあおった。

ともに本人が選択した人生だったかもしれない。ところが好きになり結婚した相手が悪かった。それこそ結婚前には想像すらしなかった悲惨で過酷な時間を送ることになり、最終的には鉄格子の中に閉じ込められてしまった。おそらく相手の境遇を知った二人はともに自分の人生に相手を重ね、結婚の不幸を嘆くとともに相哀れんだことは想像に難くない。

「中村さんは、桃花さんのあの発言、ともに真実だと考えていらっしゃるんですか?」

「はい。明美さんは自殺。敏江さんは曖昧ながら、個人的には毒を盛られたと解釈しています」

「……二人が共謀して?」

「それはどうでしょう。交流の機会が少なからずあったとはいえ、普段別々の部屋にいるわけですから、さすがに共謀はむずかしかったと考えます。ただし二人の間には何らかの関係、強い絆のようなものが生まれていたことは間違いないと」

「絆、ですか」

これには答えず、代わって別の視点で中村が話を続けた。

「類似点と別に考えてみたのが相違点です。結婚後、ともに娘を授かっていますが、娘二人の人生はまったく違います。明美さんの娘・里奈さんは、自分の過去を何一つ話さないのでわかりませんが、今は毎週のように母親と交流を続けています。対して桃花さんは、当時小学生だった娘さんとは完全に縁を切ったようで、まったくの音信不通です。どうも遠縁の方か養護施設に引き取ってもらったらしく、娘にとってもそのほうが幸せなのだと桃花さんは考えているようです」

何をどう答えたらよいだろう。そう考えたところで障子が開いた。饗されたのは毛ガニと鍋。

「ここの毛ガニ、身をほぐしてあるから食べやすいんです」

低い声で深刻に話していたのが嘘のように、華やいだ声を上げる。

はじめてじゃなかったんだ。少しだけ残念な気持ちになったが、濃厚で甘い身を口に入れるとすぐに気はまぎれた。

「せっかくなので、私からもお話ししたいことが二つあるんですけど」

「何でしょう?」

「一つ目ですが、実は先週山中湖まで足を延ばしたんです」

「富士五湖（ふじごこ）の?」

「はい。湖畔のホスピスが目的地だったんですけど……」

毛ガニを堪能した由衣は、明美の事件を担当した弁護士の織田を訪ねたこと、その織田が語った話をプライベートを除いて語った。

「……興味深い話ですね。二つ目は?」

「私が当直の時に亡くなった明美さん。両手を胸の上でしっかりと組み、まるで死を予期して受け入れるような姿だったんです。しかも、新品と思われるパジャマに身を包んで」

中村が目を丸くした。

「驚くような話ですね。これまでの話をうかがうと、明美さんが自殺したことはもはや疑いがないように思えてきました」

「でもすべて状況証拠です。何より司法解剖の結果は病死ですから」

この壁は高い。これを飛び越えるのはどう考えても不可能に思える。

「ところで明美さんの手紙、何か発見はありましたか？　私は残念ながら何も見つけられなくて」

「実は自分も」

それまでの快活さは消え、珍しく弱気な顔を見せる。

二人でダブルチェックを。それを目標に手分けして読み進めたが結局ともに時間切れ。折半した手紙を、それぞれが一度読むだけで終わっていた。

「私が目をとおした手紙は全部で五十五通。日付は一番新しい手紙でも去年の物でした。内容はどれも、里奈さんの日常が書かれたもので、気になることは何も」

「こちらの手紙は去年の八月から今年にかけての物でちょうど五十通。最も新しい手紙は亡くなる十日ほど前、十月十七日に届いたものでした。すべてに目をとおしましたが内容はやはり里奈さんの日常が書かれたものばかりで。でも二通、書信表の記録と齟齬がありました」

「齟齬？　どういった点ですか？」

「里奈さんからは十月に三回、具体的には三日、十日、十七日と一週間おきに手紙が届いていたのですがそのうちの二回、三日と十七日の手紙が一部足りなかったんです」

「足りない？」

「書信表の記録によれば、届けられた手紙はどちらも便箋で五枚となっていたのですが、残っていたのはともに四枚。一枚ずつ、つまり便箋二枚が行方不明なんです」

「どこへ行ったんでしょう？」

「わかりません。ですが手紙の文脈からすると、その二枚には恐竜の絵が描かれていたようなんです。富樫さんに聞いたところ、たしかに見た記憶があると」

富樫は処遇部書信係の刑務官。受刑者の信書を検査し、記録している。

「桃花さん、いい加減なことをいって、こちらが慌てふためく様を見て楽しんでるんじゃありませんか？」

「否定はできません。十分にあり得ます。ですが暗中模索。どこに正解があるのか、そもそも正解があるのか。まったくわからないわけですから」

「恐竜の絵というだけでは……」

「きっとどこからか出てきますよ。それまでのお楽しみということにしておきましょう」

中村はここで徳利を空にした。

「石狩鍋、行きますか？」

「はい！」

食い意地だけは収まらない。中村の「折り入って話を」の中身もわかったので遠慮はやめにした。せっかくのご馳走だ。残したら罰が当たる。

見事な鮭を筆頭に豆腐、大根、椎茸、ニンジン、長ネギが、昆布出汁に味噌仕立ての汁の中で、ぐつぐつと身を震わせる。生臭さを消す山椒も忘れられない。

「食べ頃です。いただきましょう」

中村が呼びかける。

「温まりそうですね」

「やっぱり冬は鍋に限りますね」

「お好きなんですか?」

「毎日でもいいくらいです。あの、バター入れてもいいですか?」

「実は今、お願いしようかと。大好きなんです」

「よかった。それでは」

器用にバターを入れる。

「直箸でかまいませんよね? まずいですか?」

「かまいません。どうぞ」

「それならお先に。金子さんも遠慮しないでください」

由衣も好物に箸を付けた。

「そういえばもう一つ、大切なことを忘れてました」

熱々を頬張り、何度かお代わりをしたあとだった。中村が茶を手にする。

「もしかしたら毒のことですか?」

「どうしてそんなに何もかもわかるんですか? 金子さん、もしかしてテレパス?」

「まさか」

「そうですよね。テレパスだったとしても、自分がテレパスだっていいませんよね」

二人での食事ははじめてだったが、中村がこれほど飾り気がなく稚気に富んだ性格とは知らなかった。一緒にいても、肩ひじを張る必要はまったくない。これがわかっただけでも今日ここへきた意味があった。

「食事中にこんな話ですみません」

由衣は断りを入れてから続けた。

「どんな毒なら、あの時の症状と矛盾しないか調べようとしたんです。でも候補となる毒が多すぎて。毒さえ特定できれば、その毒に晒(さら)された際の症状はすぐにわかるんですけど」

「まさにそれなんですけど来週の月曜、わかるかもしれません」

「月曜に？　どういうことですか？」

「秘密です。院長の予定を確認中なのですが、了承が得られたら必ず声をかけますから期待して待っていてください」

何があるのか見当もつかない。けれども目を輝かせ、デザートのクリーム白玉ぜんざいに向かう姿は無邪気な子どもに見えた。

19

休み明けの憂鬱な月曜日、いわゆるブルーマンデー。楽天的で能天気を自任する由衣でさえ苦手だが、十二月最初の月曜であるこの日、由衣は早起きすると普段より三十分も早く登院した。遠足の日でさえこんなことはなかったのに。

「ネコ。早いじゃん。何かあったか？」

熊谷がいぶかしむ目を向けるが素知らぬ顔でやりすごす。

木曜の晩、中村が口にした「来週の月曜」が今日。気になってしかたなく、日曜は美帆の英語を見たが、ほとんど集中することができなかった。

「お忙しいところ、お集まりいただきありがとうございます」

昼休み終了のチャイムとともに医療部長室へ参集した面々。院長、熊谷、それに由衣を前に中村が話しはじめる。

「506号室の相沢桃花さん。すでに彼女の妄想らしき発言についてはお耳に入っていると思いますが、今日はその第二弾です」

「第二弾？　何だそりゃ？」

呆れた声を発したのは熊谷。

「患者二名は病死ではなく毒によるもの。この主張の真偽は未だ不明ですが、彼女は今日、その証拠を見せると豪語しました」

「証拠を?」

「はい。五分もかからないと。ただし条件があると」

「何だ?」

「簡単なことです。院長以下、自分たち医官が彼女の話を聞くことです」

誰もが黙った。

「……条件って、それだけですか?」

「はい。院長以下、医官全員が自分の話を聞くことだと。あいにく中里さんはお子さんのことで保育園に向かわれたので不在ですが」

由衣の質問に大きく中村がうなずく。

「バカげてる。そうお思いかもしれません。そもそも彼女がこんなことをいう理由もわかりませんし、本当に証拠を見せるかもわかりません。けれども一つだけいえることがあります。それは、この条件に従うことは容易だということです。院長にはすでに自分の考えを説明しましたが、桃花さんの言葉は真実ではないかと考えています」

「中村。お前、こんなくだらない演説をするために俺たちをここに集めたのか?」

「そうおっしゃる気持ちもわかります。ですがもし本当に毒が見つかったらどうでしょう?」

「大騒ぎになるだろうな」

「自分もそう思います。ですが真偽もはっきりします」

「妄想を抱いてるのは彼女じゃなくてお前じゃないのか？　その妄想に白黒つけるため、雁首揃えて彼女の言葉に従えっていうのか？」

熊谷が、聞こえるほど大きなため息をつく。

「よくわかったよ」

声を上げたのは院長だった。

「熊谷君。いいじゃないか。それで中村君の気持ちに踏ん切りがつき、あの発言にも白黒がつけられるなら。五分もかからないなら簡単なことだ。議論の必要もない。彼女を連れてきたまえ」

院長の言葉に、中村は一礼すると出ていく。

十分後。中村に続き、両手に手錠をかけられた桃花が刑務官に左右を挟まれ、支えられながら入ってきた。

「広い部屋はええな」

院長に向かい合う形で桃花がソファに腰を下ろす。

「相沢桃花さん。院長以下、医官を呼びました。証拠を見せてください」

「そのようやな。ご苦労さん。あんたが院長か。はじめてか？」

中村を無視し、院長に視線を向ける。

「こちらに入所された際、挨拶しましたよ」

「そうか。なるほど」

桃花はソファに全身を預けた。

「院長。私がいったこと、あんた嘘だと思うか？」

「本当のことだと思ってますよ。ですからここに、こうして集まったわけですから」

「あんた、タヌキやな」

「よくいわれます」

二人が同時に声を出して笑った。だが由衣は緊張でとても真似できなかった。

「そこの熊。あんたは?」

「俺?」

「他にいないやろ」

笑顔を浮かべ平然といい放つ。だが眼光は鋭く、何を考えているかわからぬ薄気味の悪さが感じられる。

「嘘っ八だろ」

「なるほど。あんたらしい答えや」

「俺らしい?」

「熊は単純や」

熊谷は横を向いてしまった。

「あんたは、たしか信じるって?」

「いいました」

「優等生の答えやな」

「よくいわれます」

中村と桃花は二人して笑ったが、部屋の空気は冷たくなるばかりだった。

「お待ちかね。あんたの番や。どや？」

問われた由衣は桃花を見つめ返した。どう答えたら機嫌を損ねず、この場で証拠を見せるか考えながら。

「そんなに緊張することか？　それとも小便でも漏らしたんか？」

「……わかりません」

「わからんって、どういう意味や？」

桃花が鼻で笑う。

「ですから、私にはわかりません。嘘か本当か」

「この、ドアホ！」

驚くほど大きな声だった。身体を乗り出した桃花が興奮して罵る。

「黒か白、どっちかって聞いてるんや！　そんなこともわからんのか、ボケ。早よ、答え！」

「本当だと思います」

凄まれ、呑み込まれた由衣は思わず答えてしまった。

「三対一か」

満足そうにソファに深くもたれる。それを見て熊谷が、ふんと鼻を鳴らした。

桃花が視線を、壁の時計に向ける。

「五分っていったのはこっちやからな。そろそろ見せたるか。嘘をつくと閻魔様に舌を引っこ抜かれちまう」

「天国に行けばいいんです。地獄ではなく」

「院長。あんた、おもしろいことというな。気に入った」

何を思ったのか、桃花はここで両腕を前に突き出した。

「手錠」

「取れと？」

「証拠、ほしいんやろ？」

「外しなさい」

桃花のすぐ後ろに立つ刑務官。その二人に院長が命じる。

二人は顔を見合わせたものの、院長命令と理解し、おどおどと従う。

「席を外してくれ」

ここでも戸惑いを見せたが、二人は一礼すると部屋を出ていった。

「あんた、本当に偉いんやな」

桃花が両手首をなでる。だが院長は答えない。黙って見つめ合う二人。

「……約束やからな」

おもむろに桃花が腰を上げる。と、熊谷も腰を浮かせかけた。

「逃げるかいな」

嘲笑し、制止する。仁王立ちした桃花は睥睨するように院長以下にゆっくりと視線を巡らせた。それはまるで、舞台中央で主役としてふるまう女優のようだった。次いで思わせぶりにポケットに手を入れると、貸与品であるプラスチック製カップを取り出した。

「ありがとさん。今日でお別れや」

これまでの饒舌に代え、神妙な顔でカップを見つめる。次いで桃花は全員の視線が集まる中、そのカップを逆さまにして見せた。

「空っぽ。何もなしや」

「それが証拠？」

狐に化かされた。そんな表情を見せたのは中村。

進み出た桃花が院長の前にカップを置く。それを取ろうと熊谷が手を伸ばしかけた時だった。

「死ぬで！」

桃花の叱責に、ぎょっとした表情を浮かべた熊谷は手を引っ込めた。

「嘘やないで。素手でふれたら後悔する」

笑いながらいってのける。由衣の顔は強張った。

「ビニール袋が必要やな。丁寧に持ち帰って、分析でも何でもしたらええ」

「カップには何が？」

「何がって、熊。人に聞いてどうする？　それを調べるのが、高い給料もらってるあんたらの仕事やろ。違うか？」

苦虫をかみつぶしたような表情を浮かべる熊谷をからかう。楽しくてしかたない。桃花の顔を彩るのは恍惚ともとれる表情だった。

「さて、そろそろ引き上げるか」

ゆっくりと両腕を差し出す。

「甘いもんの一つくらいほしいもんやな。捜査に協力したんやから」

手錠をかけられた桃花が刑務官に支えられ立ち去る。誰もがただ、黙って背中を見送ることしかできなかった。


「そのカップ、自分が預かろう。中村君。素手でふれないような形にして持ってきてくれ」

沈黙を破ったのは不機嫌な院長の声だった。

「……五分では終わりませんでした」

中村の詫びに答えることなく部屋を出ていく。

「本当かもしれねえな」

静まり返った部屋で、次に熊谷が発したのは疑念に染まった声だった。

「嫌な予感がしてきた」

熊谷が腕を組む。

「ネコ。司法解剖の鑑定結果、院長から電話があったたっていったな?」

「はい。司法検視のあと、遺体はすぐに函館医科大学の法医学教室へ運ばれました。司法解剖の結果を院長から伝えられたのはたしか二週間後でした。検察から連絡があったと」

「何ていってた?」

「医科大から内々に連絡があり、鑑定書には内因性急性心機能不全と書かれることになると。その後、検察に鑑定書も正式に提出されたとメールをもらいました」

「検査項目は?」

「そこまで細かい話はしてません。院長は、鑑定の詳細を聞いたかもしれませんが、私は結果を聞いただけで安心してしまって」

　熊谷はいきなり立ち上がると、熊が徘徊するごとく部屋の中を歩きはじめた。

「ネコ。もしお前が解剖する立場の人間だったら……医療刑務所で亡くなった遺体の解剖をまかされたとしたら、いったい何に注意して解剖し、検査する？」

「突然いわれても……でも、まずは司法検視の報告書を読んで、疑わしいと考える部分を中心に調べます」

「俺は井上明美の遺体を見ていないが、心機能不全で亡くなったとは聞いた。つまり暴力を振るわれてできた傷や痣、それに首を絞められた痕などはなかった。そのとおりだな、ネコ？」

「もちろんです。この中で明美さんの遺体を見たのは私だけですが、両手を組んで祈りを捧げているように見えたこともあり、もしかしたら自殺じゃないかと思ったくらいです」

「なるほど。自殺か。それではもう一つ質問する。自殺を疑ったその時、お前の頭は薬物や毒物を疑ったか？」

　問われた由衣は戸惑った。当直のあの日。早朝に非常ベルが鳴り、芙美とともに部屋へ駆けつけた。その後、院長も一緒になって遺体を見た。そこで自分は、明美の寝姿から自殺を疑う発言をしたものの、即座に院長に却下され……。

「……自殺が頭をよぎったのは本当です。けれどもそこまで深くは考えませんでした」

「中村。お前はどうだ？　坂上敏江が亡くなった時、薬物や毒物が頭に浮かんだか？」

「いえ。突然亡くなったことには驚きましたが、あの体形でしたから。不摂生が高じると実際こんなことも起きるのかとむしろ納得したくらいです。ですから薬物や毒物など露ほども」

背を向けていた熊谷が振り返った。

「責めてるわけじゃねえ。俺だって同じだ。これだけ厳重に管理された制約だらけの矯正施設に誰が毒を持ち込む？　年寄りだらけの施設にどうして、どうやって、何のために持ち込む？　頭の片隅にもありゃしねえ」

どさりとソファに巨体を預ける。

由衣は唇が乾くのを感じた。余計なことをしたために傷口がどんどん広がっていく。パンドラの箱を開けてしまった。そんな気持ちになっていた。

「……少し前のことだ。司法解剖に関して警察庁刑事局が作成した資料を読んだ。きっかけは忘れちまったが、司法解剖に興味を持ってネットサーフィンして見つけたものだ」

熊谷が再び口を開いた。

「ネコ。司法解剖の年間予算と実施数、いったいどれくらいだと思う？」

「予算と数ですか……見当もつきません」

「中村、どうだ？」

「……むずかしいですね。年間の国内死亡者数を百万人として、そのうちの一割にあたる十万人を対象者と考えて……でも全員に行われることはないでしょうから、そのまた二割とすると二万人。予算は一人当たりざっくり五十万円として、百億円程度でしょうか？」

眉を顰めつつ即答する。

「当たらずとも遠からず。なかなかいい線だ」

満足そうにうなずく。

「数年前のデータだが、実施数が約八千で年間予算は二十四億円程度だった。つまり一体当たり約三十万円。予算の内訳は大きく二つ。一つは鑑定と鑑定書作成に関する謝金。そしてもう一つが検査料。この検査料が全体の三分の二程度だから概算で二十万円。ところがだ、検査項目は一つじゃねえ。血液検査、DNA検査はもちろん、細菌検査や組織学の検査、それにアルコール検査。まだあるはずだが薬毒物の定性検査もその一つだ」

「そんなにあるってことは……」

「そうだ。全部やってたら、とてもじゃないが予算には収まらねえ」

由衣は頭を抱えた。鑑定書に書かれていた「内因性急性心機能不全」という解剖結果が、薬毒物検査をすることなく導き出されたものだったら……。

「解剖した執刀医を責めるのはちょっと酷ですね。事故なり殺人で亡くなった遺体はすべて状況が違います。どの検査が必要かは執刀医が判断するはずですが、想定しえない死因の検査まで実施するのはむしろ過剰でしょう」

中村が眉根を寄せ、何事か考える素振りを見せる。

「俺もそう思う。死因が不明だからそれを解明するために解剖する。そうであれば明確にするため、あらゆる検査を実施すべきだ、と。これは正論だが大いなる理想論だ。司法解剖に関していえば予算はもちろん人材も不足してる。知ってのとおり、法医学教室はどこも不人気で、常勤の医師は全国で百五十名程度。今回問題になってる薬毒物を専門に分析する法中毒に関していえば、医大の半分にも専門家はいないはずだ。こんな調子だから日本では解剖自体ほとんどされてねえ。ネコ。死体遺棄なら広島県って知ってるか?」

「いえ。はじめて聞きました」

「広島の人間が聞いたら怒るだろうが解剖実績を揶揄(やゆ)した言葉だ。誰に教えられたか忘れちまったが解剖率が最低なのが都道府県別では広島で、わずか一パーセント程度。対して最高が兵庫。こっちはたしか四割に近い。つまり死体を遺棄するなら解剖される確率の低い広島が有利って話だ。でもまあ日本全国見回しても、病院の外で亡くなった異状死約十七万体のうち、解剖されてるのはわずか十数パーセント。つまりほとんどの死体は解剖さえされてねえ」

「ちなみに北海道は?」

「十パーセントくらいだ」

函館医科大学の法医学教室に法中毒の専門家がいなかったとして……いったい誰が責められるだろう。熊谷や中村が医師として、法医学に携わる者を擁護(ようご)するのはよくわかる。

「だが解剖を委託した検察がどう考えるかは別だ。検察は医科大に委託。受託した医科大が解剖を実施して鑑定書を作成、検察へ提出。それを考えれば見逃した責任は医科大にあると検察は主張するだろう。間違った判断をした原因は医科大作成の鑑定書にあると。だが一方的に主張するわけにもいかねえ。そんなことをしたら全国の法医学教室を敵に回しちまう。教育と研究が目的の大学に、金を払ってるからといって解剖のお願いをしてるのは検察のほうだからな」

「……それはもしかしたら、カップから毒が検出されても双方が傷つかない形で決着する。つまり事実を隠蔽(いんぺい)するって話ですか?」

頭が混乱した。

「早まるな、ネコ。よく考えろ。院長があのカップを検察に持参し、受け取った検察が薬毒物検査を実施して、さらに毒が検出・同定されたらここからがスタートだ」

「検察はいったいどう動くんですか？」

「さあな。見当もつかん。そもそも検査をしない可能性だってある。だが仮に毒が検出されても、これが二人の死と結びつかなければ検察は動かないだろうな」

「どうやったら結びつくんですか？」

「血液だ。解剖をした以上、その一部は間違いなく保存されてる。もしその血液、つまり明美の血液から同じ毒が検出されたら検察もさすがに無視はできない」

「でもそうなると、検察や医科大の責任問題に発展しちゃう可能性もありますよね？　検察が指揮した検視や解剖は不十分だった。それが明らかになっちゃうわけですから」

「ちょっとよろしいですか？」

割って入ったのは、黙って二人の会話を聞いていた中村だった。

「金子さんが指摘するように、検察が指揮した検視や解剖が不十分であればそうした考えも成立すると思いますが、今回の件をそのように断定するのは早計ではないでしょうか」

「どういうことですか？」

「仮に今回の二人が覚醒剤中毒の患者だったとします。加えて分院から検察にその事実、つまり二人が過去に薬物を使用していた経歴があることを伝えていたとします。こうした状況において関係者が検視や解剖の段階で覚醒剤などの薬物検査をしなかったらどうでしょう？　おそらく誰からも、職務怠慢または未熟者、役立たずと非難の声を向けられるはずです。これは論を俟(ま)ちません。対して今回はどうでしょう？」

中村が由衣を見つめる。

「まだわからないことだらけですが……検視や解剖は、予見しうる範囲において必要なことをすべて実施した。そういっても差し支えないと自分は考えますが、どうでしょう?」

「結果は間違っていたが、それはしかたのないことだと?」

「はい。熊谷さんがおっしゃったように、あらゆる可能性を想定し、必要なことをすべて実施するのが目指すべき目標ではありますが、それは理想です。実際は容易ではありません。無理といってもいい。予算不足も一つの要因でしょうし、専門の人材不足も一因かもしれません。何より厳重に管理された矯正施設における毒物の使用など、おそらくですが過去にも例を見ないのではないでしょうか。それに何より、毒物による死亡を特定できなかった点をあげつらい問題視するならその矛先は、真っ先に自分たち矯正医官に向けられるはずです」

由衣は思わず頭を抱えた。

「……たしかにそのとおりです」

こぼれ出たのはか細く湿った声だった。ここにいる自分たち三人も、残念ながら毒物などこれっぽっちも考えなかった。疑いもしなかった。それを棚に上げての議論は天に唾(つば)するものだ。

「事実はまだ藪の中。何一つ解明されていません。検察が何をどう考えるかはわかりませんが、問題となるのはやはり、やるべきこと・できることを、したのか・しなかったのか、この視点ではないでしょうか?」

理路整然とした説明だった。

「中村のいうとおりだ。検察や医科大のことをとやかくいってる場合じゃねえ。俺たちこそ真っ先に吊るし上げを食らっちまう」

「……浅はかでした」

穴があったら入りたいとは、まさに今の心境だった。

「責任問題になるな」

熊谷が、ごくりと音を立て唾を飲み込む。緊張が走った。

「仮にだ、明美が毒を飲んでの自殺と判明したら院長は更迭（こうてつ）されちまうかもしれねえ」

「更迭？」

「毒が検出されただけでその可能性はある。考えてもみろ。ここは法務省が管轄する矯正施設だぞ。そこに毒が持ち込まれたなんてことが許されると思うか？ それだけで大問題だ。誰も責任を取らないなんてことは許されない。国や自治体の、組織や施設を舞台にした不正や事故はそこら中で起きてる。ネコ、お前だって日々憤慨してるんじゃないのか？ そんな時、誰一人責任を取らなかったらどうだ？ おかしいって思うはずだ。事故や不正が起きるのは、やっぱりどこかに問題があるからだ。それを何もせず、しかたないってあきらめ放置するのは最もまずい。きっちり検証して再発防止に努める。それが正しい流れだ」

「……他人事（ひとごと）じゃないですね」

「そうだ。俺の首も危ないかもしれねえ」

「何もかかわってないじゃないですか、熊谷さんは」

「それをいったら院長も同じだ。だが立場ってもんがある。何より判断を下すのは上の者だ」

熊谷の焦りは他人事ではない。そう感じさせるには十分な内容だった。

自分がいる組織だけはそんなことはない。そう思いたかったが、もはや許されない。まさかこんなことに巻き込まれてしまうとは……。

「戻るか。中村、カップ頼んだぞ」

熊谷が時計を見ながら腰を上げ、部屋を出ていく。

「中村さん。院長にカップを持参する際、私も一緒に行きます」

「かまいませんけど、何か?」

「分析に回すなら、一緒に調べてもらいたいものがあって」

「何ですか?」

「亡くなった敏江さんの部屋の、ゴミ箱のすぐ近くに落ちてた物です。司法検視のあと、部屋を一巡して見つけました。見た目は植物の皮みたいな小さな物なんですけど気になって」

「植物の皮ですか。わかりました」

「それでは私、ビニール袋とその植物片を持ってきますので、ここで待っててください」

由衣は執務室へ戻った。

「お待たせしました。裏返してカップをつかめば問題ありません」

ビニール袋を手渡すと中村は器用にカップを収納する。二人は、すぐ隣の院長室へ移動した。

「カップ、お持ちしました」

「検察へ連絡したらすぐに持参するよう求められた。医科大に保管してある血液も一緒に分析するそうだ。これから行ってくる」

手を差し出す院長は、すでに着替えをすませていた。

「院長。これもお願いできませんでしょうか?」

由衣は、ビニールの小袋に封入した小さな物を差し出した。

「植物の皮のようだね。何だね、これは?」

手にすると目の前にかかげ、しげしげと眺める。由衣は拾った状況を説明した。

「……なるほど。現場に落ちていた物なら興味を示すかもしれない。植物の皮であることは間違いないようだし、むずかしくはないだろう」

「結果はいつ頃?」

「皮のほうはわからないが、カップの毒に関してはさほどかからないだろう。登録されている毒薬物なら、ガスクロで分析してデータベースと照合するだけだ。今日は月曜だから、今週中には黒白はっきりするはずだ」

ガスクロとはガス・クロマトグラフィーのことで、目的の物質を溶媒に溶かし、それを気化して測定する微量分析技術のこと。高い測定感度を持つ。

時間を気にしながら院長が出発する。その背はなぜか丸まって見えた。

「どうなるんでしょう」

「神のみぞ知るってところですね」

「更迭って……」

中村は何も答えなかった。

暦の上で大雪(たいせつ)を迎えた木曜。この日は朝から吹雪に見舞われた。気温も急速に低下。昼になっても零度を上回ることはなく真冬日となった。

昼食前。院長からの内線で三人が呼び出された。

「つい先ほど、検察から結果が届いた。これからそれを発表する。なおこれに伴い、いくつかの指示も出された。また内容が内容だけに印刷物は配付しない。メモは認めるが他言無用。そのつもりで心して聞いてくれ」

普段以上の渋面を作ると院長は結果を発表した。

一、提供されたカップの底からは、約五名分の致死量に相当するテトロドトキシン（ＴＴＸ）が検出された。
二、司法解剖をした井上明美の血液からも致死量のＴＴＸが検出された。またこのＴＴＸは、カップに付着していたＴＴＸと同一の物と認められた。なお経口で摂取したと考えられるが、確定的な証拠は得られていない。
三、提供された植物の皮と思われる物はヒルガオ科の植物の物であるが、さらなる分析をしているところである。
四、司法警察職員は、本件に関してＴＴＸの入手経路・方法を調査・報告すること。

「この結果は東京のセンターおよび法務省にも伝えらえた。センターからも、まずはＴＴＸの入手経路と方法を解明するようにとの指示があった。よって医療部の面々も司法警察職員に協力しなければならない。なお患者に接触する医療部および処遇部職員への聞き取り調査は司法警察職員が実施する。何か質問は？」

「医療部の面々も協力とのことですが具体的に何を？」

「熊谷君を助けて入手経路と方法を探り、司法警察職員へ報告してくれ。当然、これに関する活動は業務と見なされるから、業務時間内に実施してくれてかまわない。とはいえ患者をおろそかにすることはできない。その点は心してくれ。彼らからの希望もあり、とりあえず情報交換の場を設定することにした。私は不在だが、月曜を希望しているので出席してくれ」

「承知しました。それからもう一点。桃花さんの話では、敏江さんも毒を盛られたようなことを口にしていましたが、こちらは何も？」

「遺体はもちろん、血液など証拠になる物は何一つ残っていないからね。検察としては、事件化はむずかしいと考えているようだった。もちろん解明できるならそれに越したことはないが。こんな調子だった」

入手経路と方法の解明。どうすればよいだろう。頭をひねったところで中村が続けた。

「院長。今の発表は検察からとのことですが、法務省からは？」

「何もない。いや、まだない、というべきだろう。全体像が見えていないからね。はっきりした段階で、ということだ」

そこには院長の更迭も……。

「それでは散会する」

20

結果が発表された翌日。熊谷、中村、それに由衣の三人は医療部長室で昼食をとった。

食事を終えてからも会話は途切れない。桃花さんが口にしたことは
「……本当のことだったんですね。桃花さんが口にしたことは」

「あざとい奴だ。毒はカップの底にあったのに『素手でふれたら後悔する』とかいって、脅かしやがった。まったく嫌な野郎だ」

「野郎って、女性ですよ。それに毒を所持していたことは事実です」

「ネコ。お前、どっちの味方だ?」

熊谷が不満をぶちまける。

「カップの底に毒が付いていた。単にそういうことです。でもこれをもって、明美さんが毒を飲んで自殺したこと、敏江さんが毒を盛られて亡くなったことまでを事実と断定するのは早計です」

中村らしい慎重な見方だった。

「どうなるんですか、これから?」

「まったくわからん。だが当初予想した大騒ぎは避けられたようだ。まだまだ不明点も多いからな。まずは事実関係の洗い出しってとこだろ。今後の対応といっても、函館地検だけで決められ

るはずはない。おそらく最高検まで巻き込んだ話になってるはずだ」

「入手経路と方法の解明が第一優先課題ですよね?」

「そういうことだな」

熊谷の言葉も湿りがちだった。

「検出された毒はTTXだった。この点は間違いのない事実ですけど、そもそもTTXって誰もが簡単に入手できるものなんですか? フグ毒ってことは知ってますけど」

「フグだけじゃない。アカハライモリ、ヒョウモンダコ、それにカブトガニからも見つかってる」

「自然界にはそんなにたくさん」

「といっても、やっぱり一番身近で有名なのはフグだろうな。実際俺たちも釣り上げたわけだし」

「釣ったのはクサフグですけど、普段お店で食べるのはトラフグですよね? 以前、TTXの話をした時、青酸カリの八百とか千倍も強い毒っていってましたけど、そもそも素人が簡単にフグを入手できるんですか? クサフグは釣れましたけど意図したものじゃないし。身体はちっぽけで、そんなにたくさん毒を持ってるようには見えないんですけど」

「フグなら髙橋に教えてもらうのが一番だな。久しぶりに今晩顔出してみるか?」

「あの割烹の?」

「割烹っていうより居酒屋だな」

こうして三人は、髙橋の店『夢咲』を再訪することにした。

金曜の晩は空きがなく、来訪は土曜の夕方となった。だが土曜になったことで、中村は欠席となってしまった。どうやら先約があるらしい。

由衣が自宅を出たのは四時すぎ。早くにはじめたい。そんな熊谷の希望に沿ったものだった。根雪にはなっていないが昨日からの雪で通りはぬれていた。小降りとはいえ降り続いている。一ヵ月ほど前、道端（みちばた）で小さく白い花を咲かせていたハコベは立ち枯れていた。

深堀町から市電に乗ると暖かさにほっとした。乗客は誰もがコートにマフラー、それに手袋で防寒している。本番を迎える冬は、例年になく厳しい寒さになるようだった。

松風町（まつかぜちょう）で降りる。傘を手に道行く人は誰もが足早で、臙脂（えんじ）色のレンガブロックで舗装された通りを脇目（わきめ）もふらず歩いていく。左手に見える函館山は雲に隠れている。菊水小路（きくすいこうじ）、パチンコ店をすぎると居酒屋の連なりが現れ、由衣は急（せ）かされるように進んだ。

「いらっしゃい」

暖簾は出ていない。人の気配を頼りに中へ入ると、威勢のよい声に迎えられた。

「お久しぶりです」

「お待ちしてました。どうぞ。お好きな席へ」

誰もいない。

「こんなに早い時間から、よろしかったんですか？」

「熊ちゃんからのたっての頼みだから。でも熊ちゃん、こられないかもしれないって、ついさっき電話があって。家族の者が体調を崩したから外で飲んでるわけにはいかないと」

去年の今頃は、毎週のように釣果のお裾分（すそわ）けに与（あずか）っていたが最近はそれもない。施設に預けた母親を毎週のように見舞っている。そんな話を耳にしたのは半年ほど前。つい先日も急に早退したが介護が関係しているようだった。

「お母様が？」

「口には出さなかったけど多分そう。熊ちゃん、実のところ、いい年して甘えん坊だから。子どもの頃は毎日のように、学校が終わると店の手伝いをさせられたって文句いってたけど、女手一つで育てられたようなものだから。お袋さんのことになると何を置いてもって」

「八百屋さんでしたよね？」

「よくご存じで。誰も店を継がなかったから今はもうないけど。まだ元気な頃、ここにも何度かきてくれて。熊ちゃん、釣ったヒラメを自分で捌いてね。そんな姿をお袋さんが目を細めて見てて。幸せそうだった」

普段の姿からはとても想像できない。だがどこにでも、母と子の物語はある。

由衣は、先日実家の母と食事をした時のことを思い出した。特別なことは何もできないから と、食事を手作りしただけで驚くほど喜んでくれた。たったそれだけのことで。

「申し訳ない。何も出さずにお喋りしちゃって」

髙橋が手書きのお品書きを差し出す。前回、はじめて店にきた時より、打ちとけて話してくれる。由衣も気楽に話すことにした。

「これが今日のお勧め。この前話したけど、お代は気にしないで。開店は六時だから、それまでは俺一人。何でも聞いて」

「何でもって？」

「熊ちゃんからは、フグのことで聞きたいことがあるって。俺が説明できることなんて多くないけど、わざわざそんなことをいうから何かなって」

心づかいに感謝した。とはいえ熊谷からの依頼も「フグのこと」で、「毒のこと」ではなかったらしい。毒のことはさりげなく聞いてみることにした。

「それではお勧めから、刺身の盛り合わせ、鮑(あわび)の肝和(きもあ)え、それにカレイを」

「カレイはどうします？　煮付け？」

「お勧めは？」

「煮付けはどこでも出してくれるでしょ。唐揚げなんかどう？」

「ではそれで。お酒は合わせてください」

「あいよ！」

髙橋は料理に向かう。

何から質問しよう。知りたいことはフグの捕獲と、そこからのＴＴＸの取り出し。

「フグの免許ですけど、髙橋さんはどちらで？」

刺身の盛り合わせに函館の地酒・松前城(まつまえじょう)。由衣は北の味覚を楽しみながら水を向けた。冒頭からＴＴＸを持ち出すのはさすがに大人気ない。

「生まれてからずっと和歌山。免許もそこで。北海道にきたのは二十年くらい前かな。その頃はまだ、北海道ではほとんどフグを食べなかったから、もちろん店で出すこともなくて。でもまあ他においしい魚が山ほどあるからね。わざわざ食べる必要もないけど。ほんとここ数年じゃないかな、フグを食べるようになったのは」

「どうしてですか？」

「獲れるようになったから。今じゃ当たり前に獲れる。特に羅臼(らうす)や知床(しれとこ)。水揚げはここ十年で十倍近くに急増って聞いた。驚きでしょ？　でも実際、金子さんだって釣ったわけだし」

　そういえば熊谷も、温暖化の影響と話していた。

「フグって、関西の高級魚ってイメージだったんですけど」

「俺がこの商売をはじめた頃はもちろんそう。北海道に引っ越してきた時も、こっちでフグを出すなんて考えもしなかった」

「免許取るの、むずかしいんでしょ？」

「簡単。だって試験ないし」

「ない？　それ本当ですか？」

　思いがけない答えだった。由衣の驚きが新鮮だったのか、髙橋は鮑の肝和えを出すと、おかしそうに笑った。

「ないっていうと皆驚くんだよね」

「もちろんです。だって、フグでしょ？」

「免許っていってるけど調理師免許みたいな国家資格じゃないから。そもそも都道府県ごとに資格の名前も違うし。俺が和歌山で取ったのは『ふぐ処理者』。東京は『ふぐ調理師』で、千葉はたしか『ふぐ処理師』じゃなかったかな。だから試験も都道府県ごと。試験がないっていったのは本当で、つい数年前まで和歌山じゃなかった。取得のための要件もなくて講習を受ければそれだけで取れた。ところが国家資格じゃないから原則、免許を取得した都道府県でしか有効じゃない。でも、これってどう考えても不便でしょ。そこで全国的に、フグ処理に関する資格制度を統一しようって流れになって、ようやく厚生労働省が認定基準を定めた。本当に令和になってからの話なんだよね。統一されたのは」

「はじめて聞きました」

「でも、しかたない面もあるよね。だって、そもそもフグが獲れない地域で、フグをどう調理するかって話をしても意味ないでしょ。フグを提供する店がなければ基準を作る必要もない。当然だよね」

「それはそうですね」

「温暖化が問題って全国どころか世界中で大騒ぎしてるけど、こんな形で自分の商売に関係してくるとは思わなかったよ。獲れる魚も違ってきてるし。そのうちフグの本場は北海道になるかもね。代わりに秋刀魚(さんま)はもうダメかも。毎年、驚くほど減ってるから」

「さびしいですね」

この説明を聞く限り、数年前までフグ免許の取得は容易だった。つまりそこそこの量のフグを容易に入手できたことになる。だが、毒のある部位は厳格に管理され、廃棄に回されると聞いた。もしそうなら、毒は集められない。

「唐揚げ、そろそろ出していい?」

「はい。お願いします」

「熱いから気を付けてね」

「丸ごと一匹なんですね」

さっそく箸を付ける。

「この香り……もしかしたら柚子？」

「正解！　うちのは柚子胡椒唐揚げ。柚子って、高知とか徳島が有名だけど紀南って呼ばれる和歌山の南でも多く栽培されてるの。秋刀魚寿司とか、和食料理には欠かせなくて」

「骨まで食べられちゃうんですね」

柚子がほんのりと白身に香る。上品な味だった。

「毒のある危険な部位ですけど、鍵のかかる金属容器に入れて厳重に管理して、専門の業者に廃棄を依頼するって聞いたんですけど」

上等なカレイを堪能しながら素知らぬ顔で、実は最も聞きたかった点を聞いた。ところが高橋からは、これまた予想もしない話が返された。

「もちろんそう。その点は厳しくて、守らないと営業停止処分をくらうから気を付けてるけど意味ないよ」

「どうしてですか？」

「だって毒を持つフグはさ。どこにでもいるわけだから」

それはわかる。自分でも釣ることができた。でも、あれは偶然。素人の自分が意図して釣りあげた物ではない。

「フグの本場は下関、つまり山口県。トラフグの産卵時期は春で、その前の白子が美味とされてるわけだけど、種類によっては夏に産卵するフグもいる。それがこの前、金子さんも釣りあげたクサフグ。俺もまだ行ったことないんだけど、山口県光市の室積半島ってところには、クサフグが大挙して押し寄せてくる海岸があって、そこでは何と天然記念物に指定されてるみたいなんだ。産卵が盛んになる六月頃には観察会まで開かれるって」

「観察会?」

「これがすごい。この半島にやってくるクサフグは、満月か新月の一日から四日前、満潮の二、三時間前に産卵する習性があるらしい。その時を狙って観察会の日時も設定されるって寸法。クサフグは警戒心がとっても強いから、そこで、岸辺に人影があると産卵をやめてしまう。だから最初は遠巻きに様子を見てて、産卵がはじまったら近づいて観察するみたいなんだ。そんな映像がネットにもいっぱいアップされてるから興味があったら見たらいい。ちょっと岩のある浜辺というか磯に大挙して押し寄せたクサフグが、砂地に流れ込む波に乗って上陸して、ぴちぴち身体をくねらせるんだ。多い時には千の単位で群れるらしい。メスが産卵すると、そこにオスが雪崩を打って押し寄せて精子をかけていく。もう真っ白になるくらいに。自然の力を目の当たりにしたって感動するらしいよ」

「見てみたいですね」

「きっと壮観だよね」

自分の手柄のように高橋は話してくれた。

「あ、ごめん。何か俺、一人で盛り上がっちゃった?」

「そんなことありません。帰ったら、ネットで見てみます」

「もうそこら中、フグ、フグ、フグ、フグ。フグだらけ。怖いくらい」

「誰も持って帰らないんですか?」

「人によるでしょ。唐揚げはとってもおいしいから。でもクサフグは特に強い毒を持ってるし、そもそも種類によって毒のある部位や強さも違うから素人料理は危険だよね。それでもほしけりゃ持ち帰ればいいけど。手づかみでいくらでも獲れるから」

手づかみ？　どこかで聞いた気がする……。

いずれにしろフグを大量に、しかも容易に入手できることはわかった。

「今なら山口まで行かなくて、北海道でも見られるかもね。俺もツアー企画してみようかな。案外もうかったりして」

由衣は開店の直前まで、北海道の新鮮な魚や貝を楽しんだ。

その夜、『夢咲』から戻った由衣はさっそくパソコンの前に陣取ると、クサフグの産卵について確認した。そこには高橋が感嘆した自然の神秘が複数アップされていた。

フグの大量確保が容易と知った由衣は、続いてＴＴＸ精製の可能性を探った。ところがこちらも予想に反して簡単にたどりつくことができた。ネットの便利さを痛感しつつ危険も感じる。昨今、自作した銃がテロで利用されたり、ＡＩによる人間活動への影響が議論されているが、悪意を持つ者にとってネットの世界は宝の山だ。

由衣を惹(ひ)き付けたサイトでは、毒物の製造方法が複数、動画で紹介されていた。運営しているのは「毒好子(どくすきっこ)」を名乗る者。プロフィールには「毒薬物が大好きな二十五歳ＯＬ」とある。文面から察するに、神戸(こうべ)近郊のワンルームマンションで一人暮らしを満喫しているらしい。

何より驚かされたのは紹介動画の質の高さ。ＴＴＸ精製に関していえば、その手順が実演を交え懇切丁寧に説明されている。しかも的確にポイントを押さえて。これに従えば、どの家庭にもある調理器具を使い、猛毒のＴＴＸを簡単にしかも多量に精製できる。化学系の教員や学生である必要もない。中学生でもできる。

説明によれば、毒を持つトラフグ、マフグ、それにクサフグなどはトラフグ属のフグだが、フグそのものに毒を作る能力はなく、ＴＴＸを保有する生物を捕食することで体内に蓄積するという。また一匹のフグから得られるＴＴＸの量も種類や個体、それに季節によって違う。重量が三から四キログラム近くあるトラフグの場合、一から四十ミリグラム程度。致死量に換算すれば最大二十人ほどに相当する量が得られる。他方、わずか五十から六十グラムほどの重量しかないクサフグでは、多くても二から四ミリグラム程度だが、重量当たりではクサフグのほうが何倍も毒を持っていることになる。けれどもその明確な理由はよくわかっていない。

なおＴＴＸの精製に関して毒好子は、最低でも四から五匹のフグを使うよう推奨していた。理由は個体差が大きいため。世に出回る致死量などのデータは平均値で、ほとんど毒を持たない個体も時にあるという。よって一匹だけでは取れないこともあるらしかった。

精製手順を解説する動画によれば、準備する資材はフードプロセッサーに粉末の活性炭。コーヒードリッパーに紙フィルタ。あると便利な物はリトマス試験紙。他に煮込み用の鍋、漉すためのザルが必要だが、これらはどこにでもある。

手だけが映る説明動画は、誰もが再現できるようにわかりやすく作られていた。撮影場所は自宅キッチンなのか、まだ新しい銀色に光るステンレス・シンク、混合栓、それに三口コンロが画面端に映り込んでいる。動画は十分弱。利用するのは体長十センチほどのクサフグ。ちなみにクサフグは、オスでは肝臓に、メスでは卵巣に毒を多く有しているという。

手順は信じられないほど簡単だった。クサフグを切り刻んで鍋に入れ、レモンを加えてひたすら煮込むだけ。ポイントは煮汁をアルカリ性にしないこと。濾過した煮汁の脱臭および不純物除去には活性炭を利用すればいいとまで説明されている。どこまでが本当かはわからないが、毒好子はこの方法で、百人以上を殺害できるＴＴＸを半日で製造したという。

現在国内においては、多量の毒物を扱う大学の研究室や試薬メーカーなどに、兵器などに転用しないよう国民保護法で毒素の取り扱いに規制を設けている。しかしながらどこを探しても、ＴＴＸの個人での製造や所持に関する罰則規定は見つけられなかった。

だが本当に恐ろしいのは、こうした情報が野放しとなっている現状、誰もが自由に見られることではないのか。参考にしながらそう感じたが半面、制限することは表現の自由の侵害につながると思い直した。何とも悩ましい。包丁は料理をするための道具だが凶器にもなる。最終的にはそれを手にする者の良心にかかっている。そう考えるしかなかった。

翌日の日曜も朝早くからＴＴＸに関する基礎知識の習得に努めた。ネットで検索した関連情報を読み進めると、学生時代に習ったかもしれないというかすかな記憶が呼び覚まされてきた。

ＴＴＸはアルカロイドで無味無臭の白色結晶。二十世紀初頭、日本人によって世界ではじめて単離、命名されていた。さらに立体構造の解明、Ｘ線(エックスせん)結晶構造解析による絶対配置の決定、全合成など、化学的成果の多くが日本人の手によってなされたことも知った。これはまさに、縄文時代からといわれるフグとの付き合いが生み出した成果に違いなかった。

こうした中、最も興味を惹かれたのはもちろん薬理作用と病態だった。

ＴＴＸは、あのサリンと同じ神経毒だった。作用としては、神経や骨格筋の膜電位依存性ナトリウムイオンチャネルに結合し、ナトリウムイオンがチャネル内へ流入することを阻害する。つまり心臓の運動や呼吸を司る自律神経系の神経伝達に作用し、それを阻害することで心不全や呼吸困難を引き起こすとの説明だった。

中毒の症状としては、摂取後二十分から三時間ほどで口唇部や舌端に軽い痺れを感じるようになり、不完全な運動麻痺が発生。嘔吐後、知覚麻痺や言語障害が現れ、血圧の降下とともに呼吸困難を感じるようになる。さらに進むと筋肉は弛緩して完全な運動麻痺が現れ、発声もむずかしくなって血圧も著しく降下。呼吸困難となってやがて意識が消失、呼吸も停止。摂取量にもよるが、最終的に四から六時間ほどで死に至るという。また現在のところ、ワクチンや血清を含め、効果的な解毒剤は存在しないとのことだった。

唯一由衣の気持ちを慰めたのは「症状だけで判断するのはむずかしい」との解説だった。中毒の原因特定には「原因となった食品と、患者の両方からＴＴＸを検出することが重要」とある。もちろんこの解説だけを盲信する気はないが、ＴＴＸを含むフグなどを食べたという事実なくして、運動麻痺や呼吸困難などの症状を訴える患者とＴＴＸを結びつけるのは非常に困難であるとのことだった。

また過去には完全犯罪の道具として、トリカブト毒と併用されたとの記事に目が吸い寄せられた。昭和の時代に起きた保険金殺人事件。この時は行政解剖がなされたものの内臓に特異的病変は発見されず、死因は急性心筋梗塞と診断され事件にはならなかった。ところがその後、亡くなった女性に多額の保険金がかけられていたなど不審な点が浮上。保存されていた血液等を再分析した結果毒物が検出され、事件化されたとのことだった。

解剖しても、内臓に病変が発見されなかったことから一度は心疾患と診断され、その後血液等を再分析して毒物が検出されたという経緯は今回と同じだった。当時より分析技術は格段に進歩しているので見逃しは減っているはずだが、それでも人間がすることに完璧はない。あらためてそのことを実感させられる事件だった。

気が付くと窓の外は暗くなっていた。それがわかった途端、急な空腹に襲われた。昼食もとらず一心不乱にＴＴＸを追い続けた。昨今、これほど一つのことに集中した記憶はない。

わずかだが謎の解明に近づいた。由衣の中に達成感が広がった。院長からは、どんなに小さなことでも間を置かず司法警察職員へ情報提供するよう指示されている。出し惜しみしている場合ではない。登院したらすぐにでも報告しようと考えた。

21

「鍵、かけたな？」

熊谷が確認する。月曜昼時の医療部長室。情報交換を目的に集まったのは、医療部からの三名と、司法警察職員である男性刑務官の二名だった。

ＴＴＸが同定されたため、由衣は中村と事実関係の解明に協力することになった。断ることもできたが、二人の主治医だったことを考えれば率先して事実を解明すべきと己にいい聞かせた。なお中里は、幼い子どもがいるのでこの件からは外された。

「はじめにＴＴＸの入手経路について発表します。といっても証拠のない机上の検討で、方法に関しては不明です」

全員が中村の説明に耳を傾けた。

「すべての発端は桃花さんが騒ぎ立てたことにはじまります。ここでの登場人物は三名。桃花さん、明美さん、敏江さん。ですが、三人の立場は皆違います。桃花さんの言葉を信じれば、敏江さんは毒を盛られた被害者。明美さんは自殺であれば加害者であり被害者。桃花さん本人は毒を持っていたことは事実で、まだ何の被害も受けていません。よって、可能性があるとしたら加害者です。なお、これからの話は前提として、桃花さんの言葉は正しいとしました。なぜなら、毒の所持という常識的に考えれば最も隠しておきたいことを自供している以上、他に隠すことはないと考えたためです。

毒を所持していたのは桃花さんと明美さんの二人。また二人の毒は同一との分析結果が出ていますから、第三者が別々に二人に与えた可能性より、どちらかが他方に与えたと考えるのが自然です。すると受け渡し方法は不明ですが可能性は二つ。一つ目は明美さんから桃花さんへ渡されたパターン。この場合、明美さんに毒を渡した人物は我々施設の人間、または娘の里奈さんと考えられます。そして二つ目は桃花さんから明美さん。桃花さんは明美さんと違って外部との個人的やり取りはないので、毒を渡した人物は施設の人間に絞られます。では、どちらの可能性が高いでしょう?」

ここで中村は、居並ぶ四人に視線を向けた。

「単純な確率論なら、明美さんは二つ、桃花さんは一つですから明美さんが入手、となります。また明美さんが自殺した事実を考えると、やはり何より毒を必要としていたのは明美さんだったと考えられます。桃花さんの口癖も『死にたい』ですが、毒を所持しながら使ってはいません。こう考えると、自殺のためどうしても毒が必要だった明美さんが秘密裏に入手した毒を、何らかの理由で桃花さんに渡した。こう考えるのが合理的と考えました。すると毒は、母親のために里奈さんが準備した可能性が高くなります」

「分院にＴＴＸを持ち込んだのは、娘の里奈って説明だな?」

「はい。方法は不明ですが」

中村と熊谷のやり取りが終わると次いで由衣は立ち上がり、織田との面談、中村と話し合った明美と桃花の類似性などを説明した。

「……なるほど。たしかに二人は似た境遇にありますね」

納得顔でうなずいたのは、はじめて参加した司法警察職員の刑務官だった。

「それでは自分からも報告します」

当の刑務官が話を受けた。

「今日の午前までに、医療部および処遇部の面々からの聞き取りを終えることができました。結果、何らかの便宜を図ったという証拠や証言、それに疑いは一切見つけられませんでした」

簡潔な報告だった。内部に手引きした者がいないとの報告にまずはほっとする。

「自分が説明した考えではありますが、この件は明美さんと里奈さんを中心に回っている気がします。二人の絆が明美さんの自殺を引き起こし、敏江さんにも派生したと」

由衣はゆっくり全員を見回した。

「それでは聞くが、敏江に毒を盛ったのはどっちだ?」

「桃花さんだろうと考えます」

「自分もそう考えます」

熊谷への答えに中村が賛同してくれた。力づけられた由衣は先を続けた。

「里奈さんが母親のために毒を準備した。これを前提にしての考えですが、受け取った明美さんにとってそれは、毒ではありますが娘と自分とを結ぶ神聖で大切な品だったはずです。そんな大切な品を、自分が使う前に別の誰かに使うとは思えません」

「別の者に使うことはなかったかもしれないが、桃花には渡したことになる。受け取った桃花は、明美の意向を無視して、勝手にそれを敏江に使った。そういう解釈か？」

「明美さんが亡くなっている以上、桃花さんに聞くしかありませんが想像するに、明美さんの意向は自殺用、つまり桃花さん自身が使うことを想定して渡したもので、それを他人に使うとは考えなかったのではないでしょうか」

自説を披露しながらも、大きく的を外してはいないと由衣は考えた。

「それでは次に、ＴＴＸ関連の情報をご説明します」

一息つくと引き続き、土日に集めた多くの情報を報告した。

「……なるほど。俺もクサフグのことは知ってるつもりだったが、そこからこうも簡単に、しかも多量にＴＴＸが精製できるとは知らなかった。だが恐ろしいことだな」

熊谷の口元が引き締まった。

「毒を準備した人物ですが、ＴＴＸの薬理作用や病態をしっかり理解し、これなら発覚しないと確信して利用したんでしょうか？　もしそうなら恐ろしく頭の切れる人間に思えますが」

それまで黙っていたもう一人の刑務官が腕を組んだ。

「どうでしょう。それはぜひ聞いてみたいところですけど私は逆だと考えています。毒をどう準備するか、分院でどう受け渡すかを考える過程でＴＴＸが最適という結論に至った。こちらが真実で、犯行の隠蔽を目的にＴＴＸを選択したわけではないと」

「俺もそう思う。ＴＴＸを利用した結果、思いがけず多くのことが隠され闇に埋もれた」

茶を口にした熊谷が続けた。

「ところで一つ気になることが」

熊谷と中村に、由衣は交互に視線を向けた。

「クサフグの産卵について教えてもらった時、髙橋さん、おっしゃったんです。いくらでも手づかみで獲れるって」

「それで?」

「私、魚を手づかみでたくさん獲ったという話をお二人のどちらかから、つい最近聞いた気がするんですけど思い出せなくて」

「それ、自分がカウンセリングをした時のことです!」

大きな声とともに中村が立ち上がった。

「カウンセリングの場で明美さん本人がいったんです。ちょっと待っててください」

全員をその場に残し、脱兎のごとく部屋を飛び出したが同じ勢いですぐに戻ってくる。

「これです! カウンセリング用のメモ帳なんですが、このくだり読んでみてください」

手にしたノートを開き、指さす。


『久しぶりにのんびり……押し寄せる魚を手づかみで……寒かったけど泳いだら……』


由衣の記憶にも灯がともった。

「思い出しました! 亡くなる直前のカウンセリングで」

「そうです。明美さんのカウンセリングをした時、里奈さんが三浦半島を楽しくドライブしたという思い出話からはじめたんです」

「あの時は気にも留めませんでしたけど、このメモに残された『押し寄せる魚を手づかみで』っていうのが明美さんの発言で、それがクサフグだった？」

「その可能性は高いと思います」

「里奈さんはこの時にクサフグを獲った？」

「ドライブに行った時季までは口にしませんでしたが、寒かったけど泳いだ、との話からすれば夏の盛りの前。クサフグの産卵は六月頃ということですから」

里奈がＴＴＸを準備した可能性がこんな形で浮かび上がってくるとは。だがこれも可能性を示すだけ。家宅捜索をして、精製に利用した資材が押収されれば動かぬ証拠になるが。

「今の考えが正しいとすれば、受け渡しの経路は絞られますね」

刑務官の一人が真剣な表情でいった。

「里奈さんが精製、それを母親の明美さんに何らかの方法で渡した。受け取った明美さんは自殺に使い、それとは別に桃花さんにも渡し、それが敏江さん殺害に使われた」

「金子さん。とりあえず今日の報告内容を文書にまとめてください。院長に報告し、検察へ一緒に行ってきます。院内での受刑者からの聞き取りや、物品確認程度なら自分たちでも何とかなりますが、外部の家宅捜索となると手に負えません。検察との協議が必要です。ところで遺族の自宅はどこですか？」

「小樽です」

「近くはないですね」

誰もが同じ気持ちだった。家宅捜索など、素人にできるはずもない。

「もう一度、これまでにわかったこと、今後確認すべきことをここで整理します」

立ち上がった中村が、部屋の隅にあるホワイトボードを引き出し、要点を書き出す。

1　井上明美　TTXを服毒して自殺した可能性が高い
・動機　刑期は残り五年。緑内障で失明の危機。生きるのに疲れた？
・TTXを飲む？　↑娘の里奈から提供された可能性が高い
*どのようにして里奈から渡されたか不明
・証拠など　残された血液からTTXが検出された
遺体は両手を組み、胸の上に置かれていた。パジャマも新品？
遺体は司法解剖のあと、里奈の下へ　↓すでに火葬されている？
里奈によるTTXの準備　↓クサフグを使った（三浦半島ドライブの話）？
里奈からの手紙　↓宅下げで返却。二通で便箋が一枚ずつ不足
・証言など　里奈の行動・言動、明美本人の言動
桃花による証言

2　坂上敏江　TTXを盛られた可能性が高い。女児出産後に死亡（女児も死亡）
・動機　*不明∴桃花や明美に憎まれた？
・TTXを盛られた？　↓桃花が盛った可能性が高い
*明美が桃花にTTXをどう渡したか不明　↓自由運動時間に授受？

＊桃花が敏江にＴＴＸをどう盛ったか不明　↓前日の二十三時から当日一時頃に摂取?

・証拠など　遺体は司法検視後に火葬され、遺骨は骨部屋に（証拠は残っていない）

・証言など　桃花による証言のみ

「まとめてみましたが、四角で囲った部分が不明な点で、解明しなければならない項目です」

「明美の自殺は、ＴＴＸの分院への持ち込み方法がわかれば一気に進展しますが、敏江にどうやって盛ったのかは難問ですね。この桃花、尋問したら口を割りませんか?」

「狡賢い女狐だから無理だな」

刑務官の言葉を一蹴したのは熊谷だった。昼休み終了のチャイムが鳴る。

「来週もこの時間に情報交換会を開催します。小さなことでも構いませんので気が付いたことを報告してください。それでは今日はここまでとします」

刑務官の言葉に全員が席を立った。

散会したものの、来週もこの時間に、といわれ戸惑った。大切なことと重々理解はしているが業務とするには気が重い。明確な目標に向かって走るなら力の入れようもあるがゴールは曖昧でまだ見えない。

「来週もって話ですけど手掛かりになりそうなことありますか?」

由衣はトンネル廊下を並んで歩く中村に問いかけた。

「正直、ちょっと手が回りません。年内に終わらせなければならない業務も棚上げで。読んでおきたい論文もあるし」

「それを聞いて安心しました。実は私も。大切だとわかってはいますがこの時期なので」

「司法警察職員への協力はおしみませんけど正直しんどいですね」

弱音を吐くなんて中村にしては珍しい。

「それはそうと、休みには帰省されるんですか？」

気をまぎらわせるように中村が口にしたのは、由衣も聞きたいと願っていたことだった。

「新年は元旦(がんたん)から登院するので、代わりに早めに休みをいただいて帰省します。中村さんははじめてですよね？　分院での年末年始は？」

「はい。一月からの勤務なので。それにしてもアッという間でした」

「帰省なさるんですか？」

「いえ。年末年始はこちらにずっと。金子さんの帰省はクリスマス頃ですか？」

「イブの二十四日に東京へ戻り、大晦日(おおみそか)には戻ってきます」

「それでは戻る前に忘年会でもしませんか？」

「ぜひとも。この前は御馳走(ごちそう)になったので、今度は私がセッティングします」

診察室へ戻ると、由衣はすぐに午後の回診へ向かった。寒さが厳しくなってきたためか、体調不良を訴える患者が増えている。食事を残す者も出てきた。普段よりも時間をかけて容態を確認する必要がある。

病棟を一巡して階段を下りてくると、エレベーターから出てきた熊谷と鉢合わせになった。浮かぬ顔をして肩をすぼめている。

「お母様、おかげんいかがですか?」

髙橋の言葉が思い出され、余計なこととわかりながらもつい聞いてしまった。

「まあな」

情報交換会で見せた威勢のよさは微塵も感じられない。視線を下に向けたまま。昼は虚勢を張っていたのかと心配になる。

「髙橋さんも心配されてました」

「あいつ、お袋に会ってるからな。飯も一緒に食ったことあるし」

あとが続かない。声が出かかっては止まる。それがようやく形をなし、言葉となって出たのは視線を戻した時だった。

「……くだらないことで妹と喧嘩しちまってな。しかも横になってるお袋の目の前で。そしたらお袋が泣きはじめて、急に子どもの頃のことを思い出しちまった」

向き合う由衣の顔も険しくなった。

「うちが八百屋で貧乏してた話はしただろ。だから俺は幼心にも、八百屋にだけはならないと誓った。ところが兄貴が、逃げるようにして東京の大学へ進み、そのまま警察官になっちまったから、お袋は俺に目を向けた。

ある日、部活でへとへとになって死ぬほど腹を空かせて帰ったきたことがあったんだが、その日の夕食もやっぱり肉なしの野菜炒めだった。悲しくて悔しくて俺は怒りの矛先をお袋に向けて爆発させた。子どもだったから容赦なしだ。肉すら食えないなんて、そんな仕事に価値はない。そういって喚き散らした。その時はじめて、お袋が涙を見せた。何があっても、それこそ親父が死んだ時でさえ気丈にふるまっていたのに。

翌日、お袋は俺を焼き肉屋に連れていった。好きなだけ肉を食えと。俺はもううれしくて、お袋の気持ちなど一切考えずただただ貪り食った。次はないと考え、腹の中にひたすら肉を詰め込んだ。帰り道、お袋はいった。八百屋になれとは二度といわない。好きな道を進めと」

視線を外すと熊谷は廊下を歩きはじめた。

「何とか俺は医者になった。好きな肉を好きなだけ、こんな熊みたいになるまで食えるようになった。それは正しかったと考え、後悔したこともねえ。けどな、お袋が涙する姿を見ると必ずあの時の言葉が思い出されて俺は……後ろ指さされ、人でなしっていわれてる気がしてすくんじまうんだ。何を、どうやったとしても消せねえ。どんだけ偉くなったとしても俺は、自分の母親を踏みつけにした最低の人間だって思いを」

熊谷が医師となったことを母親が残念に思うはずがない。そう考えたが、もしかしたらそれは勝手な思い込みなのかもしれない。当の熊谷は、子どもの頃に発した暴言、わずかその一言に今も心を乱され悩み続けている。自分の存在すらおぼつかないと感じながら。

自分は……母との関係を悪いと考えたことはない。おそらく母も。それはありがたいことだし感謝すべきことと理解している。けれどもこの世のすべての母子がそうだとはいえない。

最も身近にいて、最も愛情を注いでくれる母。その母の存在は誰にとっても重い。だが良好な関係をどうやったら維持し続けられるのか、まもなく三十歳になる由衣にもわからなかった。

22

「先生。Ｃ判定！」

明るい美帆の声に由衣の気持ちも軽くなった。Ｃ判定の合格確率は四十から六十パーセント。

「先生のおかげ」

「実力がついてきたのよ。この調子で進みましょう。といっても年内は今日が最後だけど。どの部分を復習したいの？」

「仮定法」

「わかったわ。それではみっちりやるわよ」

それから三時間、由衣は真剣に美帆と向き合った。

「……どう？　理解できた？」

「何とか。和訳は何とかなりそうだけど、英作文はちょっと心配」

生真面目（きまじめ）な美帆は、よほど自信がない限り自分に合格点を出さない。理解したと、安易に口にするよりずっとよいがテストはもう目の前。

「共通テスト前、年明けにもう一回時間があるから、不安なところはそこで見直しましょう」

「そうする。それより先生、元旦はこっちにいるんでしょ？」

「大晦日に戻るからいるけど、何？」

「合格祈願の初詣に一緒に行ってほしいの。ダメ？」

「いいけど、午後から仕事だから午前だけよ。どこに行くの？」

「函館山の麓にある山上大神宮。坂を上ったところ。天照大神とか祭神はいっぱいいるけど菅原道真も祀ってるらしいの」

「わかったわ。一緒に行きましょう」

熱心に勉強に取り組む美帆。その姿を見れば合格させてあげたいと願うがテストは水もの。

「美帆ちゃん。ちょっといい？」

帰り支度をすませた由衣は声をかけた。

「小春ちゃんの家裁での審判、年内にはあるみたいなの。おそらく保護観察だろうけど、その後は薬物依存者の回復支援施設に入ることになるはずだって」

「聞いてくれたんだ。ありがとう」

教科書を読んでいた美帆が顔を上げた。

「どこ？　会える？」

「札幌。会えないことはないけど、何よりもまず小春ちゃん自身の気持ちが落ち着くことが大切っていわれたわ。その前に会ったら、むしろ混乱させることになるって。だから少し時間を開けて本人の気持ちを確認してから会うのがいいだろうって」

「どれくらい？」

「三、四ヵ月は開けたほうがいいみたい。だから来年、暖かくなってから」

口にした情報に間違いはないが、春までという時間は由衣が決めた。受験を前に余計なことで煩わされるのはよくないと考えてのことだった。それに何より相手の了承は不可欠だ。

「……そうだよね。わかった」

教科書を閉じた美帆がややためらいがちに口を開いた。

「私は会いたいけど、小春ちゃんがそう思うかはわからないし。もしかしたら上から目線って感じて余計に傷ついちゃうかも」

「それぞれだけど、逮捕ってやっぱり普通じゃないし、会いたいって伝えても恥ずかしいって尻込みしちゃうのも理解できるでしょ？　だから様子をみましょう。だいじょうぶ。美帆ちゃんの気持ち、きっと理解して会ってくれるはずよ」

小春が美帆との再会を望むかどうかはわからない。だが今できることは他になかった。

「それじゃ美帆ちゃん。ちょっと早いけどメリークリスマス」

「先生、いろいろありがとう。それじゃ元旦に」

美帆の気持ちが小春に届くことを願った。

「毎週、ご苦労」

二回目の情報交換会。今日は冒頭、院長が説明に立った。対するは熊谷、中村、由衣、それに刑務官二名。

「院長。先にお伝えしますが、自分からはあらためて本日お伝えできる情報はありません」

「私もです」

間髪を入れず由衣は中村に続いた。熊谷、刑務官二名も同様にうなずく。

「わずか一週間だからな。わかった。今日はこちらから報告をしよう。二点ある」

院長は資料を手にした。

「一つ目は、先週の議論に関する検察の反応だが、おおむね理解を得られた。そもそも想定外のことでもあるし短い期間での報告だからね。検察としてはまず第一に毒の持ち込み経路と方法、次に坂上敏江への毒の混入を解明したいとの意向だった。ただし後者は仮に方法がわかっても、証拠がなければ立件はむずかしいだろうとの説明だった。そうなるとやはり、分院への持ち込み経路と方法の解明が最優先課題になるとの認識だ」

院長が全員に目を向ける。これに質問はなかった。

「二つ目だが、これはカップとともに提出した植物の皮と思われる物に関する報告だ。先日、ヒルガオ科の植物とまで説明を受けたが詳細がわかった。サツマイモの皮だ」

「サツマイモの皮？　でも何で？」

すぐに反応したのは由衣。

「他にもまだある。スクロース、中性脂肪、蛋白質も多量に検出された。つまりサツマイモの皮に加え、砂糖、牛乳それにバターなどの乳製品が検出された、との報告だ」

首をひねった由衣に代わり、刑務官の一人が続いた。

「スイートポテトではありませんか？」

「報告書ではそこまで特定はしていないが、サツマイモを使った菓子類が想定されるとのことだ」

刑務官の言葉に院長が満足そうにうなずく。

「スイートポテトとなると祝日菜の可能性が高いが、坂上敏江の献立に入れたのか？」

「禁止です。彼女の献立を考える時、管理栄養士さんとも話をしました。でも念のため確認してみます。ちょっと待ってください」

　由衣はその場で電話した。

「本当ですか？」

　答えは考えもしないもので思わず声を上げてしまった。全員が身を乗り出す。

「夕食に付けて出してました！」

「出してた？　本来出してはまずい物だろ？」

「いいえ。違います。亡くなった敏江さんにはもちろん出してません」

「出してない？　おい、どっちなんだ。わかるように説明しろ」

　熊谷が責め立てる。電話を切った由衣は丁寧に説明した。

「スイートポテトは祝日の十月九日、祝日菜として夕食に付けて提供されました。敏江さんが亡くなったのはその翌々日、十一日の早朝。それよりＴＴＸを口にした推定時刻は前日十日の二十三時から当日の一時頃と思われます。ところが敏江さんに甘い物は厳禁。出してません。こうした事実から考えると、祝日の九日、夕食に出されたスイートポテトを食べず、それに毒を仕込み、敏江さんに翌日の夜に誰かが食べさせた」

「その誰かっていうのが桃花？」

「スイートポテトは明美さん、桃花さんの夕食の献立にあったとのことですから、どちらかとなりますが、先日の議論からするとおそらく桃花さんではないかと」

「TTXは無色透明。においもないし、微量で効く。スイートポテトに仕込み、あの敏江に渡したら間違いなく喜んで口にしちまっただろうな」

熊谷が納得顔で口にしたが、追加の質問を投げかけたのは中村。

「桃花さん自身、糖尿病で甘い物を控えていた記憶がありますが、その点は？」

「糖尿病などの患者さんには管理栄養士さんが全体の栄養バランスを考えて準備した特別な祝日菜を出してます。ですからご指摘のような心配はありません」

「敏江さんにも同様に、特別に準備した祝日菜を出せばよかったんじゃありませんか？」

「もちろん検討はしました。けれども敏江さんは拘置所から分院へ移ってまだ日も浅く、施設の食事にも慣れていません。加えてこちらも敏江さんのことをよく知りません。それもあって、はじめから祝日菜を当たり前のように出すことはやめにしました」

全員が、納得したとうなずいてくれた。

「半歩前進だな」

院長が時刻を確認すると続けた。

「亡くなった当日、坂上敏江の部屋に提供されていないスイートポテトの痕跡（こんせき）があった。つまりこれは敏江がスイートポテトを食べ、その一部をゴミ箱に捨てようとした痕跡とみて間違いない。解剖していれば未消化のサツマイモを発見できたかもしれないが」

すでに遺体は遺骨となり骨部屋に納められている。残念だが調べようがない。

「それでは今日はこれまで。来週は出張で不在なので、次回は年明け四日……木曜」

一時、安堵の空気が広がった。

町に流れるのはクリスマス・ソング。今年も残すところ十日。

分院へ続くプラタナスの並木道は雪で覆われていた。一昨日の深夜から丸二日続く雪で、通りの脇には壁ができている。普段より十五分早く出てようやく定時にたどりつく始末。汗をかきつつ何とか登院したが、分院には言葉にできぬ不穏な空気が漂っていた。聞き取りという名の事情聴取。前代未聞のできごとの余波は年内いっぱいひきずり、消えそうになかった。

師走の慌ただしい中、それでも何とか午前の外来、午後の回診を由衣は終えた。

芙美が話しかけてきたのは、診察室へ戻りようやく腰を落ち着かせた時だった。

「クリスマス・イブはどちらで？」

「実家で母と二人で。芙美さんは？」

「うちも娘と二人で。すき焼きとケーキが定番なんです」

今年の業務は今週で終了。日曜には東京へ戻る。

「今年もあっという間でしたね。でも、年末にこんなことが起きるなんて」

事情聴取を受けるなど、誰一人考えもしなかったはずだ。

カルテの整理を終えた由衣は来週三十日、暮れも押し迫った晦日(みそか)に出所する患者の引き継ぎ書類に手を付けた。帰省前には完成させる必要がある。無茶苦茶な出所日で変更してほしいのは山々だが、裁判所が決めた日付なのでどうにもならない。それでも今晩は当直。帰宅は不要だから、眠くなったら仮眠室で横になればいい。それだけが救いだった。

出所予定者は六十代前半の庄司巧。仲間とともに組織的詐欺(さぎ)をはたらき、合計百億円を優に超える被害を一千人以上に与えた。ところが今では重度の認知症で下の世話すらできず、自分の犯した罪はもちろん何一つ覚えていない。脳腫瘍を患い獄死する可能性すらあったが、幸か不幸か生きて出所となりそうだった。

午後七時。脇目も振らず取り組んだので書類は何とか仕上げることができた。

明後日の金曜は中村と二人、忘年会をすることになった。すでにイタリアンの店も予約済み。本当ならワインを傾けながら美味しい食事を楽しみ、少しは色っぽい話もしてみたいが期待薄。前回の轍を踏むくらいならいっそ積極的、いやむしろ徹底的に議論してみよう。いつしかそう考え直していた。そのためには準備がいる。

毒物の受け渡し方法。これはおいそれと解けそうにない。そこで別に気になっている「どうして桃花はあのような告白をしたのか？」を調べることにした。いったいなぜ自らを陥れ危機に晒すようなことを桃花は平気で喋ったのか？

手に取ったのは桃花の身分帳と調書。それから約三時間、気合を入れて目をとおしたが、読めば読むほど「桃花と明美は似ている」点を確認するばかり。夫婦・家族関係。罪状。懲役。病状。最近の環境。名前を入れ替えても遜色ないほどで疑問への回答は見つけられなかった。

桃花に特徴的なこと。あのような行動につながる何か。由衣は視点を変えてみることにした。

何杯目かの茶を飲み干してからだった。保管された調書類をあきらめ、代わって「相沢桃花」や事件に関連するキーワードをパソコンで何通りも検索した。事件が起きたあとではなく、それ以前の記録。逮捕前。結婚前。仕事をしていた頃。学生時代。ずっと幼い頃。

殺人事件を起こしたことで、桃花の個人情報は根掘り葉掘りほじくり返され、無残に晒されていた。そのほとんどは「家族二人を殺した鬼嫁」が中心だったが、「ＤＶ夫に狂わされたお嬢様人生」という切り口もあった。特に裁判がはじまり、桃花が長年にわたりＤＶ夫に苦しめられ、障害児の世話に疲れ切っていたことなど二人を殺害した理由が露わになると、後者の視点が増え「かわいそうな人」という論調へ変わっていた。

それは小さな記事だった。掲載されていたのは演劇などの感想をつづるサイト。そこでは「一条瑤子」という名の女優が好意的に論評されていた。はじめ、記事を読んだだけではどうしてこれが桃花とつながるのかわからなかった。三十年以上も前、新宿の小さな劇団が公演した舞台。演目はもちろん登場人物など、どれもなじみがなかった。ところが読み進むと、一条瑤子とは、桃花が若い頃情熱を燃やした舞台女優としての芸名とわかり、「仕事のかたわら劇団に所属していた」という調書の記述を思い出した。

「……役者志望だったんだ」

一条瑤子。知らない名前だった。だが、あらためてこの芸名で検索すると、古い情報だったが複数のサイトがヒットした。そこでは誰もが好意的な評価をしていた。脳裏によみがえったのは二週間ほど前、医官相手に一大絵巻を繰り広げた桃花の姿。あの時桃花は舞台中央でスポットライトを浴び、満座の注目を集める女優を思わせた。視線を全身に受け、恍惚とした表情を浮かべていた。たしかに自分は目を奪われた。あれはまさしく桃花劇場に違いなかった。

精神科医の中村は、断定はできないと前置きしつつ桃花の中に演技性人格障害の傾向を見出した。その話を聞いた時、それは生まれながらに持つ気質のようなものだと理解したが、桃花は本気で演技の道を究めたいと願っていた。女優としての成功を夢見ていた。もちろん残されていたのはわずかな痕跡で、それだけで桃花の希望や夢を正しく理解したと考えるのは傲慢に思えたが、大きくは間違っていないと感じた。

中村との議論はこれだ。手掛かりをつかんだ由衣は久しぶりに気持ちよく横になった。


年内最後の回診は滞りなく終わった。

二階の部屋を出て階段を下りてくると、トンネル廊下を抜けてきた院長と出会った。外出するのかコートを手にしている。

「ちょっといいかな」

桃花の件で報告できることはない。だが問われたのは別のことだった。

「十一月の終わりに議論した緩和ケアの患者、あれから何かあったかね?」

「早川桜子さんですね。あのあとじっくり説明して緩和を受け入れてもらいました。熊谷さんと様子を見ながら進めています」

「その後、ご家族から連絡は?」

「私には何も」

娘の夏海が来院したのはちょうど一ヵ月前。その夏海から一方的に絶縁を告げられた桜子は化学療法を拒否し続けている。

「容体は?」

「体重はかなり減りましたが、痛みが抑えられているので本人は快調だといっています」

もちろん回復はしていない。最期の時へ刻々と向かっている。

「すみません。こちらからご報告にうかがうべきところ」

「ちょっと気になってね。ありがとう。よくわかった」

それだけをいい残すと足早に玄関へ向かう。由衣が考える以上に、個々の患者のことが気になっているようだ。

診察室へ戻ると、時計を見ながら掃除に取り掛かった。机回りにたまる埃を払い、山になっていた書類を整理して雑巾がけをする。するとそれだけで、新年を迎える気持ちが整った。

「今年もいろいろお世話になりました。元旦の午後には登院しますが、年内は今日が最後なのでお先に失礼します」

執務室に残る面々に挨拶すると、由衣は一人町へ繰り出した。

冬至の函館。陽の入りは午後四時すぎ。すでに六時を回ったので周囲は真っ暗。けれどもクリスマスを前に、通りは明るく照らされ行き交う人も多い。すれ違った子どもはプレゼントと思しき大きな箱を抱え、大学生らしきカップルは手をつなぎ肩を寄せ合っていた。

五稜郭公園前で市電を降りると予約したイタリアンの店を目指した。件の店は京都が本店。東京、仙台に次ぐ三軒目の支店として去年、函館店が開業した。詩織との食べ歩きで毎回候補に上がるものの予約できず、無理を承知で電話をしたら、ちょうどキャンセルが出たところですとあっさり伝えられ、予約できた。

停留所から五稜郭を目指して直進。根雪はない。少し進むと五稜郭タワーが姿を現した。通りに面した昔ながらの八百屋には、柚子と南瓜が店頭に並べられている。柚子を一つ買い求めると、すぐ先を左に折れた。緑・白・赤の国旗と鉢に植えられた見事なオリーブの木に迎えられる。赤茶けた壁にある緑色のドアを押し開けると、肉を焼く香ばしい暖気に包まれた。天井からは古風な照明が吊り下げられ、壁にはコルク栓で描かれた絵が飾られている。

「お待たせしました」

中村は一足先にきていた。身に着けているのはトナカイ柄のカウチン・セーター。コートを預けて腰を下ろすと、さっそく食事を頼んだ。

「暖かそうですね。カナダですか?」

「五年ほど前、両親が旅行した時の土産です。いい年をして親に買ってもらうなんて。当時はそう思いましたが、今ではそれが親孝行と考えるようになりました」

「ご両親はまだお仕事を?」

「チョコレートや菓子の材料を扱う専門商社を経営してます。といっても従業員十名ほどの零細企業です。妹が継ぐかもしれませんが」

両親はもちろん、妹にも会ってみたくなった。

「ここの食事。おまかせのコースだけなんです。ワインも詳しくないので、あわせて出していただくようお願いしました」

「そうでしたか。どんな料理が出てくるか楽しみですね」

さっそく白ワインで乾杯すると料理に舌鼓を打った。前菜はセロリとタコのサラダにスピアナータ。定番のカプレーゼと続く。サーモンのカルパッチョはボリュームもあり、見た目だけでなくおなかも満たしてくれる。

「……実は、桃花さんのことを調べてみたんです。自分の首を絞めるようなことを、どうしてあのタイミングで口にしたのか。それが気になって」

ひとしきりワインと食事を楽しんでからだった。由衣は雰囲気を壊さぬよう、準備してきた話をそろりと口にしてみた。

「その気持ち、よくわかります。自分も個人的には毒の受け渡し方法よりも数段、桃花さんの行動心理に興味があります。それで何か、新しい発見はありましたか?」

目の縁をほんのり赤くした中村がチーズに手を伸ばした。

「……院長以下を集め、カップを見せながら皆に意見を迫ったあの場面。怒鳴られてしまいましたけど私、自分がまるで役者になったように感じて」

「役者?」

「役を与えられた者です。あとでゆっくり流れを思い返してみたんですけど、あれは桃花劇場だったと。彼女、一条瑤子という芸名で女優を目指してたんです。しかもまったくの夢ではなく、つかみ取れるだけの才能を持っていた。けれどもどこかで足を踏み外してしまった」

「桃花劇場ですか。おもしろい発想ですね。たしかに自分も似たような感想を持ちました。いいように踊らされていると」

「桃花さんの置かれた境遇。それはやはり特殊なものです。身近にいるのでわかった気になっていましたが私、何も理解してなかった。

殺人の罪で逮捕され、刑務所に入れられてしまう。そんな状況を自分の身において考えると恐ろしくなります。何としてでも避けたい、絶対に回避する。自分ならそう考えて行動します。それを思えば、都合の悪いことがあったら全力で隠し、息を殺して時間が経つのを待ちます。人々の記憶が薄れ、忘れ去られることを望みます。でも桃花さんは違った。桃花さんにこうした考えを当てはめること自体意味がない。そう気づいたんです」

中村は無言のまま、空になった由衣のグラスにワインを注いだ。その目はどこか遠くを見て、誰も寄せ付けず一人思案しているように見えた。

「桃花さんが今度の事件で逮捕されて裁判になり、懲役刑を下されたとして何か困ることがあるでしょうか？　失うものがあるでしょうか？　ないんです。それどころか裁判は気晴らしになり、忘れ去られた自分をあらためて世にアピールできる場になるかもしれません。恐れるものはないのですから。外の空気を吸いに行くくらいの軽い気持ちになるでしょう。

そもそも出所しても待っている家族はいません。しかもその時、右目も失明していたら完全に盲目の世界にいるわけですから気持ちもきっと落ち込んでいるでしょう。生活も楽なはずはありません。いえ、恐ろしく大変なはずです。それを思えば食事はもちろん医療の心配もない分院での生活はありがたく、それを維持するために行動したとしても不思議はありません」

話を切った由衣はワインを口に含んだ。香しい液体がゆっくりと食道を流れ、胃の腑に落ちていく。中村は視線を落としたままじっと考え込んでいた。そこへ大皿に盛られたラムチョップが運ばれてくる。

「さびしい身の上ですね」

小さく肩をすくめると中村はぎこちない笑みを浮かべた。

さびしい身の上と評された桃花を思うと胸が痛んだ。家族二人を殺害した事実は変わらないが被害者という側面もある。それは明美も同じ。犯罪者ではあるが、家族のために身を捧げた犠牲者ともいえる。

「今の説明よくわかりました。七十歳を前にしての満期出所。九十歳まで生きるかもしれませんが目は見えません。そんな桃花さんにとっては晴れ舞台なのかもしれませんね。全身に視線を浴び、主役となって思いのまま誰の指図も受けずにふるまう、もしかしたら最後の舞台。ちなみにこの考えが正しいとして、どうして桃花さんはあのタイミングで騒ぎ立て暴露したんでしょう?」

「里奈さんへの配慮だと思います。桃花劇場を展開することで、自分の身が危うくなるのは自業自得。そう考えたはずですが、里奈さんに悪影響が及ぶのは避けたい。そう考えたのではないでしょうか。里奈さんに会ったことはないはずですが、明美さんからは聞かされていたはずです。十年も刑務所にいれば、そこそこ運営にも詳しくなります。ですから明美さんの遺体が里奈さんの下へ戻り、残された手紙なども宅下げされ、証拠となる品が分院から一掃されるタイミングまでを考え、三週間がすぎようとする頃から徐々に騒ぎを大きくした」

「なるほど。実は桃花さん、最近『死にたい』を口にしないんです。しかもカウンセリングの際、これまでになく生き生きとして。つまり今は死ぬ必要がない。きっとそう考えているのでしょうね。充実感にあふれていると」

中村の声も明るくなっていた。それまでとは打って変わった穏やかな表情を浮かべるとラムチョップに豪快にナイフを入れる。

「……桃花劇場、年明け早々関係者にも話しましょう。あの場にいた院長や熊谷さんが似た感想を持っていたら間違いありません。桃花さんが口外した理由も見えてきます」

この言葉は何よりも力になった。また、中村と議論している時間が楽しいと思える自分がうれしかった。

「実はもう一つ気になっていることがあります。毒の受け渡しをした明美さんと桃花さん。この二人の関係です。歳は三つ違いでしたが、妹にあたる明美さんは桃花さんをいったいどんな目で見ていたのでしょう?」

赤ワインを一口味わうと由衣はあらたな質問を投げかけた。

「明美さんには里奈さんがいます。里奈さんは母親思いで、手紙だけでなく面会にも頻繁に訪れていました。それを思えば、自分のほうが恵まれていると明美さんは感じていたはずです。対して桃花さんはおそらく明美さんを羨んだ。もしそうなら、明美さんは同情に似た気持ちを抱いたかもしれません。似た境遇にある者として、少しでも何か役に立ちたいと」

「むずかしいですね、その心理を分析するのは」

「たしかに。同情とは多くの場合、余裕のある者が向ける、いわゆる上から目線になりやすいものです。ですから少しでも間違えると嫌みになってしまいます。明美さんは手紙だけでなく、お金や日用品も頻繁に里奈さんから差し入れを受けていました。これは大きな違いです。お金で解決できることは数多くありますから。新しい下着を身に着けられるだけでも違います」

地獄の沙汰(さた)も金次第。どこへ行こうが金は大きな力を持つ。

「物質的精神的に優位に立つ明美さんが、桃花さんを支配、いえ利用した?」

首をひねる由衣に、中村はナイフとフォークを置くと答えた。

「そこまでは。でも同じ方向を見ていたことは間違いないと思います」

「二人の間に、強い絆のようなものが生まれていたと以前おっしゃっていた点ですね」

「そのとおりです」

「私……聞いたことがあるんです。亡くなった敏江さんがタバコを吸いたいといった時、向かいの部屋の明美さんが呆れた調子で『それは違うでしょ。これから母親になるんだから、子どものことを少しは考えなさいよ』と大きな声で注意したのを」

「そんなことがあったんですか。桃花さんもまったく同じでした。お話ししたかもしれませんが桃花さん、敏江さんをとても嫌っていて。実の子を犬畜生みたいに産み棄てるとは何事か。人間の風上にも置けないって、えらい剣幕で」

「聞けば聞くほどあの二人、似てるんですね。すると桃花さんは明美さんの意を汲んで？」

「意を汲むというと主体性を欠いた感じがしますが、喜んでくれるだろう程度は思ったかもしれません。何よりも娘を大切に思う二人から見れば、自分の子どもにまったく関心を示さない敏江さんは存在価値のない人間に見えたかもしれません」

「……存在価値のない」

「極端できつい表現ですが二人とも自己中心的というか、自分は正しいという思い込みが激しいほうですからね。敏江さんが境界知能だったこともおそらく知らなかったはずです。当の敏江さんの精神年齢は十一、二歳。それを考えればどのようなことであれ、面と向かっていわれても真意を汲み取ることはむずかしかったはずです」

「つまり双方、交わることのないまったく別の世界に生きていた。明美さんも桃花さんも、敏江さんのことを正しく理解することはできなかった」

「そういうことです。話はそれますが、これは現状の問題点が露呈（ろてい）したものと考えることもできます。刑務所など矯正施設に収容されている者の多くは敏江さんと同じ、つまり社会規範などを正しく理解できない、物事の善し悪しを判断できないため罪を犯してしまった人たちです。善悪の判断が定かでない者に社会のルールを説明して従うよう求めても意味はありません。結果は明らかです。自覚がないのですから反省もなく、それ以前に反省の意味すら多くは理解できません。こうした現状を考えれば、矯正施設に収容することは間違いで、むしろ福祉の手を差し伸べるべき存在なんです」

中村が小さく肩をすくめた。

「すみません。話が飛んでしまいました。明美さん、桃花さんの関係について話を戻すと、今回の事件は二人がいたからこそ成立した。自分はそう考えています。よくいわれることですが、殺人を犯した者は、次の殺人に対して敷居が低くなります。ここにさらに、自分が慕う者に喜んでもらえるという心理が重なったら……強く背中を押されたと感じたかもしれません」

由衣の頭に、敏江をなじる声がこだましました。

「来年はどんな年になるでしょう」

重い課題を背負わされてしまった。そう感じた由衣は、気持ちとともに話題を切り替えた。

「のんびりってわけにはいかないでしょうね。でも熊谷さんとの釣りは増やそうと考えてます」

「どうしてですか?」

「一緒に糸を垂れてわかったんです。自分にもボーッとする、何も考えない時間が必要だって」

中村と一緒なら楽しいかもしれない。由衣はエスプレッソに砂糖を入れた。

23

「明けましておめでとうございます」

市電を降り、幸坂に向かって歩き出したところだった。焦げ茶色のダッフルコートに身を包んだ美帆が小走りに駆け寄ってくる。

「おめでとう。美帆ちゃん。でも、駆けないで！」

「だいじょうぶ。私、先生と違って慣れてるから」

立ち止まると、背中の小さなリュックからカラフルな袋を取り出す。

「クリスマスプレゼント。去年、渡せなかったから」

「ありがとう。何？」

「手袋。マフラーにしようと思ったけど、彼氏からもらうと思って」

理由は不明だが、由衣にはイケメンの彼氏がいると、美帆は固く信じているようだった。

「私からも。東京のお土産よ。お母さんと一緒に食べて」

「ありがとうございます。これ、うちのお母さんの大好物」

美帆が浮かべたのは、くったくのない笑顔だった。

「晴れてよかったわね」

二人して坂道を上る。元旦の初詣。空には雲一つない。

「お参りの人、思ったより多くないわね」

前後して坂を上ってくるのは若者ではなく高齢者。

「寒いもん。普段なら私だってこない。でも今年は特別」

「家族できたことは？」

「小学生の頃が最後。中学生になってからはないかな」

ここで足を止め、二人して振り返る。

「見て、先生！　すごい」

「爽快ね」

それはまるで、海まで続く巨大な滑り台を上から眺めているようだった。細い坂が一直線に下り、その先に青い港が両手を広げるようにして待ち構えている。坂の両側には、枝を伸ばし雪化粧した大きなポプラやケヤキが並び、赤白の提灯が頂上の鳥居まで一列に飾り付けられている。

「一気に海まで滑りおりたい！」

「きっと気持ちいいでしょうね」

「でも、滑るのはやっぱりダメだよね」

笑いながら頂上を目指した。空気は冷えているが照りつけはじめる陽が眩しいほどに反射する。目が痛くなるほどだった。急勾配の坂を上り鳥居をくぐると注連縄で飾られた本殿が迎えてくれた。何ものにも動じない、どっしりとした姿。それだけで気持ちは落ち着く。

参拝を前に手水で手を清め口をすすぐ。列の後ろについて順番待ち。巡ってくると二人並んで進み出た。賽銭を投げ入れ、二拝二拍手一拝。心からの祈りを捧げると、身体が洗われ精神が清められたと実感した。

　お守りを買って下山。逃げ込んだのは坂の下にあるコーヒーショップ。

「今日はこれからどうするの？」

カップルで大賑わいの店。並んで腰かけマグカップを手にすると温もりが伝わってくる。

「お母さんとお雑煮を食べたら一時間くらい昼寝。それから英語」

「順調？」

「まあまあ。でもね、最近楽しいの、英語。わかってきたからかな？」

「そうね。楽しいのが一番」

「教えてもらった仮定法。年末に」

　言葉が途切れた。美帆の視線が一点で止まる。

「どうしたの？」

「似てる。あの娘。小春ちゃんに」

　見つめる先に立っていたのは襟の大きな紺のピーコートに身を包む女性。身体つきは華奢だが小顔で背が低く、意志の強そうな目をしている。

「年末に小春ちゃんの噂を聞いたの。逮捕されちゃった時のこと」

　由衣は慌てた。小春の話はこの時期、最も避けたい。

「……小春ちゃん。ＬＳＤ持ってるの見つかっちゃったの。警察の人が突然家に押し入ってきて。弟はまだ小学生だから訳がわからなくて泣き出して、慌てて隠そうとしたけどうまくいかなかったみたいなの。バレて捕まったって」

「帰りましょう」

腰を上げ促した。小春を、美帆の頭から何としても追い出したい。だが美帆は、視線を離さず何かに憑りつかれたように続ける。

「でも驚いたのはＬＳＤのこと。だって水に溶かして」

「お願いだから、美帆ちゃん」

気が気ではない。もうそんな話はやめて。そう考え、強引にやめさせようとしたまさにその時だった。由衣の全身が硬直した。

「……ペーパー・アシッドって。その話、お願いだから詳しく教えて」

耳を疑った。意表を突かれた由衣は逆に美帆に先を促していた。

「逮捕された時、隠し持っていたのがＬＳＤを紙に染み込ませたペーパー・アシッドって呼ばれる物だったらしいの。密輸を簡単にするため考え出されたものだって」

「この話、誰から教わったの？」

「誰って、小春ちゃんと同じ中学の同級生。話を聞いてネットで調べたら、切手くらいの大きさで十二時間くらいトリップできるって書いてあった。でも私、調べただけで自分では絶対してない。だって小春ちゃん、これで逮捕されたんだから」

「信じてるから。ぜったいに手を出しちゃダメよ」

強く念を押し、お年玉を渡して別れたが、歩きながらも別のことを考えていた。

ＴＴＸの分院への持ち込み。美帆のこの話を聞いて閃いた。むずかしくはなかった。上手に精製すればＴＴＸは無色透明。レモンを加えた酸性水には溶けるから、その溶液を便箋に染み込ませ乾燥させれば十分。見た目で判別するのは不可能。染みになっても、猛毒と知らなければ書信係も見逃してしまうだろう。実際、里奈からの手紙を確認した中村は、便箋二枚が行方不明と話していた。まさにその二枚に、ＴＴＸが仕込まれていたに違いなかった。

入手方法は解明された。

「早速だが年末からの続きだ」

新年四日。院長の言葉で情報交換会がはじまった。病院なので年末年始もあってないようなもの。当直を含め、職員が交代または非常勤職員を雇って対応している。正月らしい話題といえば受刑者にも配られたお節くらいのものだ。

参集したのはいつもの医療部長室。窓からの風景も去年と変わらない。違いがあるとすれば軒に垂れ下がる氷柱が驚くほど大きくなったこと。

「……相沢桃花がスイートポテトにＴＴＸを混入させ、何らかの方法で坂上敏江に食べさせた可能性が高い。ただし遺体はすでに火葬されているので証拠はない。ＴＴＸに関しては井上明美の娘である里奈が、クサフグから取り出した可能性が高い。明美は自殺するため、何らかの方法でＴＴＸを入手したと考えられる。これが年末までにわかったことだ」

院長の説明に医療部の三人、および二人の刑務官がうなずく。

「冬休みをはさんでの再開だが、報告すべきことがあれば発表してくれ」

「それではじめに自分から」

立ち上がったのは刑務官の一人。角刈りで、がっしりとした体軀をしている。

報告は、小樽にある里奈の自宅アパートを家宅捜索した件。年末、令状を手に、道警とともに急襲。アパートの一室をくまなく捜索したが、証拠となる品は一切押収されなかったという。また任意の事情聴取でも有力な情報は得られなかったという。

「……結果、引き続き捜索は続けるものの、残された井上明美の血液から検出された毒物以外証拠はなく、自殺幇助(ほうじょ)で逮捕しても証拠不十分で不起訴になる可能性が高く事件化はむずかしい。これが検察の見解でした」

刑務官は額に皺を寄せると着席した。

「報告ありがとう。つまり現状では逮捕もむずかしいということだね」

「残念ながら」

刑務官は険しい表情を浮かべた。

「他に何か？」

「毒の持ち込み方法、およびスイートポテトを食べさせた動機。この二点について発表させてください」

待ちきれないとばかりに立ち上がったのは由衣だった。

「はじめに分院への毒の持ち込み方法です」

由衣は、美帆の話からヒントを得たＴＴＸを便箋に染み込ませる方法を説明した。

真っ先に質問したのは熊谷。

「お前が説明した持ち込み方法で間違いがないとして、それが正しいとどうやって証明する？

里奈本人が口を割る以外、客観的な証拠は何かあるのか?」

「証明は無理ですから、行方不明の便箋二枚を見つけるしかありません」

「あるとしたらどこにある?」

「敏江さん、明美さんの二人は亡くなり私物は残っていません。持っているとしたら桃花さんです。けれども便箋の形のまま持っているとは限りません。必要な部分だけ、つまり切手くらいの小さな紙片にして隠し持っているかもしれませんし、そもそも敏江さんに使ったあとトイレに流してしまったかもしれません」

「見つけるのは簡単じゃないな」

「さらにいえば、周囲の受刑者に預かってもらうという隠蔽方法も考えられます。小さな紙片だった場合、受け渡しは容易です。こうなると見つけ出すのはほぼ不可能です」

ノートにメモをしていた熊谷はため息をつくと、視線を天井に向けてしまった。

「もう一つ。スイートポテトの件は?」

院長が先を続けるよう促す。

「こちらは桃花さんが、自分たち医官を巻き込みあのようなふるまいをした理由から解き明かしました。実は桃花さん、一条瑤子という芸名で……」

イタリアンの店での忘年会。中村と議論して浮かび上がった桃花の境遇、動機などを語った。

「……桃花劇場。踏み込んだ視点だね」

メモを取っていた院長が手帳を閉じた。

「熊谷君。どうだ?」

「二人の類似性、坂上敏江に対する嫌悪という点は理解できました。考え方としては正しいと感じました」

熊谷がノートを閉じる。

「動機はひとまず置くとして、スイートポテトの受け渡し方法はどうなんだ。こちらも仮説だけかね？」

院長からの再度の問い。

「今のところは」

「つまり完全犯罪ってことか？」

熊谷は露骨に嫌そうな顔をした。

「スイートポテトの受け渡し方法は証明、いえ解明できるかもしれません。そもそもスイートポテトを使ったことがわかれば方法は絞られます」

助け船を出したのは中村だった。

「スイートポテトは夕食で出されましたから時刻にして午後五時頃。敏江さんが口にしたと思われる時刻は翌日の午後十一時頃。この間、約三十時間。二人が物理的に接触できたのは自由運動時間の三十分が一回だけ。ですが複数の刑務官が目を光らせる中、話はできてもここでの受け渡しは無理だったと思います。つまりこの可能性を排除すれば、二人がともに部屋にいた時に受け渡しをしたことになり、その方法も絞られます。一つは当人同士の受け渡し。もう一つは当人同士以外、つまり所内の人間が手引きした形。仲間を信じ、後者を排除すれば前者しかありません。前者であれば、二人がともに配膳(はいぜん)用の小窓から腕を出し、いっぱいに伸ばして受け渡しをした。桃花さんが506、敏江さんが507。二人の部屋は隣同士ですから」

「配膳用の小窓は鍵がかかり内側からは開けられません。ですから腕は出せません」

口をはさんだのは刑務官の一人。

「東京のセンターのように、小窓が分厚いアクリル製なら隙間(すきま)はまったくないので、ご指摘のように不可能です。でも分院の小窓は昔ながらの鉄格子。腕を出すことはできます」

「それでも距離があります。測ったことはありませんが二メートル、いえ短くても一・五メートルはあります。二人がお互い肩まで出せても、受け渡しするにはまだ足りません」

「であれば何らかの道具を使ったんでしょう」

至極もっともな回答だった。

「道具?」

熊谷が怪訝(けげん)そうに眉を顰めた。

「部屋にある物に限られますから、考えられるのは布などを割いて作った紐(ひも)です。この紐の一端に紙などに包んだスイートポテトを落ちないように結び、もう一方の端を手でつかんで小窓から出し、振り子のようにぶらぶら振ればいいんです。隣の小窓からも受け手がいっぱいに腕を伸ばせば、おそらく受け取りは可能なはずです」

あまりに簡単な方法で言葉もない。誰もが同じ感想を持ったようだった。

「……たしかに可能かもしれない。だが、その方法を使った証拠はない」

「なければ聞いてみればいいんです」

「誰に?」

「もちろん桃花さんに」

「本人に？　何、わけのわかんないことといってんだ。抜け目ない女だぞ。話すはずないだろ」

「そうでしょうか？　自分は話すと信じています。もちろん話の持っていき方次第ですが」

「なぜだ？」

「考えてもみてください。それこそ金子さんが説明した桃花劇場、晴れ舞台じゃないですか。生きがいなんです。失う物のない桃花さんであれば、話さないはずありません」

虚を突かれたのか熊谷は黙り込んでしまった。

「やってみる価値はありそうだな」

院長が手帳を開き、言葉を発したのはしばらくの思案のあとだった。

「準備は現場で整えます。許可していただけないでしょうか？」

「いいだろう」

「ありがとうございます。それでは至急準備に入ります。ですが一つ、許可をいただいたところで恐縮ですが、大切な点を確認しておく必要があります」

「何だね？」

「危険が伴うということです。ご説明したように、桃花劇場は桃花さんにとっての生きがいでもあります。その舞台を用意するということは……」

耳を傾けていた由衣は中村の洞察力に舌を巻いた。自分だったらここまでは考えられない。

「……支えとなる充実感がなくなる。そういうことかね？」

「その可能性は否定できません。ですからこちらも、相応の準備をしておく必要があります」

引き続き中村が、想定される事態と、その対処案を説明する。

「よくわかった。たしかに危険を伴うようだ。よって許可は一時保留、ここで即断はしない。検察と法務省に報告して対応を協議、方針を決める。だが準備は進めてくれ」

院長の指示に全員が腰を上げる。

「金子君。ちょっと」

退出しようとしたところだった。院長がうなずきかける。

「先ほど連絡があったんだが、織田さん、亡くなられたそうだ」

「いつ？」

「年末の二十日に。モルヒネを使っていたようだが、最期は穏やかな表情だったと」

桜どころか正月だって迎えられないだろう。ホスピスでの言葉が思い出された。

「……ユニークな方でした」

「なかなかもう、あんな人は出てこないだろうね」

刑務所で生を受けた。それがどれだけの重荷となり、織田の人生に圧しかかっていたのかは本人でなければわからない。母親の汚名を雪ぐことができたのかもわからないが、母親に囚われ続けたことは不幸ではなく、幸せだったように感じられた。

「葬儀は？」

「すべてすませたそうだ。墓は建てず散骨したらしい」

誰もが死ぬ。自分も去年、何人か見送った。

24

「桃花劇場、許可されると考えていたんですか？」

いつもの医療部長室で、由衣は桃花を待つ中村に話しかけた。

「八：二で何とかなると。リスクはありますが、大掛かりな準備をする必要もなく話をするだけです。検察や法務省にとって、収容者の自殺や殺人は大問題です。証言のみで、証拠は得られなかったとしても、今後のことを考えれば物の受け渡し方法を知るだけでも意味があるはずです」

時計に目を落とす。午後四時。

検察と法務省からの許可は週明け早々、思いの外簡単に下りた。それを受け院長が今日の実施を指示した。一次対応は中村と由衣。だが桃花が多くの観衆を求める可能性も考慮し、院長以下数名が呼び出しに応じられるよう待機していた。

「はじまりますね」

足音が近づいてくる。由衣は背筋を伸ばした。

「なんや、若僧二人か」

女性刑務官二人に左右から支えられ、よぼよぼ歩きで入ってきた桃花は上機嫌だった。

「若僧ですみません」

中村がにこやかに応対する。

「いったい何の用や？　正月早々、こんなところへ連れ出して」

「七草もすぎました。自分たちは通常業務です」

「院長はおらんのか？」

由衣を無視し中村に話しかける。女性刑務官二人は、桃花をソファに座らせると、そのまま後ろへ移動した。

「忙しい立場の方ですから。でも、必要なら駆けつけるかもしれません」

何ごとかと、桃花は考える素振りを見せる。

「一緒に食べませんか？」

「何？」

「スイートポテトです」

「どういうことや？」

「捜査に協力いただいたお礼です」

「礼？」

「忘れちゃいました？　前回おっしゃったじゃないですか。甘いもんの一つくらいほしいって」

由衣は準備していたスイートポテトを桃花の前に置いた。

普段とはまったく違う扱いに考えあぐね、桃花は周囲の者をゆっくり見回す。

「失礼しました。お茶が必要でしたね」

桃花を正面から見つめながら中村がうなずく。由衣は次いで、スイートポテトの隣に静かに茶を置いた。

「心配いりません。毒なんて入ってませんから」

いうが早いか手を伸ばすとスイートポテトをつかみ、そのまま頰張る。

「上品な味で、とってもおいしいです。実はこのスイートポテト、ご存じないと思いますが函館駅前にある人気洋菓子店の商品なんです。普段、皆さんが口にする甘シャリとは違います。あれは病人向けに分院で作る物ですから」

ぺろりと平らげると茶に手を伸ばす。

桃花はといえば無言のまま、一部始終を疑心暗鬼な目で見つめるだけ。手は伸ばさない。

「おいしいですよ」

中村が二つ目を手にする。

「なるほど。どうもすみません。気が付きませんでした」

中村がうなずきかけると、控えていた女性刑務官が桃花の手錠を外した。

「何のまねや?」

不審の光が桃花の目に宿る。

「せっかくのスイートポテトですからね。気持ちよく召し上がっていただきたくて」

二つ目を食べ終えると中村は再び茶をすすった。

「早いもので坂上敏江さんが殺されてから三ヵ月になります。驚くほど早い。あっという間です。次いで井上明美さんが自殺されたのは敏江さんの死から二週間が経ってから。明美さんの遺体は司法解剖に回され、今はもう小樽のご遺族の下へ帰ってます。敏江さんは残念ながら引き取り手がなかったので、遺骨はこの分院でお預かりしてます。実はこの部屋の隣は倉庫なんですが、そのまた隣は遺骨を納める通称骨部屋なんです。つまりほんの壁二枚を隔てたところで敏江さんは、生まれたばかりのお子さんと一緒に眠っているわけです」

「子どもと？」

それまで黙っていた桃花がはじめて反応した。

「久美子ちゃんという名前でした」

「そりゃよかったやないか」

「よかった？」

「そやろ。どうせここでは子どもを育てるのは無理なんやから。死んだことで一緒になれた。そういうことやろ？」

吐き捨てると、その勢いでスイートポテトに手を伸ばした。

「敏江さんが亡くなった日、部屋からサツマイモの皮が見つかりました。スイートポテトのものです。敏江さん、スイートポテトは好きだったものの、皮が口に残ったのかもしれませんね」

一挙手一投足。桃花のすべてに目を向けていた由衣は、桃花がスイートポテトを食べ、茶を飲み干したのを見届けると、中村のあとを継いでゆっくりと話しはじめた。

「年末に、明美さんが何よりも大切にされていた娘の里奈さんと話をすることができました。里奈さん、母親の裁判で証言したんです。大きな声で。お母さんは……無罪です。人殺しなんかじゃありません！　お母さんが殺したのは人間じゃないから。だから人殺しじゃないって。

その里奈さんが複雑な思いを語ってくれました。毒を準備し、母親の明美さんに渡したのは頼まれたからだと。刑務所に長年閉じ込められてた明美さんが相談できる相手は最愛の娘、里奈さんしかいなかった。それを理解していた里奈さんは、出所までのこれからの五年間、光のない世界で生きなければならない明美さんに同情し、その願いを聞き入れた。

明美さんが桃花さん、あなたに毒を渡したのはおそらく、自分と似た境遇にあるあなたに同情したためと私たちは考えています。あなたと明美さんはとても似ています。子どもを思う気持ちは誰にも負けません。そんなあなた方にとって、自分の産んだ子どもに愛情を注がない敏江さんは絶対に許せない存在だった。そこで毒を受け取ったあなたは、明美さんの気持ちを汲み、毒を混ぜたスイートポテトを敏江さんに渡した」

里奈と会って話をすると、複雑な思いを語ってくれた。このくだりはもちろん、桃花を揺さぶり誘導するための出まかせだ。

桃花は由衣を黙って見つめるだけだった。

「スイートポテト、敏江さんには出されなかったんです。数日間、サツマイモを使った食事も。それなのに亡くなった日の早朝、敏江さんの部屋の床にはサツマイモの皮が落ちてました。前日、清掃したにもかかわらず。つまり夕食に祝日菜のスイートポテトを出された者のうち、自分では食べず、毒を仕込み敏江さんに渡した者がいたんです。敏江さんはそれを、皆が寝静まった深夜に食べた」

「おもしろい話や」

桃花が重い口を開いたのは、由衣の話が終わり、かなりの時間が経ってからだった。

「今のその話。誰が考えたか知らんが、それこそ妄想やな」

「妄想？」

「明美さんの気持ちを汲んでって、いったいどういう意味や？　あの人は同情して、毒を分けてくれたのかもしれん。でも同情より優越感が透けて見え、正直鼻についた。自分にはできた娘がいるが、あんたにはいない。そう思ってたみたいやからな。そんなんで、どうしてあの人の気持ちを汲む必要があるんや？　そんなん大きなお世話。どうだっていいことや。本当に毒が効くか、それを知りたくてあのデブで試した。それだけや。騒ぎになれば退屈も少しはまぎれる。別にあんたらに盛ってもよかったけど、あんたらは人の残した物は食わんやろ。でもあのデブはブタと一緒で、甘いもんなら何でも口にする」

「桃花さん。敏江さんに毒入りのスイートポテトを渡したことを認めるんですか？」

「認めるも何も、そう考えてるっていったのはあんたやろ」

「たしかにいいました。ですが、その方法については確証が持てません」

「一生懸命考えたんか？　あのブタがスイートポテトを食べたことがわかってるなら簡単やろ」

　ここまでいうと、目を細め茶を口にする。

「……しゃあないなあ」

　気だるそうな表情を浮かべた桃花は、ちらりと由衣を見てから視線を中村に向けた。

「教えたる。タオルを破って紐を作り、それにスイートポテトを括り付けて渡した」

　その後桃花が語った方法は、中村が披露した考えと大差ないものだった。

「ありがとうございます。正直に話していただいて。今日のこの話は、このあと検察に伝えられます。とはいえ逮捕・起訴・裁判という流れを取るかは自分たちにもわかりません。どちらであれ別途通知があるはずです」

「何だってかまへん。どうせ先は見えてる。好きにしたらええ」

桃花は鼻で笑うだけだった。

「実は一つ、この場でお伝えしたいことがあります。敏江さんのことです」

「まだ何かあるんか？」

緩慢な動きで桃花は大きな欠伸(あくび)をしてみせた。

「敏江さん。境界知能だったんです」

「きょうかい？　何やそれ？」

「簡単にいえば知的障害のようなもので、精神年齢は十二歳くらいでした。ですから母親としての自覚のようなものを敏江さんに求めるにはそもそも無理があったんです。もともと持ち合わせていなかったわけですから。残念ながら敏江さん自身、子どもを産むとか、産んだあとで育てるということを正しく理解できていなかったんです」

「だから何や？　あんなブタ、何の興味もあらへん」

食ってかかるかと思ったが、反応は薄かった。

「でもどうやって、敏江さんの妊娠とかタバコやアルコールのことを知ったんです？」

「全部明美さんが教えてくれた。明美さんは一類やったから、面会でも刑務官の立ち会いは免除されてた。だからいろんなことを娘に頼めた。明美さん、あの女のことも娘に調べさせ、私にも教えてくれた」

中村の問いにも平然と答える。この世には何一つ未練はなく、刹那(せつな)的に生きていることがよくわかる。生きて出所できても失明している可能性は高い。そんな状況においては更生など意味も価値もないといっているようだった。

「なかなかおいしいスイートポテトやった。次は大福やな」

刑務官に支えられ猫背で出ていく桃花。その背に張り付いているのは、祭りの高揚(こうよう)に代わる、どこか疲れた虚脱感だった。

「目は離せませんね」

由衣の言葉に中村がうなずく。

終わりを告げるチャイムが鳴った。

それまでの気忙(きぜわ)しく落ち着かぬ空気は一掃され、代わってぴんと筋の通った心地よい緊張感が分院を包むようになった。だが、騒動が起きたのはまさにそんな日の夜だった。

午後九時。就寝時刻を少しすぎた頃、非常ベルが分院に鳴り響いた。横になるには早い。執務室にいた由衣は、応援の非常勤職員と看護師とともに廊下へ飛び出した。

「506です」

廊下の電光掲示板に部屋番号が表示される。桃花だ。

「二人は処置室で、人工呼吸器と酸素吸入の準備をして。すぐにつれて行くから」

指示を出すと一人、由衣は五階へ駆け上がった。

桃花劇場を終えたら支えとなる充実感を失くし、生きる希望を見出せず自殺を企図する。これが中村の指摘したリスクだった。もともと自殺用に渡された毒と考えれば、敏江に使った以外に隠し持っている可能性は高い。とはいえ、差し出すよう命じても素直に応じるとは思えなかった。そこで私物はもちろんのこと、部屋の中も徹底的に調べあげたがどうしても見つけられない。しかしながら遠くない日に利用する可能性は捨てきれず、万全の態勢を整えていた。

「嘔吐してます」

待ち構える刑務官がすぐに扉を開ける。

「桃花さん。しっかりして。何か話して！」

「……あ……い……」

呼びかけるが薄目を開けるだけ。口を開け、喋ろうとするが言葉にならない。

運動麻痺がはじまっていた。このまま放置すれば知覚麻痺、言語障害が顕著になり呼吸困難へと移行する。応急処置は、消化が進む前に一刻も早く自ら毒を吐き出すこと。けれども桃花には望めない。

「処置室へ運んで。準備はできてるから」

ストレッチャーに移すと事前に確認した手順を反芻し、桃花をエレベーターに乗せた。

処置室では胃洗浄に続き下剤を投与。吐物を気管につめてしまわぬよう気を付けながら人工呼吸器を装着、酸素吸入を行う。呼吸管理を早めに行えば多くの場合救命は可能。血圧低下に対してはドーパミンを投与する。

死なせない。死なせるわけにはいかない。

「胃洗浄。下剤もお願い！」

桃花を運び込んだ由衣は闘いに臨んだ。

最悪の事態を想定した準備。それが功を奏し、ＴＴＸを使った桃花の自殺は未遂に終わった。

検察は、敏江殺害での桃花の立件、および自殺幇助での里奈の立件をともに見送ることにした。双方で証言は取れ、桃花が毒を持っていたことまでは立証できたがそれ以外に明確な物証は得られず、今後分院への毒の持ち込み経路と方法がわかったとしても起訴はむずかしいとの判断からだった。

しかしながら、法務省管轄の矯正施設で収容者が自殺および殺害された事実は重く、事実究明を目的に、法務省と最高検からなる合同の第三者委員会が設置された。もちろんそこでは、どこまでの事実を国民に公表すべきかもあわせて議論された。

25

「ちょっといいですか？」

むずかしい顔をして詩織がやってきたのは午後の回診が終わってからだった。暦の上の春が週末にはやってくる。屋根には今にも落ちそうな雪が巻き垂れていた。

「面会の方が」

「私に？」

「はい。井上里奈さん、去年亡くなられた井上明美さんの娘さんが」

「どうして私に？」

「わかりません。でも、母の主治医と話がしたいと」

「どういう内容？」

「おっしゃりません。他の方には話せない。遠慮してほしいと」

里奈には一度だけ、中村と一緒に会った。三ヵ月ほど前、十月下旬のことだ。会ったその日の深夜、母の明美は服毒。翌朝亡くなった。当の里奈が準備したはずの毒で。

「わかりました。話をします」

「それでは面会室へお願いします」

由衣は回診が遅れることを芙美に言付けると一人、足を向けた。だが歩きながらも、遠路はるばる分院を訪れた里奈の真意を測りかねていた。年末に家宅捜索と任意の事情聴取が行われたこと、証拠品は何一つ押収されなかったことは司法警察職員の刑務官から聞かされた。まさかとは思うが、検察が立件をあきらめたことを知っての行動となれば、不穏な話になるかもしれず浮かぬ顔になってしまった。

「ご無沙汰しています。母が長い間お世話になりました」

ノックして入ると目が合った途端、腰を上げ深々と頭を下げる。

里奈は前回同様、おしゃれとは無縁だった。顔は紅を差しただけ。髪も乱れている。

「……明美さんは残念なことをしました。力及ばず申し訳ありません」

どう答えるべきか迷ったが、向かい合って腰かけた由衣はありきたりの言葉を返した。

「お詫(わ)びなど必要ありません。母は自分の意志で、この私が送った毒を口にして亡くなりました。迷惑をおかけしたのは私たちのほうです。ですから本来なら、関係するすべての方々に謝罪しなければならないことは承知しています。けれども勝手ながら、そうしたことはいたしませんのでご容赦ください」

「里奈さん。あなたが送った毒を明美さんは飲んで自殺した。それは事実だったと、この場で告白されるわけですか?」

考えてもいなかった展開に由衣は衝撃を受けた。

「告白という言葉が適切かはわかりませんが、ご質問の件は事実だと認めます」

悪びれることなくいい切る。

「ご承知かと思いますが昨年末、小樽にある私の自宅アパートが家宅捜索を受けました。母に送った毒を、この私が準備したことを証明するための証拠探しです。でも何一つ証拠となる物は発見されませんでした。この私がすべて、永遠に見つからないように処分してしまいましたから。ちなみに毒はクサフグから精製したＴＴＸで、恐竜の絵を描いた便箋に染み込ませ、二回に分けて送りました。使い方は簡単で、毒を染み込ませた部分を切り取り、水と一緒にコップに入れれば自然に溶け出し毒液となります。効果が表れるまで数時間かかりますから、飲んでからゆっくり便箋を処分すればよく、トイレにでも流せば証拠は残りません。

それからもう一つご報告があります。母の葬儀を十一月に行いました。墓を建てるつもりはありませんので、遺骨は手元に置いてあります。私が死んだ時、私の骨と一緒に散骨してもらうよう遺言するつもりです」

里奈はここで静かに話を終えた。

由衣はどういった言葉を返すべきか、すぐには思いつかなかった。罵倒なのか、疑念なのか、同情なのか。それでも里奈を、目を逸らさず真正面から穴が開くほどに見つめていると自然と言葉が流れ出てきた。

「……何がご希望なんですか？」

「相沢桃花さんとの面会です」

「それが希望？」

「はい」

「どうしてあなたが？　もしかしたら血縁があった？」

「いえ。まったく」

「それではなぜ？」

「母の遺言でした。これが」

「明美さんの？」

里奈はゆっくりと、深くうなずいた。

「わけがわからない。きっとそうお思いでしょう。でも本当のことです。母が亡くなる前日、母と面会をしました。一年ほど前から刑務官の立ち会いは免除されていましたから、短い時間でしたが自由に話をすることができました。あの日の晩、母が毒を口にすることはわかっていました。その母が別れ際にいったんです。自分が亡くなったあと、自分と同じ境遇にある相沢桃花さんがきっと自殺を図る。だがおそらくは死に切れない。なぜなら分院も対策を講じているはずだから、と。そうなると桃花さんは、死にたいのに死ねない中途半端な境遇に置かれてしまう。

だからできるなら、この自分と面会したように彼女にもそうしてくれないか、と」

「それであなたはそれを受け入れた?」

「受け入れたわけではありません。たしかに自分は、あの場でうなずき返しました。それは本当のことです。けれどもそれは、母が口にした希望を理解したという意味で、希望に従うと答えたわけではありません。それに面会には許可が必要です。ですから今日はお願いにとどめます。ご了承をいただければ後日あらためてうかがいます」

「許可されなければ?」

視線を逸らす。この問いに里奈は答えなかった。

「母は……私のために二人を殺しました。私のことだけを考えて。世間の人がどんなにひどい言葉を投げつけても私にとっては最も大切な人でした。世の中には、人間の心を持たない動物以下の生き物、殺されてもしかたがない存在があるんです。母が殺したのは人間ではなかったから本当は罪に問われることはなかったんです」

その後里奈が語ったのは、母の遺言に対する彼女の思いだった。

「義兄と義父は交代で、中学生になったばかりの私を何度も犯しました。母が泣いて頼んでもやめなかった。夜逃げしたこともあったけどすぐに連れ戻され、さらにひどいことをされました。狡賢くて、外面だけはいいから誰に話しても真剣にとりあってもらえなかった。警察も同じ。家庭の問題ですからというばかり。親身になってくれなかった。だから母は決心したんです。

母は加害者じゃなくて私と同じ被害者だった。それなのに十五年も檻(おり)の中に入れられることになってしまった。でも母が二人を刺した時、私はわかった。母は私の心を見抜いてたって。犯されながらも私は何度も念じていたから。もう少し大きくなって力がついたら二人を殺して自分も死ぬと。そんな私の心を見抜き、母は代わって二人を殺したと。

自首する前、母はいったんです。親が子を守るのは当然。だから何も苦に感じることはない。もっと早くこうすべきだったけど、嫌な思いを長くさせてしまってごめんなさい、と。これからは自分の好きなことをして、楽しく生きて。あなたの笑顔を見るのが一番の幸せだからと。

でも本当のことをいうと、よくわからなかった。母がいなくなった世界で、自分の好きなことを見つけ出せるのか。母なしで、楽しく生きるとはどういうことなのか。ずっと家族の中で、暴力を振るわれ犯されてきたから。少しでもそうした時間を短くしようと考え母と一体で生きてきたから。他のことを考えたことがなかった。

施設に引き取られた私は何とか高校を卒業すると、小樽にある小さな会社で事務の仕事をはじめました。でも友だちもできなくて、楽しみといえば母との面会と、母に手紙を書くことくらい。笑顔だけを見せたくて、いつも面会では笑うよう心がけ、手紙も楽しいことだけを書きました。その頃、釣りをはじめたんです。気晴らしに糸を垂れ、ボーッとしてると時々大物もかかって。一人でも楽しめるし食費も浮かせるから。

そんな生活が崩れはじめたのが三年ほど前。母が脳梗塞で半身不随となり、札幌からこちらの分院へ転院してきてからでした。緑内障も発症して急速に視力が低下。母の唯一の楽しみだった読書もむずかしくなっていきました。私の手紙を読むことも。そして自殺未遂。連絡を受けて駆け付けましたが母はその頃から死ぬことばかり考えるようになっていました。でも理解できました。なぜって母は何もかも、本当に何もかも奪われてしまったから。

一年ほど前。ようやく面会が、刑務官の立ち会い免除になりました。
その日は久しぶりにここ函館まで車できたんですが、顔を合わせると開口一番、自殺するから手伝ってといったんです。驚きました。目の具合は悪くなる一方で、そう遠くない時期に失明してしまう。半身不随で動くのさえ不自由してるのに、目まで見えなくなったらベッドで横になっているしかないって。頭はまだ普通に働くけど、それが逆につらいと。

面会を終えた帰り道、運転をしながら考えたんです。これ以上苦しんでほしくない。楽にしてあげたい、と。でも身震いしました。そんなことを考えてしまった自分に。なぜって、母は自分の分身。そう考えていたのに、私は分身である母の死をいつしか望むようになっていたんです。それでも同時に別のこと、母が二人を殺した時のことも頭に浮かんできました。あの時、本当はこの自分が殺すはずだった二人を母は先回りして殺してくれた。きっと今度も同じ。私の心を察知して自殺を願うようになったのだと。そう都合のよい解釈を自分に仕向けました。

正直なところ……私も疲れ切ってしまって。毎週毎週の務めは楽しみではなく、その頃にはしなければならないという義務感に支えられた役務に変わってました。別れ際、必ず口にする『自分の好きなことをして、楽しく生きて』という言葉。これが逆に重くのしかかる呪文になって私を縛りつけた。誰かと旅行に行くこともなく、時に釣り糸を垂れるだけの日々。恋人どころか友だちさえできず、出口の見えない真っ暗なトンネルを一人、ただひたすら歩き続ける毎日。それでもそこから自力では抜け出すことができず、考えることを放棄して、惰性で身体を動かしながら流されていくだけの日々。

将来のことを考えるとさらに暗澹たる気持ちになりました。このまま母が出所してくる日を迎え、半身不随で目も見えない母を引き取ることになったらどうなってしまうんだろう。きっと独身であろう自分は何を支えに、何を目的に生きていくんだろうと。

自分のために人生を投げうってくれた母。その母を疎ましく思いはじめている。それがわかった時、私は絶望しました。自分は、最も忌み嫌い殺してやろうと考えたあの二人と同じ人でなしになってしまった。そう感じたからでした。心を失った獣になってしまったと。

もう何が何だかわからなくて。何が正しくて、何をするのが母のためになるのか。自分は何をしたらよいのか、何をすべきなのか。すべてを捨て、自分のことなど誰も知らない土地へ逃げ出したい。そう願い思わず大声を上げたら、そこへ対向車が突っ込んできたんです。

逆走車でした。スピードは遅かったので軽傷ですみましたけど車はペシャンコ。命拾いしたけど、どうして自分はこんな目に遭うんだろうって。突然、自分のしてきたことすべてが無駄に思えて。でも思い返せばそれがきっかけとなり決断できたんです。

これまでに一度だって頼みごとをしたことがない母。その母が、それこそ一生に一度の願いを託すなら、それを叶えることが最もよいことなのだ。自殺を手伝ってほしいというなら手伝おうと。この時から無条件で母に従うことに決めました。希望しているからといい聞かせ」

一言も聞き逃すまい。そう考えじっと耳を傾けていた由衣は話を受け質問した。

「自殺するための毒は、明美さんが指示したものをあなたが準備した?」

「それは違います。方法を考えていると他に選択肢がなく、最終的に説明した形に落ち着きました。釣りをしていたらクサフグが当たり前のように釣れて、さらに手づかみで大量に獲れる場所があると知って行ってみたんです。すると本当に獲れて。だから使うことにしたんです。毒を取り出すのも信じられないくらい簡単で」

「わざわざクサフグから毒を精製し、それを便箋に染み込ませ、手紙として明美さんに届けた。それはなぜですか？　自殺するならもっと別の方法がありそうに思えますが」

「別？　具体的にはどんな方法ですか？　刃物やロープを手に入れるのはむずかしい。母はそう話してました。舌を噛み切ればいいのかもしれませんが痛そうだし。それに自殺の話をした時、母がいったんです。お前の手で、きれいに殺してほしいと」

便箋に毒を染み込ませる手口は冒頭、里奈自身が告白した。由衣も、小春がこうした形でＬＳＤを所持していたと美帆から教えられ、それをヒントにもしかしたらと考えていた。

そんな中、由衣の心を最も深くえぐったのは「きれいに殺してほしい」という言葉だった。里奈は、母親がこう懇願したと説明した。この言葉の真偽は確認できないが嘘には思えなかった。殺害方法など不利なことも口にしているのに、ここだけ小細工をして嘘を重ねる必要はない。それに何より、母と娘の例を見ない濃密な関係が、その言葉を証明していると思った。

「私、ずっと嘘をついてたんです」

「嘘？」

「大きな嘘です。母は面会中何度も繰り返してました。『死にたい』って。まるで何かに憑かれたみたいに。顔を合わせると唱えはじめるんです。この前お会いした時、私『少しでもよくなってほしいと願いながら、そんなことはいわないでとなだめています』と口にしましたけどあれは大嘘。心の中に渦巻いてたのは真逆の思いでした。そんなに死にたいなら死ねばいい、死んじまえって。もういい加減うんざりして。『時々無性に顔を見て、話をしたくなって』といったのも口から出まかせ。本当は話なんてしたくなかった。『死にたい』を繰り返すのはわかっていたから。もう聞き飽きた。それなら本気で死んでみろって、透明な仕切りに唾を吐きかけ、いってやりたかった」

呪詛(じゅそ)は途切れなかった。

「これからは自分の好きなことをして、楽しく生きて。母はそういって自首し、面会でも繰り返しましたけど、そんな時間は一度だってこなかった。挙げ句の果て、娘に毒の準備までさせるなんて。自分のことばっかり。少しもこっちのことなんて考えてない。

それもあって次第に考えるようになったんです。もっと他に方法があったはずだと。母の両親は早くに亡くなり、兄弟姉妹や頼れる親族が周囲にいなかったことは事実です。でも娘のために二人を殺すことまで考えたなら、やっぱり他にやりようがあった、母親としては本来そうすべきだったと。でも母を否定するこんな考えは長らくできなくて。結局母は男にすがって生きるしかなかった。荒波にもまれる社会で、子ども一人を抱え生き抜く力はなかったんだと」

厳しい言葉だった。だが現実を見つめ、身をもってつかみ取った教訓に違いなかった。

皮肉なのは、明美が嫌悪した敏江は少なくとも自分の力で生きていたという事実だった。本人がどこまで意識していたかはわからないが文字どおり、身体をはってがむしゃらに生きていた。逞(たくま)しいほどに。もしその力強さが少しでも明美に備わっていたら、きっとまた別の人生を歩めたかもしれないが、それはもはや明美とは呼べぬ他人の人生だったのかもしれなかった。

「終わりにしたいんです。二人三脚の闘いを。人生をかけて守らなければならない母は亡くなりましたから」

それまで伏せていた視線を里奈が戻した。その瞳はこれまでになく強い光を帯びていた。

「今日ここへくるまでは私、自分が母にしたことはずっと自殺幇助だって考えてたんです。何よりも本人が望んだことだし、娘の自分はその希望を叶えるための準備をしただけ。実際に毒をあおったのは母で、誰の手を借りたわけでもなかったから。だから自殺幇助だと。でも……自分が母に対してこれまでにしてきたことを思い返すと、もしかしたらこれは殺人じゃないかって、そんな気持ちになって」

「殺人？」

間違いありません。まるでそう答えるように里奈はうなずいた。

「法律に関することはわかりません。でも一つだけ正しい、嘘のないことをいえば私、母を見つめながらずっと思ってたわけです。顔には出さないまでも、そんなに死にたいなら死ねばいい、死んじまえって。毒は準備してやるからって。これって殺意ですよね、きっと」

信じられないようなことを話しながらもその表情に暗さはなかった。

「逮捕されて刑務所に行くことは望みませんが、今となってはどちらでもいい、なるようになれって気持ちでもあるんです。遺言を終わらせるためにこうしてうかがいましたが、それに縛られる気持ちもありません。そちらの判断に従います」

「許可が下り、一度でも会ってしまったら、今後は桃花さんとの面会を続けなければならないのではありませんか？　もしそうなら終わりにはなりません。むしろはじまりです」

「約束なので一度は会います。でも次はわかりません。相手ではなく、自分にとって必要であれば続けますが、そうでなければ二度と会いません。縛られる関係は、たった今この瞬間、終わりにしたので」

まるで憑き物が落ちたように里奈の顔は柔和になっていた。

永きにわたり心の中に閉じ込めていた思い。それに押しつぶされそうになり、心が悲鳴を上げたのだ。富士山を見ながら吐露した、あの織田のように。解放されたい。頭ではなく心がそう願い、求めたのだ。

「結果はのちほどお知らせください。長い間、お世話になりました」

きっぱりとした挨拶だった。里奈が立ち去る。それは何一つ後悔のない足取りだった。


里奈と別れた由衣は、すぐさま院長室を訪ねた。

「あの娘さんが面会にきたようだね」

口を開く前に院長が椅子から立ち上がる。驚いたことに、熊谷と中村も待ちかまえていた。

「毒を染み込ませた便箋を、母親に頼まれて分院に送った。娘はそう告白したのか？」

続けて質問を口にした院長は、ソファに移動すると由衣を招いた。

「告白だけではありませんでした。自宅アパートに家宅捜索が入ることを見越して、証拠となるすべての物を永遠に見つからないように処分したと、そう話してくれました」

「……用意周到、すべてを見抜いていたわけか」

腰をおろした由衣を前に、院長は下唇を嚙み顔をゆがめた。

「話をしながら里奈さん……何度か言葉を切って。何かを吐き出そうとしていることは伝わってきたんですけどなかなか言葉にならなくて。それでも最後の最後、ようやく絞り出すように、他にやりようがあった、母親としては本来そうすべきだった、と。私には、母親の明美さんを何とか背中から引きはがそうとしているように見えました」

「引きはがす？」

「鬱陶しくまとわりついているものを振りほどく。そんな感じです。事件前の母娘関係がどんなものだったのかはわかりません。でも事件が起きて、母親は刑務所に収容され、残された娘は母親を自分の身代わりと考えるようになった。その結果、二人は容易には離れられない関係になってしまった。そこまでを意図して事件を起こしたとはさすがに考えませんが、母は娘をがっちりととらえ縛りつけることに成功した」

「そんなに強固だったのか？　二人は？」

院長が示したのは驚きではなく、意外という表情だった。

「おそらく手紙をやり取りし、面会を重ねることで形作られていったのだと思います。母は娘に『好きなことをしなさい』といいながら逆に、そう口にすることで精神的に拘束した。自分に尽くす娘がかわいくて手放したくなく、自慢の種でもあった。普通に考えれば、限られた空間での自慢など取るに足らないものですが、桃花さんは敏感にそれを感じ取った。毒を分けてくれたのは同情からではなくむしろ優越感からだったと、そう見抜いていたんです。

亡くなった明美さん、制約だらけの空間に押し込まれていたわけですが実はさほど不幸ではなかった。何となくそう思えるんです。夫による暴力から逃れ、三食が保証された場所で誰にとがめられることなく好きな本を読むことができた。娘からは毎週のように手紙が届き、定期的に面会もできた。百点ではなかったけれど、七、八十点の満足感は得ていたんじゃないかと。

自殺を考えるようになったのも、失明して好きな本を読めなくなってしまうことが理由で、娘を解放しようと考えたわけではありません。あくまで自分第一。こう考えていくと明美さんは最期まで、娘を縛りつけていたという意識すら持っていなかった。そうも思えてくるんです」

「お互いがお互いを束縛することで安定を築いていた。そういうわけか？」

「そんな気がします。『自分の好きなことをして、楽しく生きて』。残酷なこの言葉を面会のたび、娘に向かって口癖のように唱えていたようですから」

由衣の説明に三人が口を閉ざす。いたたまれなかった。

「どちらも不幸だった？」

思い出したように言葉にしたのは熊谷。だが、これに応える者もなかった。

落ち着いて考えてみたが答えは見つからなかった。獄に閉じ込められていたという事実だけで、明美が不幸だったとは思えなかった。また縛られていた里奈が幸福だったとは思えなかったが、不幸といい切ることもできなかった。だが最後まで、里奈が口にした殺意はためらわれ伝えられなかった。

幸せは皆、それぞれだから。

帰省した際、実家の母が困った顔をした時のことが思い出された。

「ご苦労。検察には明日、報告する」

由衣の逡巡（しゅんじゅん）を知ってか知らずか、院長が立ち上がる。

「里奈さんが希望された桃花さんとの面会は？」

追うように腰が浮く。

「許可しない」

背を向けたまま院長が毅然と断言する。

この決断が、里奈の将来を慮ってなされたことに疑いはなく、異論はなかった。


熊谷を残したまま、由衣は中村とともに院長室をあとにした。

「終わりましたね」

それまで一言も話さなかった中村が、廊下で足を止め窓の外へ視線を向けた。

「どうされたんですか?」

「早いなって」

いつになく感傷的な中村を前に由衣は不安を覚えていた。まだ一年しか経っていないが、矯正医官という仕事に愛想(あいそ)をつかしてしまったのではないかと。

「去年の今頃、いったい自分は何をしてたかなって思って。昨日、日記を読み返してみたんです。分院で仕事をはじめて、まもなく一ヵ月って頃です。何があったか覚えてますか?」

「……一月の終わりですよね……たしか大八木さんが亡くなって。平田(ひらた)さんはまだ」

「大八木さんのお骨を内縁の女性が取りにいらした頃でした。その後、浅井さんと北条さんは退職されて。慌ただしい日々が続き、気が付くともう二年目です」

由衣も視線を窓の外に向けた。暗くなりはじめた空からは白いものが落ちてくる。

「熊谷さん。医療部長になるんですか?」

「どうでしょう」

「先日、院長と話をする機会があったんですけどその時、浅井さんの後任として部をまとめてもらう話がある、みたいにおっしゃって」

「いい話じゃないですか。でも部長になる前に、現場の医官を一人でもいいので何とか採用してほしいですね。むずかしいのはわかりますけど」

「熊谷さんだったらむしろ、部長となる人材を採用しようと考えるかもしれません。自分が部長になったら好きな釣りにも気軽に行けなくなっちゃうし」

「たしかにそうですね」

言葉を切った中村がポケットに手を入れると振り返った。

「もしかしたら熊谷さんが部長になることには反対？」

「いいえ、決してそんなことは」

考えてもみない質問だった。けれども中村と交わした言葉を反芻すると、そう取られてもしかたない。意識してはいないが、自分の中にそんな気持ちが芽生えて……。

「浅井さんが辞めて部長代理になった頃から、何となくよそよそしいというか。邪険とはいいませんけど思いやりが薄くなったというか。自分が甘いのかもしれない。そう考えもするんですが……何か感じることはありませんか？」

ここはやはり精神科医の視点で見た熊谷を教えてほしかった。

「少なくとも自分が知る限り気になるようなことは何も」

「本人からは、介護のことで妹さんとやり合ってしまった。そんな話も聞いたんですけど」

「介護は無関係だと思います。けれども、もしそうしたことを金子さんが感じるなら、やはり部長代理になったことが最も大きな要因だと思います。さらに今後、部長になることを考えたら、これまで曖昧にして見すごしてきたことも白黒つけてきっちり対応する必要が生じます。個人的には、形は違うもののこれまで以上に気をつかっているように感じますけど」

「どんなところですか？　私、わからなくて」

「本当に些細なことです。坂上敏江さんが室蘭から転院してきた時、境界知能の患者さんで金子さんも苦労するだろうから相談相手になってほしいといわれました。盛岡から高校生が面会にきた時には、旅費を業務扱いとするよう指示したのも熊谷さんだったと詩織さんから教えられました。気が付かないだけできっと、似たようなことがいくつもあるのだと思います」

知らないことばかりだった。だが思い当たることもあった。『夢咲』を訪ねた時、こられなくなった熊谷はわざわざ来訪の目的を高橋に説明してくれていた。話がスムーズに運ぶように。

「熊谷さん、照れ屋だから」

中村が時計を見て歩き出す。

小さな気づかい。ちょっとした手伝い。

「……まだまだだな」

独り言ちた由衣は、置いていかれないよう背中を追った。


三月下旬。

法務省と最高検からなる合同の第三者委員会は、分院で起きた事件に関して記者会見の場を設けるとともに、究明された事実関係を説明、質疑応答を行った。また責任の所在を明確にするため、あわせて関係者の処分を発表した。
翌朝、処分の内容は函館地方検察庁と法務省のホームページにも掲載された。

函館地方検察庁からの「お知らせ」

一、東日本成人矯正医療センター函館分院で死亡した二名について、司法検視および司法解剖で一部、不適切な事案があった。しかしながら本件は関係者の技量不足、職務怠慢などに起因するものではないことが明確に示されたため、関係者の処分は行わない。
二、収容者死亡に関して被疑者二名から任意の事情聴取、家宅捜索を実施したが、ともに証拠不十分で立件を見送った。
三、今回発生した事案の問題点を検証し、修正すべき点については今後の司法検視、および司法解剖に反映する。また、大学医学部法医学教室との連携をこれまで以上に強化する。

法務省矯正局「懲戒処分の公表」

法務省矯正局（局長：佐々木貞夫（ささきさだお））は、次のとおり懲戒処分を行ったので「法務省職員の懲戒処分に関する公表基準」（別紙）に基づき公表する。

記

一、被処分者と処分の種類

榊原義人（さかきばらよしと）　東日本成人矯正医療センター長　戒告

鈴木潤三（じゅんぞう）　東日本成人矯正医療センター函館分院長　減給十分の二（六ヵ月）

二、処分発令日

令和六年三月二十五日

三、処分の理由

国家公務員法違反

四、事案の概要

東日本成人矯正医療センター函館分院において、不適切な外部交通が発生したもの

【別紙】法務省職員の懲戒処分に関する公表基準

エピローグ

まもなく満開を迎える桜。木洩れ陽が揺れると微風が肌をなでる。

黙りこくって下を向いていた美帆がつぶやいた。

「一年前だよね」

由衣は、美帆に続いて腰を上げると横に並んで歩きはじめた。

「……先生がわざわざうちにきて進学勧めてくれたの」

ちょうど一年前。自分はチューリップの花束を手に美帆を訪ねた。

「あっという間だった。こんなに勉強したの、生まれてはじめて」

直前の模試ではC判定。共通テストはまあまあ。二次もそこそこできた。そんな言葉を受け、発表は二人で見に行った。けれども結果はついてこなかった。

「私、よくわかってなかった。自分のこと、お母さんや亡くなった祖母ちゃんのこと」

美帆が足を止める。

「医者になりたい。だから医学部を目指して頑張る。そう思ってこの一年、一生懸命勉強した。今までで一番まじめに取り組んだ。それは本当。でも……」

「座りましょ」

言葉をかけると由衣は池を見渡す藤棚の下に美帆を誘った。足を伸ばして座る。やってきたのは札幌駅の南にある桜の名所。一面に芝生が植えられた広場では小さな子どもたちが声を上げて走り回っている。母親らしき女性に手を引かれる女の子。子犬と一緒に芝生に寝転がる男の子。手を取り合いのんびり散歩するカップル。

「私……自分が子どもだってことがよくわかった。小春ちゃんと話して」

ＬＳＤの所持と使用で逮捕された小春は、家庭裁判所の審判で保護観察処分をいい渡され、薬物依存からの回復を目的に自ら専門の施設に入所した。

「美帆ちゃんがこうして会いにきてくれたこと、小春ちゃん、喜んでくれたんでしょ?」

「……ありがとうって、私の手をぎゅっと握って涙流して」

美帆が目を伏せる。

再会した二人が話をしている間、由衣は離れた場所からそっと見守った。はじめは輪に加わり話を聞こうと考えていたが、本音で話せないと思い遠慮した。

「小春ちゃん、いったの。自分のことを友だちって思ってくれる人はもういない。皆、私のことバカにしてる。そう思ったから、苦しくて恥ずかしくてずっと誰にも会えなかったって。でも勇気を出して会ってよかった。美帆ちゃん。ありがとうって」

「よかったじゃない。会いにきた甲斐があって」

「でも……私だけだって、会いにきたの」

二十歳を前に、薬物に手を出してしまった友だち。親の立場からしたら、娘が会いたいと願っても躊躇するのが当たり前。美帆の母もよい顔はしなかったが、由衣が付き添うことを条件に渋々(しぶしぶ)認めてくれた。美帆には内緒で。

「函館からはちょっと遠いから、会いにきたくても簡単にはこられないのよ」

子ども騙しの慰めに違いなかったが、それでもいわずにはいられなかった。

「祖母ちゃんがお金を取られた時、投資した理由を聞いたの。そうしたら、祖母ちゃんはいわなかったけどお母さんから、学費のためって聞かされた。医学部はお金がかかるから。それを聞いた時、全然うれしくなかった。私のためじゃなく自分のために使えばいいのにって。そんなことしてまで医学部に行く必要はないって。それに本当のことといえば、受かる自信がなかったからお金はないほうがいいって。あったら言い訳できないから」

「美帆ちゃん。無理して受験する必要はないのよ」

「誤解しないで。先生が進学勧めてくれたこと、迷惑って思ったんじゃない。感謝してるの。本当に。でも私、受験勉強するにはまだまだ甘かったって、そう反省してるの」

立ち上がった美帆が池に向かって歩き出す。陽が水面(みなも)に反射して輝く中、親子らしき三人が乗ったボートが小鴨を追って近づいてくる。

「小春ちゃん、施設にはいつまで入ってるの?」

横に並び様子をうかがうと、美帆は遠くを険しい表情で見つめていた。

「保護観察が明けるまで。だから二年。でもその間、施設で勉強しながら弁護士を目指すって。小学生の弟は、叔父さんのところで面倒を見てくれることになったからって」

あの織田も、高校に進学できなかったが独学で弁護士を目指した。簡単ではないだろうができないことはない。

「幸せって簡単に壊れちゃう。怖いくらいに」

はじめて美帆は、ここで顔を上げた。

「小春ちゃんにいわれたの。幸せって探しちゃいけないって。本当はすぐ傍にあるのに、そこに目を向けなくなるとその途端、指の隙間から零(こぼ)れ落(お)ちるように逃げていっちゃうって」

いったい小春が、自分の経験を美帆にどう伝えたのかはわからない。けれどもその言葉が美帆の心を揺さぶったのは間違いないようだった。

「祖母ちゃんが自殺して、自分が悪いって考え出したら何もかも嫌になっちゃって。受験はもちろん、あらゆるものから逃げ出したくなった。それでも先生に声かけてもらって、お母さんも賛成してくれたから今があるけど、それって単に運が良かっただけって気がしてるの。だって必死に努力したわけじゃないから。

小春ちゃん、クスリで逮捕されちゃったけど、少し前まではそんなこと誰一人考えなかった。そんな生活をしてた。家にはお金があって、高校にも当たり前のように通って、いい大学に進学できてたはずなのに。それが皆、いっぺんに吹き飛んじゃった。短い時間で」

足をすくわれた。そういってよいかはわからないが、奈落の底へ転げ落ちる危険性は誰もが持っている。どこにでもある。ただそれが、その時は、そうと見抜けないだけなのだ。美帆も、いや自分も中村も。その点は誰もが同じ。変わらない。

「二人で約束したの。小春ちゃんは弁護士を目指すから私は医者を目指すって。三年は無理でも五年後には笑顔で再会しようって」

「すごいじゃない。私も応援するわ。だからもう一年、一緒に勉強しましょう」

「ありがとう。でもね、先生」

「どうしたの?」

「……小春ちゃん、最後にいったの。勉強は頑張るけど不安もあるって。またクスリに手を出して、少年院とか刑務所に入れられちゃったらその時は」

声が震えていた。何が起きても気丈にふるまっていた美帆が涙を浮かべていた。

「……それはもう病気だから独りでは治せない。だからその時は……美帆ちゃんが助けて。病気を治してって」

薬物事犯者は、薬物依存症の患者であることが多く再犯率も高い。あの桜子も抜け出せず、つい先日逝った。

小春がいったいどれだけ依存していたかは不明だが、周囲の助けがなければ這い上がるのはむずかしい。それでも自ら施設へ入ったことはわずかながら救いに思われた。

「美帆ちゃん。信頼されてるのね」

「そうなのかな……でも私、小春ちゃんを助けたい」

由衣を正面から見つめる。

「私、先生の仕事、誤解してた。治療するだけ無駄なんて生意気なこといっちゃったけど、あれは何も知らない子どもの台詞だった。自分だけじゃ治せない病気もあって、その病気と闘ってる患者さんもいて、先生みたいにそれを支えてる人もいる。小春ちゃんの不安そうな顔を見た時ようやくそれがわかった。熊谷先生とか他の先生にも申し訳なくて……。毎日一生懸命患者さんに向き合ってるのに。本当にごめんなさい」

頭を下げる。

「小春ちゃんのことがあって私、はじめて実感した。これまでは何が起きても他人事に思えて、自分にだけはそんなことは起きない、起こるはずないって何の根拠もなく信じてた。でも違うんだよね。明日にも、もしかしたら踏み外しちゃうかもしれない。

でもね、だからこそ目標ができた。むずかしいに決まってるし一年じゃ無理かもしれないけど、本気で取り組む目標も見えてきた。祖母ちゃんのこともあったけど、去年はただ漠然と医者になりたいって思うだけだった。それって自分の目標じゃなかった。

私、どんなことをしても小春ちゃんを助けたい。力になりたいって今、心の底から思ってる。自分の力だけでは頑張れない人もいるけど、だからってバカにしちゃいけないし同情するのも違う。必要なことは、手を差し延べて一緒に歩いていくことだって。そんな寄り添って歩いていける先生みたいな医者になりたい」

この言葉が何よりも、由衣の心を明るくし、希望を与えた。

参考図書

『刑務官たちが明かす報道されない刑務所の話』　一之瀬はち　竹書房
『最下層女子校生　無関心社会の罪』　橘　ジュン　小学館新書
『量刑相場　法の番人たちの暗黙ルール』　森　炎　幻冬舎新書
『プリズン・ドクター』　おおたわ史絵　新潮新書
『死体格差　異状死17万人の衝撃』　山田敏弘　新潮社
『All Color　ニッポンの刑務所30』　外山ひとみ　光文社
『ドキュメント長期刑務所』　美達大和　河出書房新社
『塀の中の患者様　刑務所医師が見た驚きの獄中生活』　日向正光　祥伝社
『刑務官しか知らない　刑務所のルール』　坂本敏夫　日本文芸社
『実録！　女子刑務所のヒミツ』　北沢あずさ　二見書房
『シークレット・ペイン　夜去医療刑務所・南病舎』　前川ほまれ　ポプラ社
『人を殺すとはどういうことか　長期LB級刑務所・殺人犯の告白』　美達大和　新潮文庫
『身分帳』　佐木隆三　講談社文庫
『刑法各論　補訂版』　山口　厚　有斐閣
『獄窓記』　山本譲司　ポプラ社
「季刊　刑事弁護　増刊Beginners」　現代人文社

執筆にあたり、こころよく取材にご協力いただきました
東日本成人矯正医療センターの皆さまに心から感謝申し上げます。
また次の専門家の方々（五十音順）から様々なご助言をいただきました。
糸井史朗氏（日本大学生物資源科学部教授）からはフグ毒・テトロドトキシン、
遠藤浩一氏（元検事・弁護士）からは司法検視・法務、
奥田勝博氏（旭川医科大学医学部法医学講座助教）からは司法解剖・法中毒、
髙橋芳隆氏（一般社団法人全国ふぐ連盟理事）からはフグ調理、
日向正光氏（社会医療法人公徳会若宮病院副院長）からは
福島刑務所医務課勤務時代の貴重なお話をうかがいました。
謹んでお礼申し上げます。

※本書は書き下ろしです。
この物語はフィクションです。実在するいかなる個人、団体、場所等とも一切関係ありません。

嶋中 潤（しまなか・じゅん）

1961年、千葉県生まれ。東北大学理学部卒業、東京工業大学大学院修了。国際宇宙ステーション利用業務に従事。2013年、『代理処罰』で第17回日本ミステリー文学大賞新人賞を受賞。

著書に、無戸籍者の苦悩を描いた『貌なし』、国際宇宙ステーションでの国際テロを描いた『天穹のテロリズム』、死刑制度に翻弄される者の悲哀を描いた『死刑狂騒曲』など。

本作は『ここでは誰もが嘘をつく』の続編となる。

ここでは祈りが毒になる

二〇二三年十二月十一日　第一刷発行

著者　嶋中潤
発行者　髙橋明男
発行所　株式会社　講談社
〒一一二-八〇〇一　東京都文京区音羽二-一二-二一
電話　（出版）〇三-五三九五-三五〇六
（販売）〇三-五三九五-五八一七
（業務）〇三-五三九五-三六一五
本文データ制作　講談社デジタル製作
印刷所　株式会社ＫＰＳプロダクツ
製本所　株式会社国宝社

定価はカバーに表示してあります。

落丁本・乱丁本は購入書店名を明記のうえ、小社業務宛にお送りください。送料小社負担にてお取り替えいたします。なお、この本についてのお問い合わせは、文芸第三出版部宛にお願いいたします。

ISBN 978-4-06-533995-4
N.D.C.913 335p 19cm